王市伟　红泥小火炉　著

Zero Distance
Dialogue

零距离
对话

北方联合出版传媒（集团）股份有限公司

万卷出版公司

ⓒ　王市伟　红泥小火炉　2021

图书在版编目（CIP）数据

零距离对话／王市伟，红泥小火炉著. —沈阳：万
卷出版公司，2021.6
ISBN 978-7-5470-5636-3

Ⅰ.①零… Ⅱ.①王…②红… Ⅲ.①散文集—中国—
当代 Ⅳ.① I267

中国版本图书馆 CIP 数据核字（2021）第 071922 号

出 品 人：王维良
出版发行：北方联合出版传媒（集团）股份有限公司
　　　　　万卷出版公司
　　　　　（地址：沈阳市和平区十一纬路25号　邮编：110003）
印 刷 者：辽宁新华印务有限公司
经 销 者：全国新华书店
幅面尺寸：160mm×230mm
字　　数：210千字
印　　张：15.5
出版时间：2021年6月第1版
印刷时间：2021年6月第1次印刷
责任编辑：胡　利
责任校对：高　辉
封面设计：杨光玉
版式设计：万晓春
ISBN 978-7-5470-5636-3
定　　价：46.00元
联系电话：024-23284090
传　　真：024-23284448

未成曲调先有情

——作者自序

　　每逢周末，独坐窗前，望着窗外温柔多情的太子河水，抑或是机场候机，望着熙熙攘攘的人群，总好发会儿呆，找一个话题，自言自语，自问自答，自论自辩，自幽自默，用手机写下了一篇篇随笔，一晃已两年有余。

　　尤其是在今年这段特殊时期，不便出门，不便会友，却大大方便了我与自己的灵魂来一场促膝长谈。

　　这是一个让人焦虑的时代，注重倾听灵魂深处的声音尤为重要。这也是一个让人有趣的时代，这个时代给了我们太多人生神奇的可能性。也许此生我们可以看到未来的毁灭或者永生，也许此生我们可以登上月球畅饮吴刚捧出的桂花酒……

　　有趣的时代应该报以有趣的灵魂。对内心贫乏的人来说，爱、理想、信仰这些词是空的，是过时、陈旧而虚张的概念。而对于内心丰富的人来说，它们永远是有血有肉的，是鲜活的。

　　我们这个时代充满着惊喜与有趣，万物互联让每个人都能更容易地找到那把打开新世界的钥匙。有时候真不知道，究竟是时代造就了我们，还是我们造就了时代。毫无疑问的是，我们都在这里，积极地拥抱每一种生活、每一种可能。

　　心灵鸡汤一天比一天口味重。一会儿说人生从四十岁开始，一会儿又说人生从五十岁开始，更有甚者说，人生从六十岁才刚刚开始。可酒桌上骨感的"90后"竟毫不掩饰地说，他们已经老了。天啊！这又是一个"90后"都开始喊老的时代。

人生的这趟列车，总是上上下下，每一站有每一站的风景。我们一直认为，我们最先见到的两个人——我们的父母会在人生的旅途中一直陪伴着我们，可这只能是我们美好的愿望。有时候，对你意味深长的旅伴却坐到了另一节车厢，当你摇摇晃晃地穿过车厢找到她时，她已决定下车，改乘飞机了……

旅途中充满了挑战、梦想、离别、希望……心存善念，厚待途中的每一位天使，回望来时的路，她们已是最美的风景。在我这个年龄段，每每听到人们善意的批评——"你怎么还那么天真呢！"我的感受是：这是对我莫大的表扬啊！现在这个年龄，不忘初心，又有什么不好呢！这里蕴含着多么美的生活哲学呀！

人若真能天真一辈子，一辈子天真，那该多好呀！成熟不是为了走向复杂，而是为了抵达天真。天真的人，不代表没有见过世界的黑暗，恰恰是因为见到过，才知道天真真的好。

"我什么都懂，却还是那么天真。"这应该是我一生的追求。

把思想撞击后产生的火花、萌生的灵感记录下来，在文字中追寻和感悟点什么，在往事的回溯中整理岁月的碎片，在往事的缅怀中除去现实的尘垢，为自己的心灵保留一个空间，保留一份内在的从容和悠闲，这是一种很好的精神享受，让人感觉很舒服。

一直用随笔坚持记录着自己的所见所闻所思所想所为，且一定确保接地气，传递正能量。但凡随笔记录的，一定是深深触动自己的，否则，我是坚决不会写的。毕竟我早已过了讨好任何人的年龄，且实现财务自由也早已不在话下了。

这些年我常常感慨：看得太多而没有时间欣赏，写得太多而没有时间思想。用随笔努力将欣赏与思想有机地结合起来，十分注重倾听自己内心的声音，因为这是来自心灵深处的声音。

表里如一，内外通明，有是非、有态度、有温度，可以有不说的真话，但绝不说半句假话。坦率地说出自己的心里话不仅是一种道德上的责任，而且还是一件令人感到十分快乐的事，甚至让人兴奋不已。

我的一个颇有建树的老朋友看了《母亲的回忆》一文后，竟感动得热泪盈眶。他不仅给出了"感动世人"的高度评价，还常常叮嘱他的儿子有空多看看李叔写的文章。一个年轻朋友看了《常回家看看》一文后，回到家见到父母可不好意思了，从此也就像变了一个人似的，越来越孝顺了，她的父母到现在为止也不知道她到底吃了什么迷魂药。更有甚者，一位"90后"的朋友竟一口气看了好几遍《我和我的女儿》一文，愈看愈觉得小女贝贝太可爱了……

随笔中有些话题，坦率地说，我也说不清楚。于是，我就把主要观点、主要论述开列出来，朋友们可以结合实际，各取所需。有些事，也许，妙就妙在说不清楚。一说清楚，即落言筌；一落言筌，则情趣尽失。

笔锋虽不足以力透纸背，但追求文字的从容温柔又有一定的力度，却是我一直坚持的。批判、说理、感悟、抒情，提笔间感情挥洒自如，力求把心语转化成美文去倾诉。就这样，洋洋洒洒，点点滴滴，一切追求平实自然。

一颗火热的心、一对冰冷的眼、一双勤劳的手、一份自由浪漫的心情、两条健步如飞的腿，加之大学教师、新闻记者、文字秘书、宾馆总经理、公务员的从业经历，似乎让随笔有了些许的深度。

常自嘲：在官员中可能算是个文化人，在文化人中也可能算是个官员。好品书，一直坚持书籍是我最"铁"的"情人"。因此，也可能错过了些许有情人。

追求人到中年须尽欢。自认为三观比五官更正，思想比套路更深。信奉在薄情的世界里，绝情地活着，活出真情来，才算是真本事。

《零距离对话》这本书，是我用时两年用情用心抒写的一封"情书"。书中可能没有花前月下的浪漫、海誓山盟的承诺，但书中那不期而遇的温暖，那被狂风暴雨荡涤后的洒脱，可能会唤醒您内心深处的梦想，让您体会到那真性情释放后的快乐，感受幸福与爱情、平安与祥和……

在今天这个所有人都在往前冲的时代，我却很想往后退，慢慢慢下来，过一种与自己内心相一致的生活。苏格拉底说："未经审视的人生，不值得过。"生活中我们也不难发现，大凡有大格局的人，对自己的生活都有着认真的思考。因此他们能不卑不亢，不慌不忙，不被外界的标准裹挟，以适合自己的节奏自在生长。

心有大格局，过好小日子，其实挺好！

雨果说："未来将属于两种人：思想的人和劳动的人。实际上，这两种人是一种人，因为思想也是劳动。"《零距离对话》能够让我们在喧闹的社会中偶尔停下脚步，静下心来读读书，安下心来跟自己说说话，或悟人生至理，或叹人世苍凉，撇除焦虑与浮躁，保持天真，做一条流向未知终点的河。

还是读书滋味长。与书为伴，拥书入梦，可能是我能想到的最浪漫的事。读书给了我们清澈的生活，读书会让我们更朝气蓬勃。

情到深处自然萌，《零距离对话》能够让我们相约在有温度的思想中，尽品书香，尽享一种灵魂深处的愉悦，名利浮沉之外，独嗅那一缕缕淡淡的香气，度过一个又一个愉快迷人的周末。

目　录

第二章　岁月如歌，情怀依旧

零距离对话

4

第一章

零距离对话

千金散尽还复来

——金钱论浅说

记得一次去澳门考察，看到一座别墅顶有一铁公鸡造型，澳门同行问我是否知道何意，我自言自语道，澳门博彩业发达，造型一定是取铁公鸡一毛不拔之意了。同行大呼"说得太对了"。这栋别墅的主人就是何鸿燊。

从白手起家到身家千亿，其一生充满了传奇色彩。近日，据港媒曝光，何先生由于健康堪忧，每日医疗费用高达八十六万，几年时间，医护费用支出近两亿元。都说生命无价，如此看来，生命其实是有价的，只是有钱人的生命比较昂贵而已。

成年人的安全感，都是钱给的。贫穷限制的不仅仅只有想象力，还有人生的选择权。弱者无选择，这是人生最残酷的事。最坏的生活，是没有选择权的生活。俗话说，用钱能解决的问题都不是问题，可现实问题是，我们绝大多数人缺的就是钱呀。我曾经觉得谈钱很俗，但现实生活中百分之九十九的哀伤都与钱有关。婚姻里最大的敌人不是小三，也不是家暴，而是穷。再多鸡汤，再多誓言，也比不上一张钞票给的安全感。

昨天，和一深圳朋友喝酒，他说，深圳一打工仔急需三十万的救命钱，他的母亲就以自杀的方式去获取保险赔偿，为儿子治病。悲催的是，母亲并不知道那份保单已过期。这掺杂着荒诞的真实悲剧，让人有一种无法言说的痛。

小时候，就知道有钱能使鬼推磨。长大了，才知道没钱是人都难过。我的一位富人朋友更是语出惊人："钱多能使磨推鬼。"真是有钱人，想象力都超级丰富。幼稚时，就知道金钱不是万能的。成熟后，才知道没有钱是万万不能的。尘世中人，哪个不是时时刻刻为生计操心。

金钱好比第六感官，少了它，就别想让其余的五种感官充分发挥作用。有了它，就可以维持个人尊严，你就可以做一个慷慨、率真、保持住独立人格的人。

《寒门再难出贵子，穷人跨越阶级有多难》这篇文章揭示的一些问题，让人细思极恐。寒门愈发难出贵子的现象，正代表着这个社会阶层流动性的日益固化。这种固化正在随经济的发展而加快。毕竟在这个社会里，所有的人都在拼命向上一阶层攀爬。寒门在努力，中产在努力，富裕阶层也不会放松。但命运的扭转，并非单纯的努力就能实现。很多时候，除了眼界，还需要一些运气。想打破阶级，将会变得越来越艰难。

有句话说得好，世人慌慌张张，不过图碎银几两。偏就是这碎银几两，能解世人惆怅，能免饥荒，能定安康。

一位记者朋友这样描述失去工作、假装上班的中年人，看了让人鼻酸。他们看起来不年轻了，脸上没有任何情感波澜，总是孤独地坐在咖啡厅的角落里，一杯咖啡应付一天。手却没闲着，不停地敲键盘或者打电话，眼神中满是遮掩不住的焦虑。都不容易，都是钱逼的，一定要再努力一点才行。现在全世界的人，都在经历着同样一片泥潭。挣扎会满身泥土，但可以上岸，一旦放弃了，就一定会沉没。

我们小心翼翼地维护着现有的生活，可回头一看，时代狠狠地把我们抛在了后面。在金钱成为我们衡量幸福标准的今天，我们为了这个幸福失去了很多，也牺牲了很多。人生过半，可回头一看，却发现多年的奋斗还不及高昂房价的片瓦只砖。

"百万富翁"和"穷光蛋"应该是意义完全相反的两个词，但现在却因住房而联系在了一起。住着价值百万的房子，实际上却是个穷光蛋的人比比皆是。沉重的债务负担，极大地限制了年轻人的创造力和想象力。

李白斗酒诗百篇，很是让人羡慕。李白从不缺钱，永远是少年的一生，更是让人可望而不可即。没有强大的物质基础作后盾，诗百篇是很难成立的。历史是这样，现实更是如此。

哪里是什么岁月磨平了棱角，分明是金钱磨平了一切。有句话说得好：只考虑金钱的婚姻是荒谬的，不考虑金钱的婚姻是愚蠢的。年轻的时候读到这句话不知其意，成年以后进入婚姻才深以为然。有人甚至说：婚姻本身就是一场生意，何必谈感情。

男人挣钱是责任，女人挣钱是价值。别年纪轻轻的就玩佛系，人到中年，你就知道有多少坑等着你来填。人生暮年，你就更知道养老有多贵了。别矫情了，没事多努力，有空多赚钱，才是。别天天纠结一个女人爱不爱你，也别总想着别人看不看起你，当你成功的时候，你最不缺的就是爱情和朋友。这不是鸡汤，这是现实。

你挣钱的速度，必须快过孩子长大的速度，赛过父母老去的速度。到了中年，你就懂得上下夹击的痛苦。你必须在中年到来前，让卡里那串数字够长。否则，时间一到，你必将在自责与恐慌中挣扎。

我有一个朋友，年前还是一个企业高管，年薪三十万，买了房和车，本来想着今年大干一场，还清房贷车贷，以后就是有房有车的中产阶级了。没想到这疫情还没有过去，公司就倒闭了，只好做了一个外卖小哥。用他的话讲，现在没办法，一家人要吃饭，要生活。

这段时间，破产、失业、欠债的人，真是太多太多了。很多人就像这位高管一样，本来有着一个还能勉强维持的体面生活，但突然来临的一个意外，一下就将这种体面击碎了，把人从幸福的云端推向黑暗的深渊。

你的金钱观里，藏着你的人生。少不更事时，总以为钱能买到一切。年岁渐长，才懂得真正难得的，是一颗感受快乐和品味生活的心。或许没有豪宅与豪车，没有浮华的奢侈品，但只要亲人健康，好友在旁，哪怕只是一饭一粥的平淡，也能从中浅尝欢喜。

　　人这一辈子，钱是赚不完的，可人是会老的。钱够花就好，财够用就中。人常在，心常在，才是最好。再富有的人，再有才华的人，最后拼的也是身体。在小康和赤贫之间，只不过是一场病的距离。用青春赚的钱，难以买回青春；用生命赚的钱，难以买回生命；用时间挣来的钱，难以买回时间；即使用一生得到全世界的钱，用全世界的钱也买不回自己的一生！

　　钱是赚不完的，身体才是赚钱的本钱。这是我当年为一著名保健品写的广告的主题词，今天想想，仍倍感亲切。这，才是《金钱论》最重要的。

问世间情为何物

——情爱论浅说

　　尽管中国的股市创下了近期新低，但似乎一点也没影响今年中式情人节的气氛。七夕，许爱一世柔情，频频刷屏。问世间情为何物，直教人生死相许。古老的话题，永恒的主题，几千年来，不知有多少文人骚客在描写，在诉说，然而又有几人能说清楚呢？

　　对酒当歌，想说就说。何况今天还是七夕，不说白不说，我思想的天空是永远也不会有航空管制的。当然，有一点是十分肯定的，绝不可以信口开河。

　　正像保存葡萄最好的方式是把葡萄变为酒，保存情感最好的方式就是致力于把情感变为永存的随笔或由随笔幻化出的美丽画卷，那不仅是情感的难忘，更是一种铭刻。

　　就说说《围城》吧。围在城里的人想逃出来，城外的人想冲进去。婚姻也罢，职业也罢，人生的愿望大都如此。几十年过去了，钱老先生笔下的围城现象，已悄然发生了巨大的变化。你稍微看一下周围的同事、朋友，从城里出来的，有几人想返城；冲进城里的，又有几人在安心守城；又有几人早已变成了维持会会长，维持着这个近乎空城的动态平衡。

　　社会学家把这种爱情不在但亲情还在的现象称为维持会现象，双方互为维持会会长。出城人、守城人、维持会会长之间到底是什么数量比例？说实在的，谁也说不清，但可以肯定的是，西风早已压倒了东风。

　　出城人的层次越来越高，年龄愈来愈低，生活越来越滋润，让城里的维持会会长、守城将士躁动不安，跃跃欲试。如此，假如钱老先生能重返人间、续写《围城》的话，书名很可能就要改为《空城》了。

真爱难求，多少人终其一生，却不曾见识爱情的真身。难道真的没有情没有爱了吗？当然不是。笔者比较认可的一种观点是，现代社会是多元的，当然爱也是多元的。比如，在爱情里，女人要有一些崇拜感，男人要有点宠爱欲，如是，两个人的幸福就简单了。你崇拜我，我宠爱你，这种爱，感觉一定会是特舒服的。

"到了我这个年纪，还没找到合适的她，也渐渐明白了一个道理，合适的人不是你拼了命去追赶的人，而是当你累的时候，停下来，拉着你一起走的人。"多么接地气的恋爱观呀。我仿佛看见属于你的"菜"正在穿越茫茫人海，带着温柔奔赴过来。

社会是多元的，爱是多元的，爱的标准也是包罗万象的，也只有这样，世界才能是五彩缤纷、绚烂夺目的，有道是：有情人终成眷属，无情人数不胜数，多情人疲于应付，豪情人以我为主，痴情人风雨无阻，真情人非你莫属。

低质量的婚姻，不如高质量的单身。到了一定年龄，人都知道，爱与不爱都是其次，相处不累最重要。世上太多的分离，不是因为不爱了，而是因为累了。这就是爱，说也说不清楚，让人糊里又糊涂。不和谐的，折磨你半生；美妙绝伦的，可以滋润你一世，温暖你一生。

日前，我朋友四十多岁的千金终于出嫁了。等了这么多年，出嫁的原因竟然很简单，既不是豪宅达标了，也不是人民币够多了，就是因为她遇到了一个可以让她做回小孩的人。坦率地说，这位可爱的千金出色得很，她那含苞待放式的微笑估计百年之内也见不到第二个。无独有偶，一位女星谈到她的三段婚史，很自豪地说："我的前前任和前任都很棒，他们一个教我做温柔的女人，一个教我做成熟的大人，但我更爱我的现任，因为他让我做回小孩。"

我脾气不好，你哄哄就好。情感专家这样解释大叔热盛行的原因，我对你崇拜，你对我宠爱，道理还是蛮通的。杨振宁在八十二岁时迎娶了二十八岁的翁帆，瞬间轰动了全世界。如今两人已经走过了十五年的风风雨雨，而且恩爱如初。

见与不见，无望爱情的美丽与苍凉。每次读到这首诗，心中都会有一种莫名的滋味，说不清是苦涩还是甜美，召之不来，挥之不去。

只要我喜欢，爱就存在我心里。这是我最认可的对"见与不见"的最深情的解读，也就是佛家所说的，苦也不苦。他喜欢她，无关爱情。她幸福了，于是他也快乐了。

请记得那些对你好的人，因为他本可以不这样。这可能就是生活中，对"见与不见"最率真的注解吧。世界太大，还是遇见了你。世界太小，还是弄丢了你。你非常喜欢的TA却非常不喜欢你。设想一下，如果没有这样的矛盾冲突，生活又怎能绚烂多姿呢！

现实生活中，当婚姻被世俗的烟火熏染得越来越平淡、越来越枯燥的时候，我们就会发现婚姻里的人，不一定是懂你的人，真正懂你的人也许在婚姻之外。

有一种情感叫爱而不得。好多深爱的人，最终没能在一起，他们或许跟一个不爱的人过一辈子，或许遇到了一个深爱的却不能在一起的人，只好选择一个人独享这美好的时光。

我不怎么懂诗，可每次读到下面这首诗，还是很有感慨的。这首诗是我的一个朋友看到我的随笔后写下的，还是蛮有意境的，恰如其分地让随笔的内涵丰富了，外延扩大了。

爱而不得，充满着悲情的苦涩。

短暂欢愉过后，总是要各归其所。

一年的企盼，终究不过是一天的擦肩而过。

你主宰不了命运，命运却注定要将你吞没。

迢迢星河，阻挡着相守的时刻。

神说你触犯天规，你说你无可奈何，

我说你活该受折磨。

既然贪恋现世安稳，又何必苦苦追求自我。

让我任性一回又如何？

什么情深缘浅，什么爱而不得，

我要打破，这该死的条条框框，

我要撕碎，那所谓的游戏规则。

痛痛快快、酣畅淋漓，

真真切切地为自己而活。

我不知道，我有没有同行者。

你坚定我一定执着，

你不遗余力我一定拼尽全力，

燃烧自我，化作那最美的人间烟火，

向世人宣告我们的快乐。

婚姻之外的爱情，是一种人性的挣扎！

明明动了真情，明明动了真心，但是进一步没资格，退一步舍不得。

情深缘浅，无可奈何。

其实，能遇上一场美丽的意外，也是一种幸事，此生足矣。

能有一份温暖的遇见，唯美了整个曾经，也就够了。

曾经沧海难为水，除却巫山不是云。这大抵就是爱情最美好的样子吧。

你可是我曾经拼了命爱过的人，

曾经最让我欣赏爱慕的那个你，

怎么就变成了我是我，你是你？

越想忘记却越清晰。

只好习惯了一杯一杯灌醉自己，

还要笑着对自己说没什么了不起，

不就是这一辈子我忘不掉你而已，

越想忘记却越强化了对你的记忆。

村上春树曾说，只要有想见的人，就不是孤身一人。你说这句话矫情吧，这是名人名言；你说这句话不矫情吧，可你还能找出一句比这话更矫情的吗？单恋也是恋爱的一种形式，对象是想象力。单恋一个人的心情，就像是瓶中等待发芽的种子，永远不能确定未来是否是美丽的，但却真心而倔强地等待着。

有的人天生是来爱你的，有的人注定是要来给你上课的。如果无缘的话，你的无数个回眸，未必能看得见一个擦肩而过。生活就是这样：有时候爱着，也是恨着；有时候恨着，也是爱着；爱得越深，恨得也越深；恨得愈深，爱得亦愈深。爱与恨本就是彼此交织的一份说不清道不明的情愫……

"感谢你在我最沮丧的时候，还肯敷衍地安慰我。""我说我愿意走九十九步，而你一步都不愿意走向我。"这个世界上最冒傻气的事，就是跑到不喜欢你的人那里问为什么。不喜欢就是不喜欢，没有为什么。

人有时是很贱的。爱你宠你的人你不稀罕，对你冷若冰霜的人你却穷追不舍，最后搞得遍体鳞伤的还是自己。不要在不喜欢你的人那里丢掉了快乐，又在喜欢你的人这里忘记了欢乐。我藏不住喜欢，你演不出热情，这又何苦呢？

既然翻不过那一页，为何不换一本书？

天下没有不散的筵席，人生也没有不痛的别离。明智的放弃，远胜盲目的执着。等到走过了山重水复，遇到了柳暗花明，心中千千结必解。一个人风尘仆仆地来到这个世界，就是要为喜欢自己的人而放肆灿烂的。浪漫的生活，热烈的爱情，真挚的感情，一直都是爱情里梦寐以求的向往。

"有时候为什么会那么钟情一首歌呢？因为发现歌词里有我们相似的故事。写歌的人最无情，听歌的人最矫情。有时听到某首歌，会跟着歌词去回忆，同时感慨自己的故事，甚至发现歌中满是自己的影子。"

一次醉酒后，我的一个朋友和我说了上面的一席话，让我至今不忘。他还说了世界上让他最感动的两段著名情话。一段是世界上最悲催的事，不是我爱你你不知道，而是你知道我爱你却不知道我真的很爱你。另一段是我这辈子最大的幸运就是认识你，而最大的不幸却是不能拥有你。也许你会遇到你深爱的人，可是却不会遇到第二个像我这么爱你的人。上帝啊！为什么让我在错误的时间遇见了完美的情人，这玩笑开得也太大了吧。

在这个浮躁的社会，功利的世界，竟还有人这样痴情，心有纯真，情有纯粹，假如爱有天意，大概也不过如此吧！今天这个时代，人与人的真实距离好像越来越远了，我们越来越缺乏拥抱爱的激情了。走在一起，是缘分；一起在走，是幸福。

今年七夕最流行的一句话就是：既然来了人间一趟，就大胆去爱，就像从来没有爱过一样。这，才是《情爱论》最重要的。

浮生若梦，为欢几何

——幸福论浅说

《金钱论浅说》《情爱论浅说》发出后，朋友们的点评甚至是续写，丰富了我的浅说，开阔了我的视野，也延伸了我的思路。

昨天，一朋友和我说，这是个人人焦虑的时代，似乎人人都在叫苦，人人都在喊累，总觉得有了钱就会笑口常开，总觉得有了情就会幸福美满，身在福中不知福的人越来越多，问我这周能否来个《幸福论浅说》？随笔变成了命题作文，望着窗外不断上涨的太子河水，心中的涟漪早已微微泛起。

幸福不是你的房子有多大，而是房子里的笑声有多甜；幸福不是你的爱人有多能干，而是你爱人的笑容有多灿烂。这样的句子或段子，网上一毛钱能买十一个。

就算你找到一个又能干笑得又灿烂的，若你没点水平，准是一头雾水，幸福在哪里呢？这是现实。生活中，我们常常看到这样一种现象，有的人本来应该很幸福，可看起来却很烦恼；有的人本来应该很烦恼，可看起来却很幸福。

说到这儿，让我想起了一位好友的一段醉话，他说："我就是那种看着很幸福其实不幸福的人，你就是那种看着挺幸福其实也很幸福的人。"每每想起这段醉话，我就在想自己是不是那个身在福中不知福的人呢。

有时候，你会感觉恍惚，似乎追求的幸福会突然间变得那么的不真实，模糊得你看得见它却不能伸手触碰，就怕把它碰碎了。这位朋友还时常顾影自怜地解嘲：一大把的年纪了，别的本事没学会，自欺欺人的本事倒是学到了十成十。矛盾的心理造成他快乐时很快乐，痛苦时很痛苦，笑着笑着就哭了，哭着哭着又笑了，哭的时候没眼泪，笑的时候眼泪止不住地往下掉……你说他是幸福呢，还是不幸福呢？

幸福是什么？关于这个问题，或许每个人心中的答案都不同。你羡慕他腰缠万贯，他还羡慕你睡得香甜。我们的生活经历不同，对于幸福的诠释，也就各有不同。但无论是哪一种幸福，都源自一个人内心最温情的认知和最丰裕的感受。

你的快乐我不懂，但我的快乐你也未必懂。所以，请别用你的标准来定义别人的快乐，也别用你的尺子去丈量别人的生活。如果你问我：人生应该活出什么样子，该以什么样的方式活着？那我会这样回应你：用你喜欢的方式过一生。

有人说：幸福的人生，应该容忍一些不健康的快乐。理由是，人即使赚了全世界，却连快乐都没了，那活着多累。此话我不敢苟同，但我很认同这样一种说法，我们来到人间，与别人欢聚一场，不是为了活成他人眼中的标配，而是为了追欢逐乐。我们不是来生气的，更不是来气人的。

所谓幸福，就是求仁得仁。人生在世，每个人都在追求自己的幸福生活。但很多人终其一生，都不曾明白，到底什么才是真正的幸福。

幸福是一种期待，更是一种感受。期待家温暖的人，幸福就是回家时窗前的灯火和餐桌上热乎乎的饭菜；孝顺父母的人，幸福就是子欲养而亲健在；珍惜生命的人，幸福就是一觉醒来，窗外的阳光依旧灿烂。

幸福就是还有时间、机会、能力去感受着爱与被爱。很多时候，最简单的幸福，往往也是最难得的幸福，常常让人忽略。一家、二人、三餐、四季，度过每一个平常的日子，可能就是最幸福的。有家回，有人等，可能就是最简单的幸福。但能享受到这最简单的幸福，并不是一件很简单的事。

忘记是谁说的了，原本只想要一个拥抱，不小心多了一个吻，然后你发现需要一张床、一套房，然后是源源不断的需求，最后才想起，你原本只想要一个拥抱。

其实人生真正的幸福，并不在于你得到的足够多，而是看你能不能享受适当的少。当对幸福的憧憬过于急切，那痛苦就在人的心灵深处升起。叔本华说：人在各种欲望不能满足时处于痛苦的一端，得到满足时便处于无聊的一端。人的一生就像钟摆一样在这两端之间摆动。

人们总是把幸福解读为"有"——有车、有房、有钱、有权，但幸福其实是"无"——无忧、无虑、无病、无灾。有，多半是展示给别人看的；无，才是你自己的。

幸福就是说不出酸酸甜甜的糖。虽然人人都想生活十全十美，但事实是，从来没有真正的完美。我们都要学会与生活握手言和。幸福在于知足，而缺憾是生活的常态。我们要么努力去改变，要么尽力去接受。幸福感远比你追求的完美重要得多。幸福属于满足的人们。

幸福其实很简单，一个人能从日常平凡的生活中发现快乐，就是一种幸福。一个眼神，一个问候，一个可靠的肩膀，一个温暖的怀抱，幸福触手可及。

快乐就是幸福。快乐的源泉来自每个人的内心，对自己对生活不要过分严肃，试着发现身边的点滴乐趣，适时地幽默一下，让生活充满笑声。

幸福常常是一幅烟雨图，清幽宁静，朦朦胧胧。经历得越多就越明白，幸福的对立面并不是不幸福，而是麻木，是我们丧失了感受爱的能力。被爱是件令人愉悦的事。只有我们感受到被爱，才能让这种幸福感落地生根。好像是托尔斯泰说的，被人爱和爱别人是同样的幸福，而且一旦得到它，就够受用一辈子。

每个人的生活中，都有可能遇见这样一个人，她的出现惊艳了岁月，温柔了时光。她的魅力微笑，足以让你感受到那种心悸的感动。人生最幸福的，莫过于认识你，有你暖暖地住在心底。但凡事皆有一个缘法，即使无缘，享受过程，在淳朴的爱里感受与回味，其实也是蛮幸福的。人之所以会感到幸福，就是因为在通往幸福的道路上，努力过，追求过。

当然，人生最大的幸福，莫过于发现自己爱的人，正好也爱着自己。幸福只有在分享和互动的时候，才是真正的幸福。幸福，藏在糊涂里。糊涂，是一种心态，更是一种境界。它是明白的升华，更是看透不说透的涵养。

生活中我们常遇到这样那样无可奈何的事，我们无力改变。怎么办？难得糊涂，承认自己的无能为力，总比强撑着要强。要知道，尽人事，听天命，这可能是人世间最大的从容。

人活在世上，不可能让每个人都认可，踏踏实实的，别跟自己较真儿。岂能尽如人意，但求无愧吾心，最好。生活不是战场，你也无需赢得每次争论。尝试听取别人的意见，也是对自己的认同。君子和而不同，你的修养，将会使你更加幸福。

很多时候，我们都以为烦恼是生活带给我们的。实际上，绝大多数的烦恼，都是我们自寻的。看不惯，放不下，舍不得，心就会烦躁。不争辩，不计较，不深究，才能让心安定，拥抱幸福。

做人，不必太精明。做事，不必太计较。明白存心中，糊涂过人生。貌似糊涂的人生，何尝不是一种幸福人生。加缪说：如果你继续去寻找幸福是由什么组成的，那你永远不会找到幸福。人总是在接近幸福时倍感幸福，在幸福进行时却患得患失。其实，人生最好的境界是，花未开全月未圆。肯低头，就永远不会撞门；肯让步，就永远不会退步。求缺的人，才有满足感；惜福的人，才有幸福感。

西方有句谚语："不要为打翻的牛奶哭泣。"用今天的话讲，就是不必困于心、乱于情。我们说话不是为了抱怨的，我们拥有记忆不是用来遗憾的。不要活在对过去的追悔中，也不要活在对未来的担忧中。活在当下，才不负年华不负己。要知道，昨天的太阳晒不干今天的衣裳。一个懂得生活的人，绝不会只沉湎于过去。

所以，不管心情如何，赶紧起身，梳洗打扮，闪亮登场，你依然是最幸福的。幸福，是心灵的醉意。一个内心幸福的人，必定都有一颗玲珑剔透的心。歌德说："人之幸福，全在于心之幸福。"物随心转，境由心造。一个人幸福快乐与否，不取决于外部环境的好坏，而取决于心态的好坏。

日常生活中，我们似乎都习惯于看别人的态度来决定自己的悲喜。那些由不得自己的快乐，其实都不能称为幸福。幸福，应该是你发自内心的一种感觉。没有人能主宰你的幸福，你的幸福，由你决定。当下一次感到悲催的时候，千万别再将手指向别人。

人生就是这样一场游戏，在欲望的浮沉中，把生命扔到很远很远，最后，只为了找到很近很近的那个简单的自己。有些东西，并不是越浓越好，幸福，要恰到好处。一次去日本考察，看上了西门子公司的一句企业口号：请愉快地工作。回国后，正好给一家企业搞整体策划，深思熟虑后，"开心地生活，愉快地工作"就成了那次策划的主题词。

珍惜身边的幸福，欣赏自己的拥有。甘之如饴，踏实无比，寂静欢喜。这，才是《幸福论浅说》最重要的。

人间有味是清欢

——断舍离说

二十多年前，我住四十平方米的宿舍，唯一的桌子，放上碗碟就是饭桌，放上纸笔就是书桌。那时有说不完的话、写不完的稿，两三年时间内竟然能写出两本书来。如今，住一百八十平方米的房子，书桌饭桌都是特色的、贵重的，可话是没有了，字也写不出感觉了，还好有手机可以写随笔，一笔一画还能按出点感悟抑或温情来！

生活怎么也越来越复杂了呢？其实，生活并不复杂，复杂的是我们自己。惬意的工作和生活应该是简单的，应该是在简单中享受着一种不简单。真正的高手，都善于把复杂的事情简单化，工作如此，生活亦如此。

一位在欧洲生活多年的朋友和我说："北欧国家富裕阶层现在依然过着简朴的生活，但这是他们的主动选择。他们在物质上虽然简单，精神上却非常富足。而且他们一旦养成简单的生活习惯，就会享受其中，乐在其中。"我一直这样认为，从厉行勤俭节约到主动选择简朴，这是人们生活品质飞跃的一个重要标志。如果非要上升到理论的话，那就是：物质主义已经结束，极简主义彻底到来。

我们越来越清楚自己最想要的是什么、最为重要的是什么，于是我们开始干净利落地砍掉那些不必要的东西，开始寻找那些有趣的东西。你的时间有限，请不要为别人而活。你的精力有限，请不要为杂物而活。

现代生活，越来越多的人选择了断、舍、离，开始过极简主义生活。断，就是不购买不需要的东西。舍，就是舍弃多余没用的东西。离，就是脱离对物质的执念。如是，生活环境清爽，心灵环境更为舒畅。

就拿生活来说，备品臃肿只能给生活带来诸多累赘，平日里需要清理，无形中浪费多少光阴。断舍离之后，给房间增加了宽度，给生活增添了厚度，给思维延伸了长度，多好。

有一个持续多年的研究发现一个现象：幸福感强的人士，往往居家环境十分干净整洁；而不幸福的人们，通常生活在凌乱肮脏中。你所居住的房间正是你自身的折射，你的人生其实就像你的房间。

有一句话，让我至今不忘。干净的房间里便藏着你的福气，藏着你的福禄寿喜财。身处窗明几净之所，心怀光明，行事简洁，便是这世间的最佳风水。家，越干净，越有福。"财不入脏门"，每年春节前要打扫房间迎财神说的就是这个道理。

一屋不扫，何以扫天下？干净整洁的家，就是你变得越来越优秀的磁场。家里越干净的人，生活层次越高。干净，是一个人身上最温柔的形容词，是一种让人感觉特舒服的气质，也应是我们生活中最基本的形式。

人到中年，见多了油腻，看过了浮躁，渐渐会发现，活得干净有多难得，它能一眼瞅见我们灵魂的底色。

古人云："久入兰室不闻其香，久住脏屋不觉其乱。"一个干净、简洁的房间仿佛自带一种阳光属性，能让人充满活力、希望。反之，人的心情难免变得浮躁、烦闷，积蓄负能量。从某种角度看，清扫房间，就是清扫心情。扔掉不必要的包袱和累赘，才能把更多更有价值的事物请进生活中来。学会吐故，方能纳新。生活变得简单了，却更有质量了。丢弃生活中那不重要的百分之九十，剩下的百分之十估计会让我们收获更多。

极简的生活，如同一幅留白的中国画，寥寥几笔，神韵皆出。没有杂物、没有杂念的极简生活，才是极美。该扔的时候果断地扔，这也是一种魄力，别让生活负重前行。更有人提出：人这一生，一半靠挣，一半靠扔。年轻时不知争取，注定庸碌；中年后不懂放手，皆为困兽。你什么东西都不扔，只会积累一堆看似有用的垃圾，还谈什么生活质量？什么都不能舍弃的人，就无法改变任何东西。这是一个很简单的问题，但却非常深刻。

极简不是极端的生活，也不是无欲无求的生活，而是更有品质的生活。减去不必要的，增加最在意的。明白真正的自我，珍视每一个重要的拥有。

美，就是净化过剩的过程。该放下的就放下，该舍弃的就舍弃。有些东西，如同鸡肋般食之无味、弃之可惜，也许正是源于觉得可惜，才会有不舍，其实是自己放不下对它的执念。没有了滋味便如同嚼蜡，与其痛苦咀嚼不如潇洒放弃，因为好吃的东西太多了，何必在鸡肋上浪费生命呢？

"人间有味是清欢"苏轼这一带有哲理性的诗句，至今还给人以无尽的思索玩味。清欢是生命的减法，让我们舍弃了世俗的追逐和欲望的捆绑，回到最单纯的欢喜，是生命里最有滋味的情境。在简单中享受宁静，在释放后获得快乐。舍弃了，放下了，人自然就轻松了，心如释重负，便可以以更好的姿态追求自我了。

面对不断膨胀的物欲，我们真的需要一颗能够静下来的心。心里没有那么多纠结的东西，没有那么多的欲望才会快乐。人若总是被物质世界所吸引，被欲望所填满，会活得很累的。

其实，多余的物件并不代表富裕和殷实，而是给心灵无形地套上繁复。背负太多的东西，犹如自己给自己铸造了一副金银的镣铐，只能成为压垮身心的累赘，除此之外别无他用。

只有降低欲望，才能返璞归真。不求所有、但求所用的观念越来越深入人心，人们也越来越觉醒了。

生活是过给自己看的，舒服的就是合适的。也许我永远是那几件行头，一条裤带系了好几年，一个季节也就那么几件衣服。在别人眼里，这样的生活太简朴了，但我认为贵在轻松。我不必去想今天该穿哪件好，明天还穿哪件妙，可以把时间花在更有意义的事情上。

化繁为简需要的是告别的魄力。微信创始人张小龙一直强调化繁为简。他说："外在形式越简单的东西智慧含量越高，因为它已经不再依赖形式，必须依靠智慧。"我认为，这也是微信成功的关键所在。"所谓管理，就是让一切变得简单，越简单，越高级。"这话更是让我醍醐灌顶。上品画作，需要飞白诠释深意；精致生活，需要空间铺陈美好；自由心情，需要简约体悟深远。世间万物皆是如此，很多道理是相通的。

断舍离不仅适用于物品，更适用于情感。只有真正放下过去，我们才能够活在当下。很多时候，我们不是在担心未来，就是在不停地后悔过去，于是就错过了一个又一个的当下。

什么叫真正的放下？就是有一天，当你再次面对过往的难堪或者憎恨恼怒的人，心如止水，不再起心动念，坦然面对，一笑了之。即使别人在你面前复述你过往种种不幸时，你仿佛是在听别人的故事，心里一丝涟漪都没有了。

睡前原谅一切，醒来便是重生。放下，莫过如此。幸福的人生，有时候并不是累积而成的，而是通过割舍来获得的。不要把生活积累成冗余和拥挤，不要把内心堆积成憋闷和寡欢。为空间，为内心，为环境，留足空白，去呼吸，去回味。

现代交友原则，似乎是朋友越多越好，圈子越杂越好，我们总是惦记着，多交些朋友，总有用得到的地方。可无数事实证明，社交越频繁，人们的生活满意度反而越低。当我们的生活被无用的社交填满、被牵着走时，反而没有时间关注自己的生活了。

太杂乱的圈子总是容易滋生矛盾，很多时候我们的不快乐，就来自那些无谓的人情世故。剔除无用的人际关系，还自己一个干净的圈子，与干净的人同行，专心致志地去维护真正需要珍惜的人，这也应是断舍离题中应有的重要之意。

人就是在不断地放下，又不断地捡起的过程当中，完成自己的修行。情感的断舍离，并不是一场悲伤的告别，而是与未来要留在你世界里的人的一次欢喜相逢。断舍离的主角并不是物品，而是自己。丢东西只是初级阶段，清扫内心才是真正的高级。

孟德斯鸠说："美必须干干净净，清清白白，在形象上如此，在内心更是如此。"干净，是做人的底线，也是一个人最好的修养。没有人有义务透过你邋遢的外表，去发现你优秀的内在。仪容干净的人内心往往澄澈，最好看。心灵干净的人，坦坦荡荡，不畏世俗人言，活得自在，过得心安，最高贵。人心就像是一个容器，时间久了总会有垃圾。只有定期清理，放下不该有的念头，倒掉混乱糟糕的情绪，人才能活得更洒脱、更自在。

生活其实是一个整体。从整理物品入手，到重新找回自己理想的生活状态，这是从量变到质变的飞跃。由此可见，断舍离的根本是流动，是更迭，是新陈代谢。与其被动接受，不如主动割舍，更重要的是重新出发，找到新的更高更好的起点，这既是一种破釜沉舟，更是一种凤凰涅槃。

佛曰，戳破，放下，自在。有人说，人的烦恼常常来自三件事：自己的事，别人的事，老天的事。而活得通透的人，往往都能不纠结自己的事，不插手别人的事，不忧思老天的事。

有心者有所累，无心者无所谓。无能为力的事，当断。对生命中无能为力的事，适时放下，才是最好的修行，才能轻松上阵，走更远的路。生命中无缘之人，当舍。对生命中注定无缘的人，相濡以沫，不如相忘于江湖。你要知道，人生中所有的擦肩而过，其实都是为了给珍爱之物的到来腾位置。心中困扰你的执念，当离。灿烂之极必将归于平淡。对生命而言，拥有让心归零的勇气，才有享受生命的福气。余生不需要计较太多，断离心中困扰你的执念，才能笑对人生，潇洒处世。

人生，就是一场断舍离。不值得的人，不值得的事，不值得的物，都在试图抢走属于你的人生。你要做的，就是把原本属于你的人生，从这些不值得中抢回来。

人生，就是为了找回简单的自己。扔掉看得见的东西，改变看不见的世界。每一次断舍离，可能就意味着一次新生。懂得取舍，是一个人活得越来越高级的重要标志。人活到极致，一定是素与简，简到极致，便是大智。生活越是素简，内心越是绚烂丰盈。

人有净气，风度自来。从我做起，从现在做起，做一个干净的人，坦坦荡荡做事，清清白白做人，人生也必将焕然一新。

单身久了会上瘾

——独处说

这个春节，大概是国人过得最长的假期了。十四亿人宅在家里二十多天，这种鲜少的"独处"，却让不少人真正静了下来，认真思考了很多很多。这些年，我们的确是走得太快了，但我们的灵魂，却没有及时跟上我们的步伐。

"停一停，等一等灵魂"这个口号喊了很多年，但是因为要急着赶路，我们并没有真正停下来，这次疫情，给我们强行来了一次急刹车。我们都戴着口罩，我们都好好地待在家里……

全民族静下来，是一个国家进入深度思维的启示。在巴厘岛，新年叫寂息节。在新年的第一天，一反中国新年的热闹，他们选择让一切静下来，只和自己相处，不出门，不点灯，不烧火。清晨醒来，清食冥想，自己静静待一会儿，拜访自己的内心，与自己做一次访谈，审视一下过往的种种……复盘这一年我做了什么，有什么没做好，以及新的一年我想实现什么小目标。当人终于静下来思考，便多了一双眼睛去观照自己的内心世界。

一个真正强大的人，势必是懂得"自洽"的人，学会独处，才能沉淀人生。清醒时做事，糊涂时读书，大怒时睡觉，独处时思考。

亚里士多德说："离群索居者，不是野兽，便是神灵。"据史料记载：十七世纪伦敦鼠疫，牛顿在家独处被苹果砸开了脑洞，发现了万有引力定律。十九世纪俄罗斯瘟疫爆发，普希金困在家里三个月内写了六部中篇、四部长篇和二十七首抒情诗。

世界就像一个硕大无比的食物拼盘，我们每天都在马不停蹄地大吃大喝，却忘记了花费时间来消化吸收，而独处恰是最好的消化工具。没有什么能比独处更滋养一个人了，能够独处的人才能万物皆备于我。难怪现实生活中，不少人发出了"单身久了会上瘾"的感慨。

独处，是最佳的增值期。不能享受独处的人，不配拥有自由。能够静下心来享受独处的人，不是另类不合群，而是懂得收起浮躁的心，卸下虚假的面具，真正做回自己，整合自己，享受心灵上的宁静。学会在独处中与生命对话，不断丰盈自己的灵魂，而后轻装上阵，重新出发，应是我们一生的追求。

独处，开放了我们自身的端口，让我们有了与自己连接的机会。当我们不用被迫与他人对话，我们才有了时间与自己对话，人只有在跟自己对话，才能自我反思。

笛卡尔说："自我反思是一切思想的源头，人是在思考自己而不是在思考他人的过程中产生了智慧。"叔本华说："只有当一个人独处的时候，他才可以完全成为自己。谁要是不热爱独处，那他就是不热爱自由。"

独处，是一种最本质最昂贵的自由。因为，享受独处的人，才能拥有真正的自我。有时，沉睡中醒来，就特别喜欢那种安静，我与夜晚的独处，就特别容易想通之前怎么也想不通、想不明白的事。独处，是一个人的清欢。

刚刚过去的二十多天，就是国人最深刻的一次集体修行。日子被突然按下暂停键，一个人，一家人，不得不选择独处，待在家中的二十多天，重复的生活空间和生活作息，如何熬得过去？在这个难熬的冬天，有人光万丈，有人一身锈。

有人刻意回避正面冲突，看到对方的缺点，也不想指出来。很难和伴侣坦露自我，不会表达自己的情绪，像有一堵墙隔在两人中间。很多时候，都懒得和对方说话，更不愿分享自己的快乐与悲伤。每天朝夕相处，却貌合神离，渐渐把日子从一个人的孤单，过成了两个人的寂寞。科学研究表明，长时间蜗居在狭小的密闭空间，亲密关系中的问题会集中高频爆发。据媒体报道，随着疫情的逐渐平缓，一股"报复性离婚"热潮正在形成，深圳离婚排号，至少要等一个月，个别地方甚至进入了"两对登记结婚就有一对离"的时代。

要想走出这场困局，真正拥有和谐的亲密关系，需要的不是向外委屈宣泄，而是向内求索，真正喜欢孤独，享受独处。独处，是我们认识自己的最好机会。从热闹中失去的，会在孤独中找回来。

我的一位朋友，被疫情困在了山区老家，二十多天，手机都没有信号。刚刚，我和他煲了一顿电话粥。我问他："没有手机、没有网络的日子是不是很可怕呀？"他说："恰恰相反。从来没有在家陪父母这么久，第一次感觉安静真好，聆听自己的心跳与呼吸，和家人待在一起，心特安定。也从来没有和孩子相处这么长时间，突然发现，不写作业的时候也挺可爱，一个人看孩子写作业，也挺享受。"他还深有感触地说："深夜的酒，固然让人血脉膨胀，兴奋不已。但只有和家人在一起的清晨，喝着温暖的粥，才是真正的开始与生活。"

千万不要迷恋深夜的酒，一定要喝清晨的粥。千万不要只留恋熙熙攘攘的世界，却忘记了家和亲人。回家，要趁早；爱父母和家人，要在当下。把日子过得多些烟火气，从现在开始爱生活，一点也不晚。说得真好。

放下电话，我竟有一种知音难觅、相遇贵相知的感觉。这样智慧、平凡、幸福的生活，现实生活中，能有几人做得到？又让多少人羡慕不已呀！

居家隔离的日子，也是闭关修炼的日子。如果我们在这段至暗岁月里，能够整合自己的生活态度，重塑内心信念，等艰难的时候过去，我们将拥有更深沉与更健康的自我，在心中升起一团火，让更多人借光走出黑暗。

切不可在无序中无爱，在无聊中无德。独处，是为了更好地与自我相处，也是为了与外界建立更好的联系。独处是非常有必要的。人成熟的过程，其实也是学会与自我相处的过程，这个过程必然伴随从热闹到安静，从慌张到淡定，从迷茫到自知，从有人陪伴到泰然独处。

一个人在独处时间所做的事，可以决定这个人和其他人的根本不同。一个人应在独处中积极向上，学会乐观。一个家庭应在独处中相互陪伴，学会珍惜。在独处中认清自己，充实自己。无聊者自厌，寂寞者自怜，独处者自足。

独处，是一种静美，也是一种修炼。一个人在独处的时候，要守住自己内心的清明。在别人不知道的情况下，守住内心的准则，守住人生的底线。时刻反省自己，提醒自己，想想当初为何启程，不要因为走得太远，而忘记了自己当初为什么出发。

曾国藩说："慎独则心安。"说的就是这个道理。这个世界没有一个人理应懂得你，一个人最应该争取的懂得来自自己。与其虚伪地迎合别人，不如一个人安静地独处。

耐得住寂寞，才能等得到花开，才能经得了繁华。人生不过是一场自己说服自己、自己看见自己、自己给自己幸福的过程。一个优秀的灵魂，即使无人理解，他也能从自身的充实中得到一种满足，因为他明白自己真正想要的是什么。独处，是我们通往强大的道路。

生活最好的样子不正是风风火火的冷冷清清吗？独自清醒，享受冷清，却风风火火，有滋有味。独处时，熠熠生辉！热闹时，星光璀璨！

对酒当歌，人生几何

——酒说

我不是戒不了酒，我是戒不了我的朋友，我是戒不了微醉以后的感受。说着平时不好意思说的风流，情到深处竟然还会热泪流。我不懂什么抖音，可是刚刚听了这首可能是抖音上的歌曲，我的心却在颤抖。

说到喝酒，时不时会想起我的一个朋友在困难时期喝酒的窘态。一个咸鸭蛋，用一针线穿透，吮着线上的咸味，喝一口酒。记得一次在杭州西湖散步，看见一从容垂钓者，钓上三四只虾便收手，拿到旁边的酒馆里去，要一斤黄酒，拿烫酒的开水把虾烫熟，蘸酱油下酒，一只虾要吃很久很久……

喝酒的人，可以是三两知己，坐着小板凳，把盏清谈；可以是高朋满座，对酒当歌；也可以是一个人对月独酌。下酒菜可以是几只青虾，可以是满汉全席，也可以是一根腌萝卜、二两花生米，或者是什么也不要，只就着天光云影，就着一两寸过去的、未来的时光，就可以喝得心神熨帖。

嗜酒却从不沉溺的人，喜而不过，恋而不迷，依而不赖，懂得自控，微醺即止。此时当是心智清醒而神魂浅漾，飘飘然风骨若神仙。这样的人，也必然是有情调、有趣味的人。

酒与男人，有着不解之缘。酒之于男人，就像想象之于诗人，脂粉之于美女，是男人的灵魂与点缀。男人，因没有女人而寂寞，倘若还没有酒，就更寂寞了。酒是男人的诗，是男人的翅膀。酒与男人，构成了这世界的阳刚之美。男人的情怀，全装在酒里。酒遇红颜，即使是铮铮铁汉，倒上一杯，也会多愁善感，起舞徘徊，情难自已。男人的魅力，一半系于身，一半寄于酒。想喝就喝，这才更男人。

话是这么说，可凡事都有一个度。当你经历过几次酒桌上只有你一个人不喝酒，是一种怎样的百无聊赖，是一种怎样的众人皆醉唯我独醒时，你就会大彻大悟，喝酒也要适度。

就拿昨天的酒局来说吧，主持人把大家的杯子都收上来，一字排开，一一斟满。其间偶尔有人会大叫："好了好了，我的少来点。"酒过三巡，在酒精的刺激下，大家说话的分贝无意间都提高了一倍，指点江山，纵论天下，粪土当年万户侯，先国际后国内最后联系本单位，说个滔滔不绝，水漫金山。不喝酒，你想插句话都插不上，完全无法融入其中。因为大家热血沸腾都在拍胸脯，都在抬杠，谁要听你冷静客观的分析？

越到后来，你就越听不下去，酒醉的人一句话能重复八遍，思维混乱，口齿含混不清，你根本不知道他要表达的是什么意思，酒实在喝不下去了，就是不停地说，不停地争论。不听还不行，拉住你反复问："你说是不是？兄弟，我说得对不对？"如坐针毡，我一面应付一面想：自己酒后是不是也这德行，在别人眼里是不是也这么傻。

为了生活，人们平时戴的面具太多太多，唯有端起酒杯，开怀畅饮间，才敢说平时不敢说之语，做平时不敢做之事，想平时不敢想之想，返璞归真，回归本性。我酿的酒，喝不醉我自己；你唱的歌，却让我一醉不起。

有人说经常喝酒的人，不是喜欢喝酒，而是喜欢喝酒的那种感觉。喝酒是为了发泄和释放情感，喝醉酒是为了让疲惫的身心，得到解压和安慰，可以暂时让自己有片刻的安宁，重拾自己的真性情，痛痛快快地做一次真自我。在本真中生活，过本真的生活，努力让自己的生命远离虚荣。所谓本真，就是真实地去爱；真实地去品尝美味，去体验口腹之乐；真实地去享用人类的各种精神产品——音乐、美术、文学、艺术，去体验审美的快乐。

一个人喝酒喝的不是酒，喝的是无法对别人诉说的心事，喝的是郁闷，喝的是哀愁，喝的是心痛，喝醉了才不会感到难过。男人如酒，酒瓶标定的度数，衡量不出真切的感觉，非得亲口品饮，才能探出他的深浅。不喝酒的男人，是不可爱的。喝酒的男人，各有各的可爱。每每喝酒、每每不醉的男人，最能高瞻远瞩，凡事运筹帷幄。微昏薄醉、醉眼蒙眬的男人，冷眼旁观，世界看得更清楚。不醉不休、开怀畅饮的男人，有着难得糊涂的洒脱与超然。

缩头乌龟、畏首畏尾的男人，大概是骨子里缺乏酒的缘故。故舍生取义者，唯喝酒的血性男儿。酒对生意人来说是江湖，是人情世故；酒对很多文人来说是灵感的源泉。我喜欢喝酒的人，喝酒的人真实，喝酒的人洒脱，喝酒的人有情怀。

然而，现实生活中，不动声色的海量酒客，品尝好酒的酒客，却总是女人。所谓雄性男人，应当真爱酒。品酒，方能懂得爱的浓烈与深沉。喝酒的男人，激情澎湃，是不会让他的女人受委屈的，他会是女人阻挡风雨的大山与大树。

借此随笔酒论，我郑重地向上帝保证，今后绝对不再醉酒。公元二〇一九年端午前夜的那次醉酒，一定是我人生中的最后一次醉酒！二十岁喝醉是可爱，四十岁喝醉是可怜。

人到中年，真的该有点记性了，真的该知道点好歹了。与其在外面把自己喝伤，不如准时回家喝爱人为你煲的汤。一定！一定！一定！

一位英国牛津大学的教授撰文指出：适量饮酒可以减轻心理压力，能有效降低抑郁症的发病率。酒精还可以增加人脑内的内啡肽，这对于提高免疫力有好处。喝酒能让人开心，由此对人的健康产生间接益处。

人类的历史，是一部男人的历史，也是一部热血与烈酒的历史。

从杜康到伏特加，从红高粱到白兰地，你不难从历史中闻出它们的酒香。如果不喝酒，刘关张在桃园聊完天就离开，《三国演义》就此剧终。如果不喝酒，孙悟空就安静了，在天庭当个弼马温，《西游记》也就此剧终。

"鸿门宴"是男人智慧的较量，"杯酒释兵权"是男人的霸气与谨慎。酒，改变了历史，那还有什么不能改变。因为有了酒，才有无数英雄竞风流。我有一壶酒，足以慰风尘。谁与我对饮？知音古难求。酒，应该是我们一生的朋友！

平凡是这个世界的底色

——平凡人说

你这辈子做过的最重要的事情是什么？接受自己是个普通人，接受家人是个普通人。你不觉得普普通通过一生很没意思吗？不，平淡的生活更踏实，平凡的人生更舒心。挺好！

想想昨晚和朋友们的一组醉话，望着窗外微波荡漾的太子河水，思绪在慢慢展开。去年"双十一"看到一个数据："80后"、"90后"购买了百分之八十五的解压产品。为什么"80后"、"90后"有着如此大的精神压力？一个网友回答说：我们这两代人，成长于经济高速增长的年代，从小受到的教育，就是教我们怎么变得优秀，怎么在竞争中胜过别人。最后大多数人形成了不怕死、只怕平凡的心理。可现实生活中，有不少人甚至一生都在与平凡为敌。平凡即普通，平凡的人即普通的人。

我一直不明白，国人为什么对平凡的人生充满恐惧？为什么人人都想成为人上人？平凡真的那么可怕吗？国人拼搏的动力是想成为人上人，但成为人上人的概率有多大？世界上百分之九十的人都是普通人，百分之九的人有小成，百分之一的人能大成。或许，你的梦想是做一个有成的人。但是，对绝大多数人而言，很多梦想不是光靠努力就能实现的。每个人都是普通人，只不过我们自身不想那么普通罢了。可走向平凡，就是我们最终的结局。

小时候，我们都学过《坐井观天》这篇寓言，当时我们无一例外地都在嘲笑青蛙目光短浅。长大后，我对一位作家的解读深有同感：即使这只青蛙知道天有多大，它也跳不出这口井啊。这位作家也曾梦想着要改变世界。但努力了十几年，当他扛着行李又回到小县城时，他才明白了一点，也许自己就是那只跳不出井口的青蛙。没有翅膀的青蛙，能天天看见井口大的天空，其实就已经很幸福了。

《金瓶梅》写世人："营营逐逐、急急巴巴，却跳不出七情六欲关头，打不破酒色财气圈子。"你我皆凡人，难免有杂念。可碌碌一生，最难参透的真相就是"平凡"二字。看遍世间浮华，才知幸福不过白饭粗茶。那些紧握在手的，才是平凡生活里最珍贵的小欢喜。

一个拥抱，感受他陪伴身边的温暖。一个电话，回应她无时无刻的牵挂。这样的平凡生活，有什么不好呢！可现实中，有几人能享受到这样的生活呢？又有几人能发现这样生活的美感呢？

人人都不甘于平凡，人人都自命不凡，人人都想逆袭，这就是现在进行时。现今社会是由各色人等组成的，是一个多元的丰富多彩的世界，是什么神就归什么位。顺其自然，水到渠成最好。如果人人都是撒切尔夫人，人人都是艺术家，那这个世界才是很可怕的。

最令人啼笑皆非的是，很多人发现自己似乎很难成为人上人之后，就开始把一切希望压在孩子身上，哪怕是赌上全部身家，也要赌出个人上人来。很多家长一旦发现这场豪赌再次胜利无望时，就开始焦躁不安，抱怨连连，他们认为这是社会不公平，凭什么别人可以，自己就不可以。

即便一切都已经明朗，大部分人宁可活在自己的妄想里，宁可证明别人的成功是偶然的，也不愿面对自己的平凡。当孩子有了孩子之后，又开始重复这一轮回。这样的人两只眼睛哪怕睁得再大，实际上什么都看不见，也什么都不懂。生活中这样的人接触多了，你就会发现，愈是这般强烈地要培养儿女的人，愈是活得平庸。他自己活得没有自信了，就寄托儿女。

我们该怕的不是生而平凡，而是碌碌无为，还安慰自己平凡可贵。当回首往事的时候，我们才明白，原来我们终其一生不过只是为了成为一个普通人。普通人，也可以做很多有意义的事情；普通人，也可以让生活开出花来。

我们的生活平凡，但每一天都是限量版，在平凡中寻找一份欢喜，把日子过成诗。越长大越发现，即使最平凡的人也要为他生活中的希冀，为他那个世界中的点点滴滴而奋斗。在各行各业，往往不缺少精英，更多时候缺少的是平凡的好人。

平凡的职业和伟大的事业，有时是统一的。每个人都是一颗螺丝钉，坚守着阵地，保证了国家的正常运转，如果缺少了小小的螺丝钉，飞机不能起飞，汽车不能行驶……貌似平凡的螺丝钉，其实在发挥着不可或缺的作用，有着不可或缺的意义。

平凡，不是平淡，更不是平庸。人生最难的修行，就是与自己和解。允许自己做个普通人，别对自己要求那么高，因为没有人能够完美。勇于承认并接受自己的平凡，才是对生活真正的诚意。只有接受了自己的平凡，我们才能真正理性地规划未来。老百姓常说：有多大的脚就穿多大的鞋，有多大本领就画多大的饼，不好高骛远，也不妄自菲薄，说的就是这个理儿。其实，非凡的逻辑很简单：承认自己的平凡，寻找内心的安静，才能发现自己的非凡。如果一个人不能承认自己的平凡，就无法发现自己的非凡。同理，接纳孩子的平凡，才能发现孩子的非凡。

这简直就是上帝造人最公平的逻辑。平凡，其实是由我们自己来判断的。知人者智，自知者明。遗憾的是，这个世界上能做到自知的人，实在是太少了。那些天天都活在要成为人上人希望里的人，也因此丧失了从平凡生活中攫取幸福的能力。

幸福不是锦衣华食，不是权倾朝野，而是每一个微小生活愿望的达成。幸福不是一种结果，而是一种能力。如果一个人失去了这个能力，那才是人生最大的缺陷，必定痛苦终生。而且，这种心态也加剧了自己的平凡、庸俗，最后沦为平庸。

哲学家周国平说："人生有三次成长：一是发现自己不再是世界的中心的时候，二是发现再怎么努力也无能为力的时候，三是接受自己的平凡并去享受平凡的时候。"接受平凡，比超越平凡更重要。你我皆凡人，生在人世间。人生何其短，何必苦苦恋。平凡，是这个世界的底色。

有些东西，在我们的眼里光芒万丈，是因为我们自己在心中给它们镀上了一层光辉。人内心的幸福感，来自对既有生活状态的随遇而安和感恩知足。不必光芒万丈，始终温暖有光。

当一个天天微笑的小兵也很幸福。现实生活中，越来越多的人已开始苏醒，接受平凡，拒绝平庸。既有追求卓越的坚持和韧劲，更有接受平凡的智慧和勇气。

人生如湖水，静如处子，平如铜镜。在平凡的路上，多情地活着，多好！平凡，是每个人都想着要去突破的。但平凡的真味，又恰恰是在人生绚烂至极而又归于平淡之后。在曾经的岁月里，每个人都会有大小不一的光环，当光环退去，谁都需要柴米油盐，谁都是一介布衣。人间所有不凡，终将归于平凡。

光有超越的一面是远远不够的，还要有从平凡中汲取智慧的能力，也要有一种自知平凡的谦卑。伟大出自平凡，英雄来自人民。在平凡的岗位上书写不平凡的故事，应是我们一生的追求。用心甘情愿的态度，过好平凡而又幸福的生活，就是世间难得的圆满。平凡而安慰的一生，才是最后的别无所求。

这，才是《平凡人说》最重要的。

无用方得从容

——闲说

一个月内两下江南，其间忙里偷闲，专程赴镇江拜谒了金山寺。据说，有一次乾隆皇帝下江南，在镇江金山寺，他问高僧：长江之中，大船来来往往，一天到底要过多少只船？高僧回答说：只有两条船，一条为名，一条为利。

天下熙熙皆为利来，天下攘攘皆为利往。普天之下，芸芸众生，为了各自的利益，劳累奔波，乐此不疲，古已有之。但在今天这个浮躁的社会里，却愈演愈烈。每个人都是天天分秒必争，忙忙碌碌，事事紧张，也不知是为了什么，在拼命在玩命。现实生活中，有很多人身子太忙，脑子太闲，他们掌握了谋生的手段，却不懂得生活的真谛。他们让年华付诸流水，却不曾将生命倾注其中。

尼采说，现代人过得太匆忙了，勒死了趣味与教养。慢、静、闲，似乎成了这个时代最稀缺的东西。在一个快节奏的社会，慢成了一种昂贵的奢侈品。把节奏放慢之后，你会发现，日常生活中的很多东西会和内心发生碰撞，源源不断地给人灵感。越慢，效率反而越高。在这个躁动不安的时代，缓慢可以帮助我们抵达宁静，在宁静中发现和体悟生命的真谛。人生不能太快，要慢慢地慢下来。要快活，先慢活。慢下来的才是生活。

你慢下来的时候，也是活得最明白的时候。从前，书信很慢，车马很慢，一生只爱一个人。现在，微信很快，飞机很快，一生可以爱上很多人。选择更多了，幸福却没有从前那么简单。人，只有内心清净安宁了，才能在诱惑之下坚守本心，获得"采菊东篱下，悠然见南山"的平和安逸。一旦内心充满五光十色的虚名浮利，终将为外物所困，累了身，也苦了心。

记得当年考察五台山时，在金阁寺的门口看到这样一副对联：看破世事难睁眼，阅尽人情暗点头。一个人阅历越丰富，就越懂得沉默，面对是非曲直总是一笑而过。不会大惊小怪，不会固执己见，更不会在意别人的评头论足。

静而不争，人活得自在了，生活似乎也轻松多了。人生短短一辈子，有什么值得争的呢？和名利争，欲望就会膨胀；和命争，平添负累；和亲人争，势必疏远，得不偿失。心静，不是两耳不闻天下事，而是在身负重任时，依旧能笑看秋月春风。

以前，别人的一句赞美能开心好久，在鲜花和掌声里渐渐迷失自己，生活在虚拟的梦里，不肯醒来。话不投机，就会争论得面红耳赤，不争出个高低决不罢休。现在，随着时间的推移，喜欢放慢了脚步，不再追求名利，不再对喝彩声付诸太多的热情，一言不合就愤然离去的事，亦越来越少了。更有大智者提出"狭路相逢宜回身，往来都是暂时人"，颇有旅程中的风轻云淡之感。

每周发发呆，写写字，和自己的心灵对对话，从强大的内心深处，汲取点营养和力量，让我仿佛看到诗与远方在向我频频招手。那颗躁动的心也能慢慢地安静下来，似乎又可以在白纸黑字里欣赏那"到处莺歌燕舞，更有潺潺流水"的情景。人安静地生活，哪怕是静静地听着风声，亦能感觉到诗意的生活。

有人说，生命就像一本很精彩的书，我相信读到它的人，一定会选择停下来去细细翻阅它的每一章节，而不是直接翻到最后，迫切地想知道结尾。人生的美好，在于每一朵花，每一处风景，每一个微笑。停下来，美美地欣赏吧！有时候，做做看似无用但静谧美好的事，往往更能有所收获。当今社会正处于经济高速发展时期，特征之一就是过度物质化和人们内心的浮躁。

生活中有些人凡事都会问："有用吗，有好处吗？这个能当饭吃吗？"我们从小到大，大都在和有用没用纠缠拉扯，生活中有多少人每天步履匆匆，被功利的"有用"主宰，却活得越来越疲惫，人生干涩无趣。

在这些人眼里，"钱、权、名"是标准，世上的人与事都可以分为"有用"和"无用"，有用则宠之，无用则弃之。这些人，活得实在太现实，太无趣。如果人活得太实用，便遍寻不到生命的意义。虽然抬头仰望星空，并不能换来明天的柴米油盐，但或许我们能从中获得生命的顿悟。它是对生活的释放，也是对自我的拥抱。与其一味追求"有用之物"，不如静下心来，细细品味"无用之物"带来的静谧和美好。

柏拉图说："如果你有两块面包，请拿一块去换取水仙花。"要我说：如果你有时间，请拿一份时光用来"虚度"，用在"无用"的事上。生活的切实意义并不在于那些宏大的目标，而在于一些"无用"的小事。正是这些"无用"的事，滋养着我们对世界的天真与好奇，养出一份超乎功利的广博。

不要因为一心追梦而忘却了眼下幸福的珍贵，也不要因为适意的享受而拒绝让自己经受磨砺。许多时候我们太过功利，却不知道世间许多"大用"，都是从那些看似"无用"的事物中潜生出来的。当我们功利地拒绝了"无用"，也就失去了众多隐藏于其中的"大用"。

正是这些"无用"，使我们成为有趣且丰富的人。在"有用"的事情之外，做一些"无用"的事情，也许这些"无用"就是平淡的生活中突破自己的新领地。我很欣赏高晓松说的那句话："如果一个孩子被教育只能学对升学有用的课，上大学只能干对事业有用的事，工作了一切都为了买房，生而为人，岂不浪费？"

阅读，喝酒，品茶，我们得以回到最单纯的欢喜，品味生命的滋味，尽享生活的美妙。

吟无用之诗，醉无用之酒，读无用之书，钟无用之情。一路走，一路拣拾生活的美丽，忠于内心，把自己活进一幅画里，多美妙啊！人生中一些很了不起的变化，就是来自这种美妙。不做无为之事，何以遣有涯人生。既然没有净土，不如静心；既然没有如愿，不如释然。

一个内心真正强大的人，既有吸引别人的魅力，更有离开别人的魄力。有人说陈道明清高孤傲，不近人情。我认为，人们只是看到了他的清高，却不懂他的清醒。他不推杯换盏，也没有灯红酒绿，享受着柴米油盐里的诗酒茶，是多么的难能可贵啊。

人生不能过于功利，追求闲适雅致，是符合人性的。我们似乎是过得越来越好，可是丢失的东西似乎也越来越多。比如对细微之物的洞察力，对自然之美的感知力，还有精致的审美情趣。

在这个飞速转动的时代里，我们真的需要慢下来，在当下生活中体会闲适，保持和风细雨的心境，尝试过一种艺术的诗意的生活。这种生活是充实的生活，而不是平庸的日子；是平实无华的岁月，而不是灯红酒绿的时间。

梁实秋先生说，人类最高理想应该是人人能有闲暇，人在有闲的时候，才最像是一个人。一辈子究竟有多长，没人能预测。我想，人到中年，日子屈指可数，清空杂念，洗涤灵魂的污垢，善待生活，静而不争，也是一种难得的大智慧吧！无用方得从容。因为无用，才能自用。闲，是一种生活态度，更是一种人生境界。闲，绝对是一种舍与得的高级智慧。

人生最美的时候，就是岁月静好的样子。这，才是《闲说》最重要的。

放下适可心静

——放说

　　这几天心里颇不宁静。机构改革已经有了时间表，开始了倒计时，有一小部分人将走上新的工作岗位，而大部分人仍将留在原地。坦率地说，同事们都非常优秀，可无情的现实是，能去新工作岗位的只是一小部分人。

　　表面看是去好，但到底好不好，谁又能说清楚呢！都是革命工作，在哪儿都一样，这样的大道理，在这个时候，还有人听吗？任何事情，有一利就有一弊，这样的辩证法，在这个时候，还会有几人能主动想起呢？

　　我很欣赏一位共事多年的老同事，条件非常优越，但他选择了放弃。我也常常想，若是我不去，能换来想去的人都能去，那我一定坚决选择不去。恼人的秋风，由它去吧。还是静下心来，看看书吧。

　　刚刚看到一则消息，清华大学校长邱勇给清华新生赠送了四本书，其中一本是令人宁静的《瓦尔登湖》。赠书寄语是这样写的：希望你们在阅读中能够体会到作者深入思考与重塑自我的心路历程，感受到宁静的巨大力量，寻找到自己心中的"瓦尔登湖"。

　　美国作家梭罗放弃现代社会，独居在瓦尔登湖畔。《瓦尔登湖》记录了他在瓦尔登湖畔两年与动物、花草为伍的所见所闻。梭罗生活于一个物欲横流的商业时代，许多人忙着做官，忙着觥筹交错和追逐更多的物质享受。但梭罗却向往精神的富足，只想寻找一个清静安宁的场所，安置自己丰润的灵魂。于是，他提起一把斧子，走进了瓦尔登湖畔的森林中，自己动手搭建了简陋的房子，自耕自食，过起了简朴的隐居生活。每天打鱼种菜，欣赏漂亮的湖水，倾听悦耳的鸟鸣，静心思考，安心写作，最后为世界奉献出了堪称圣书的《瓦尔登湖》。

他劝诫人们要过一种朴素简单的生活，如果能满足基本的生活所需，便可以从容、充实地享受人生。当然，他不是劝人们远离都市去过归隐生活，而是鼓励人们摒弃多余的东西，简化生活，不要被纷繁复杂的外物所迷惑，更不要被喧嚣的焦虑扰乱内心的宁静。这是一本安静的书。美丽的大自然、简朴的物质生活，能够洗涤内心的浮躁，充盈精神世界。

当你的心静了，世界也就静了。放下，也是一种收获。人，只有放弃多余的无用之物，坚持简单淳朴的生活，保持精神世界的恬静富足，才能真正享受内心的轻松愉悦。

古话说：家财万贯，日食不过三餐；广厦千间，夜眠仅需六尺。能于纷繁复杂的世界里，看淡身外之物，静下心去追求内心丰盈、生活素简的人，才是真正有境界的人。而且越往后你会发现，这样的人，才是真正会生活的人。

人这一辈子，走到最后，才知一时的得失并不能说明一切，最重要的是经历之后的看淡放下。只有读懂一个"放"字，才能删繁就简，越走越轻快。

现实生活中，人有放下的智慧吗？有的人能抵挡金钱的诱惑，但未必能抵挡美女的诱惑；有的人能抵挡金钱美女的诱惑，但未必能抵挡权力的诱惑。毕竟人是世界上最不可靠的动物，有七情六欲，有人说权力是最大的春药，那滋味太美好了。

人总是会有一些舍不得放下的东西，这就是人的弱点，也是人的丰富性所在。一念放下，一切自在。不要越缺什么，越想证明什么；越害怕什么，越想否定什么。人生最悲哀的，莫过于为了面子丢了里子。内心的从容，永远是一个人最好的姿态。有时候我们低头，是为了更好地看清脚下的道路。放下面子，这不叫放弃，而叫成长。亦舒说，面子是一个人最难放下的，却又是最没有用的东西。任正非说，男人需要的是成功而不是面子，面子是给狗吃的！

生活中你会发现，弱者大多傲在表面上，而强者却都傲在骨子里。真正成熟的人，都懂得卸下高高在上的面子，放下身段，与生活和解。

忘记是谁说的了：当你放下面子赚钱的时候，说明你已经懂事了。《围城》嘲笑了婚姻，但钱锺书先生的婚姻却令人羡慕。钱锺书对别人狂傲，可在杨绛面前，他放下了所有的狂傲。同样，为了爱情，杨绛也放下了大家闺秀的架子，甘做钱家灶下婢。

知乎上有个问题，为什么有些人越活越庸俗？获得高赞的答案是，因为这些人心里装满了利益的琐碎。双眼一旦被利益遮住，便不复清澈，渐渐粗俗狭隘，染上事事计较的市侩气息。

人生最累的活法，莫过于欲望太多。一个人想要的越多，算计的就越多，身心越不得安宁，只能终日焦虑。萧伯纳说过："我们的痛苦，源自无止的欲念、无尽的攀比、无休的争斗。让欲望淡些，所有的拥有终将失去；让心态宽些，你爬得再高终要下来。"有这样一首打油诗，蛮有意思和道理的：争名夺利挺荒唐，焦虑算计天天忙。等到最后才明白，人生不过一张床。

凡事总有限度，一旦过度，必受惩罚，这是朴素的人生哲学，也是自然界诸多事物的规律。人一旦欲望得不到满足，便会感到烦恼、自卑、痛苦。即使欲望暂时实现了，又生怕失去或者又有了更大的欲望。

如今，现代人活得愈来愈复杂，得到了许许多多的享受却并不幸福，拥有许许多多的方便却并不自由。不如保持一颗平静的心，在安静中和自己的心灵对对话，对浮华虚名说"不"，并适当放下超出自己能力和需求的东西。这不仅是一种洒脱，更是参透万物后的一种平和。

随着社会的发展，世界会越来越喧闹。而随着年岁的增长，人们会越来越需要安静了。

安静是一种境界。心静了，才能听见自己的内心。心清了，才能照见万物的实性。人生想开点，身心自当随遇而安。你有你的鸿鹄志，我有我的燕雀情；你有你疲惫的追求，我有我淡然的幸福。

现实生活中，很多人都在全力追逐目标，而目标实现之后才醒悟，自己一直在做一件得不偿失的蠢事。你若想飞，就先要放下累赘。高级的人生，都早已放下了贪念。明明白白做事，简简单单做人，不争不比不强求，淡淡地享受当下的快乐，多好！

放弃不必要的想法，让自己专注于当下；放弃求而不得的执念，告别不属于自己的圈子，让自己更专注于自身。放弃浮躁，才会获得踏实；放弃功利，才能回归平淡。给生活做减法，也就是在给幸福做乘法。

只有懂得释然，学会放下，我们才能活得更加通透，更加幸福。从生命大目标来说，放下可能就是前行。这是佛学的智慧。于喧嚣的世界中，舍弃欲望的捆绑，放下繁复的累赘，为心灵腾出一处优雅僻静的净土，是一种淡到极致的伟大追求。

一个"放"字，千般哲理。读懂这个字，便会让复杂的生活回归简单，浮躁的心态回归淡然。"人"字有两笔，一笔写拿起，一笔写放下。拿得起是英雄，但是能放得下才是真豪杰。这些年看下来，越是聪明的人，越会在关键时刻见好就收。

人生就是不断选择、不断放弃的过程。放，其实是一种生活的智慧。因为你不可能拥有全部，只能选择最重要的。放，看似人生的减法，实则是人生的加法，删繁就简，方能意味无穷。放下之后，你想要的，生活绝不会辜负你。放弃繁星，才能收获黎明。你看，当你握紧双手，里面什么都没有。但当你试着放手，世界都在你手中。

放，从来不是放弃，而是一种解脱，一种顿悟，一种拾阶而上的淡然。人最强大的时候，不是坚持的时候，不是硬撑的时候，而是放下的时候。人生，有时候放下多少，就会收获多少。这，才是《放说》最重要的。

化作春泥更护花

——师说

春蚕到死丝方尽，蜡炬成灰泪始干。一到教师节，这两句诗出现的频率就特高。其实，人家李商隐说的是，恋人间的思念至死方休。而现在的人用来形容教师则显得不太人道，未免过于残忍。老师可以照亮别人，但无须燃烧掉自己，更不一定非要耗得油尽灯枯才行。

我比较赞同这样一种说法，老师更应该做一只电灯泡，给别人带来光明的同时，自己也可以得到源源不断的电流供应。当老师的都知道，要想给别人一杯水，自己得储备一桶水。

我很幸运，大学毕业后的第一个职业就是教师。印象比较深刻的是，当时每个大学老师给发二十个借书卡，可以一次借二十本书。这在当时还是蛮高的政治待遇。在当年，若是认识一个图书馆的人，能借出几本书看，就是件很幸福的事。

我的一个发小，他的父亲是画家，家里收藏了很多很多小人书，因为我打小就是班长，他父亲就教育他要和我玩，小人书就源源不断地借我看。这可能是我童年最快乐幸福的一件事了。我也可能就是从那时开始养成了爱读书的习惯的。

我当教师时，还不懂上网查资料，只能是在一个不小的书堆里苦苦搜索。旁征博引的背后，还是蛮辛苦的。我们这代人可能对"书山有路勤为径，学海无涯苦作舟"这句话的体会更深刻一些。

教师本是一个很执着的读书群体，然而，在现代应试教育和功利教育的残害下，很多教师变得眼中只有分数，只有成绩，而对于阅读却逐渐淡化了。他们要么不读书，要么只读教材和教学参考书，别说阅读史，就连基本的阅读都没有。他们上课也就只能依葫芦画瓢，照本宣科，简单地灌输生硬的知识，根本谈不上方法、技巧与课堂智慧。当然，更达不到深入浅出、出神入化的境界。

难怪现在人们常说，最可怕的教育是一群不读书的教师在拼命教书，一群不读书的父母在拼命育儿。这样的教师、父母会辛辛苦苦地把本来聪明的学生教育得不会学习。

一个优秀的教师上课，一定是带着他的阅读史来的。他不仅是一个读书爱好者，更是一个对书有着独特情感的读书人。我们永远也不能忘记这样一个基本道理：书卷气是一个人最好的气质，书香气是一个校园最好的氛围。同理，有书香气的父母才会有书香气的子女和书香气的家庭。

当老师时，印象最深的当属在街上遇到比自己大甚至大很多的人称呼我为李老师时的那种感觉，今天想想，还是挺自豪的。虽然当时我的月薪才七十元人民币，可晚上在外上一次课就能有二十一元的讲课费，有时半天就有五十元的收入。这在当时，还算是蛮高的，这也让我似乎找到了一点"知识就是财富"的感觉。

可惜好景不长，时代发展太快。我很快就遇上了"教书匠不如剃头匠，搞导弹不如卖茶叶蛋"的浪潮，我是俗人，当然也不能免俗，加上其他一些原因，我也就离开了教师队伍。之后，我又从事了记者、秘书、公务员等职业，但如果让我重新选择的话，假如人生可以重新选择职业的话，我会坚定不移地选择——教师。

师者，所以传道授业解惑也。人非生而知之者，孰能无惑？惑而不从师，其为惑也，终不解矣。教师出身的我比较反感"灵魂工程师"的提法，我认为塑造他人的灵魂是残忍的，剥夺他人的独立思考更是不道德的。每一个灵魂都应该在阳光下自由而灿烂地生长，绝不应该被某些工程师按照某种指示篡改成他们所需要的模样。

据说现在的博士生称呼他们的导师为老板。博导在传授专业知识的同时，还要注重提升学生创业赚钱的本领，双方价值都得到了很好的体现，这才是价值规律的题中应有之意。

　　一九三七年，毛主席在延安的窑洞里给他的老师徐特立先生写了一封六十周岁贺信。开篇就说：你是我二十年前的先生，你现在仍然是我的先生，你将来必定还是我的先生。今天重温，倍感亲切。衷心祝福我的老师，曾经当过老师的、现在还在当老师的朋友们，教师节快乐！

天生我材必有用

——素质层次说

很多年前，一位素质层次都很高的领导和我说过，要和有层次的人交往，有层次的人有素质，说话不累，办事靠谱，为人也讲究。当时的我才二十多岁，对这话似懂非懂。

这世界上的很多东西都是守恒的。要想有一定素质、达到一定层次，就得有所追求有所付出。你想做好一件事，比大多数人走得更远，就得有高度的自律。吃不了自律的苦，就要接受平庸的罪。

自律，是治愈一切迷茫的良药。自律的人，在有些人看来，像苦行僧似的辛苦。正是这种辛苦，为他们换来了更多的自由，让他们在生活和事业上都能获得充分的自主选择权。不积跬步，无以至千里。不积小流，无以成江海。长久自律换来的，是一天比一天、一年比一年亮眼的成就。你今天的日积月累，终会变成别人的望尘莫及。十年持续不断的精进，就是任何一个人从普通人到卓越人物要走过的旅程。

不奋斗的话，一天一天很容易，但一年一年会很难；奋斗的话，一天一天很难，但一年一年会很容易。知乎上有个问答：是什么让你成为一个自律的人？很多网友回答，遇见一个自己喜欢的人，想努力提高自己的素质和层次。

自律的人，对自我管理非常严格。他们会根据现实情况，制订一套属于自己的管理原则，然后严格地执行下去，无论外界如何，他们都不会轻易打破原则。真正决定一个人成就的，不是天分，也不是运气，而是严格的自律和高强度的付出。对自己狠一点，才会离自由近一点。

素质和层次的提高，绝不是一朝一夕的事。越成长就会越明白，世上所有的横空出世，不过是厚积薄发；世上所有的优秀，都是用付出换来的；每一个光鲜亮丽的佳绩产生，必定有一段不为人知的艰辛与坚持，要么是血，要么是汗，要么是大把大把的孤独时光。

生活中，我们看到的那些牛气哄哄的人，都曾在万籁俱寂的深夜里一边擦泪一边奋斗；那些看起来被命运眷顾的人，大多数都有不为人所知的付出与艰辛。想成蝶，必先破茧。熬得住，出众。熬不住，出局。几乎没有人可以跳脱出这样的规则。成功有运气的成分，但把成功全归功于运气，就是耍流氓。

不要假装努力，结果不会陪你演戏。这是一个较真儿、高效的时代，它需要你在最短时间内拿出你的真功夫，抵达事物本质。

上帝或许不会给你一手好牌，但它不会阻止你发光。既然无所倚仗，那就自己做自己的拐杖。当我们问"这个世界还会好吗"时，不如首先问问"自己会强吗"。你想让这个世界变得更好，唯一的方法就是先让自己变得更好。泰戈尔说：你今天受的苦，吃的亏，担的责，扛的罪，忍的痛，到最后都会变成光，照亮你的路。

今天这个时代是一个剧烈变化的时代，人工智能等迅猛发展，会让你不知所措。时代抛弃你，连声招呼都不会打，更不会对你说一声"抱歉"。你喜欢岁月静好，现实却是大江奔流。现实生活中，淘汰就像家常便饭，每个人都在走，你停下脚步，就会被它踢出圈外。有多少高科技企业，人一到四十岁基本就"下架"了，真的让人细思极恐。

你混日子，日子就会混你。人必须要有一样拿得出手的本事。你可以白手起家，但绝不可以手无寸铁。这个世界没有绝对稳定的工作，真正的稳定，不是你在一家单位有饭吃，而是你走到哪里都有饭吃。

在成年人的世界，只有不停地用力攀登，才有可能登顶。可残酷的是，稍微有一点松懈，就有可能滑落。所有好走的路，都是下坡路。千万别在最好的年纪，活得太安逸。废掉一个人最快的方式，就是让他有舒服的青春期。

有句话说得好，你不努力的二十岁，就是你举步维艰的三十岁。年轻人，对不起，你过不起安逸的人生，你不能太懒了！中年人，压力山大，你要不停地突破自己的舒适圈，才成！

做一只温水里的青蛙很舒服，但渐升的水温会吞没你对危险的感知，当你有所醒悟，却再也出不来了。你必须一直向前，踏上时代浪潮，对自己有要求，对生活有追求，对未来有期待，人生才会始终走上坡路，你才能有足够的底气说：岁月不饶人，我也未曾饶过岁月。

现实生活其实公平得很残忍，你以为天赐的运气，不过是向未来的赊账。这个世界自有它运行的规则，千万别在支付不起时轻易预支，预支太多的人，是要用后半生来偿还的。

人与人之间的相处，需要用心对待。工作也是如此，工作不是给领导干的，是给自己干的。你真正把工作当回事，用心去做，工作才会把你当回事，给予你更多。这是职场上最浅显的道理，也是最为深刻的道理。工作就是一场修行。一个人的素质层次，决定着一个人的工作态度，把一份工作做到极致，一定能成为行业的佼佼者。

人生不如意事十之八九，恒念一二之美好。先做应该做的，再做喜欢做的，然后争取把应该做的变成喜欢做的。人的素质和层次，也是这样一步一步提高的。现实生活中，能把兴趣和工作完全结合起来的人，是非常罕见的。有人说：真正休息不是睡觉或让自己闲下来，而是去做自己喜欢做的事情。如果你视工作为一种乐趣，人生就是天堂。如果你视工作为一种义务，人生就是地狱。不同的心态、不同的态度，完全是两种不同的结果。稻盛和夫说过：要想度过一个充实的人生，只有两种选择，一种是"从事自己喜欢的工作"，另一种是"让自己喜欢上工作"。

当你开始生活的新阶段时，请跟随你的爱好。如果你没有爱好，就去找，找不到就不罢休。生命太短暂，所以不能空手走过，你必须对某样东西倾注你的深情。因为热爱，可以让人生的边界更宽广；因为热爱，可以让人生的目标更广阔。

一个人之所以平庸，很大原因就在于没有找到自己真正喜欢做的事情。很多人埋怨生活累，其实是心累。说白了，就是没有找到自己真正喜欢做的事。

穿了一双不合脚的鞋，走路是不会生风的；做了一份自己不热爱的工作，事业是不会有发展的。人生就是一个不停地试错、重来的过程，找到适合自己的，便是成功。发现错误，换个途径再重新来过，适合的，必是喜欢的，更是快乐的。

这世上通往辉煌，还有一条重要捷径——读书。读书越多，素质层次越高，这是一定的。读书，是门槛最低的投资，也是门槛最低的高贵。"百无一用是书生"的年代早就过去了。你读的书越多，意味着你越能接触到比别人更大的平台，享受更多的快乐。再也没有比读书性价比更高的投资了。这是一个知识为王的时代。你读过的书，都会成为你对抗世界的铠甲。这世上有太多美好的风景，唯有登上知识的高山，才能看见。

人生道路千万条，读书是前途最光明的那一条。你现在认为读书苦，那是因为你没有吃过社会的苦。读书虽然枯燥，但是比起社会的残酷而言，显得太过轻松了。读书无用论，可能是世界上最荒谬的谎言。朋友，不要抱怨读书苦，那是你看世界的路。

尽管当下是一个看颜值的时代，天生丽质是一种优势。然而，美貌易逝，气质方能久远打动人，随着岁月的流逝而历久弥新。生活中，你平日留一些心，不难发现，那些来来往往形形色色的人，是可以从他们的谈吐或者气质中判断出谁才是腹有诗书气自华。

　　读几天书，未必能让自己有什么改变。但是，书读多了，在日积月累中，你的素质和层次想不上一个新台阶都难。自律、热爱、读书，是为了让我们成为一个有温度懂情趣会思考能干事的人。这是一个最坏的时代，也是一个最好的时代。你可以选择平庸地过一生，也可以通过不懈的努力和奋斗，创造自己的璀璨人生。

　　这，才是《素质层次说》最重要的。

梦想就是岁月的青春

——梦说

在所有的西方哲学家中，弗洛伊德的名字可能是我最早知道的，这不仅仅是因为我经常做梦的缘故，而是我坚信，梦和人的经历与命运有着千丝万缕的联系。

坦率地说，当年读《梦的解析》的时候，似懂非懂，若能深入理解一点点只言片语，就已经很兴奋了。这也不奇怪，这部伟大的著作出版后的八年时间只售出了六百册。没有一定的阅历和经历，是很难读懂它的。

鲁迅先生说，做梦的人是幸福的。人生最痛苦的，是梦醒了无路可走。顺着这句话接着往下说，可不可以这样说，心里若有一个不醒的梦，是不是就是一个最幸福的人呢？

这说长不长、说短不短的人生，谁的生命里没有一帘幽梦呢？无畏梦境多迷离，只恐醒来无觅处。当年青葱岁月的我常做梦，做美梦。人到中年以后才越来越感受到，心里应该有一个不醒的梦了。但同时也越来越感到，并不是所有的梦，都有期待。有多少情，是合不拢的念；有多少人，成了隔水观望的花。这可能就是人们不愿梦醒的一个基本原因吧。

弗洛伊德说：梦是清醒生活的继续。现实生活中，你会发现梦与白天的经历有些关联，也就是人们常说的"日有所思，夜有所梦"。弗洛伊德还说：梦是潜意识的欲望。情感和生理的释放，是人类的天性，是一种真理。

梦携带着人的本能赤裸裸地来，赤裸裸地去。我们的身体被梦耕耘过后，舒适，清爽。揉揉睡眼，伸伸懒腰，打个哈欠，阳光或月光在窗头俯视你，道声早安或晚安，对你灿烂地一笑，那叫一个美。

梦，是个色彩斑斓的字眼。可平凡可伟大，可近可远，可具体可抽象。早在三千多年前的甲骨文中就出现了"梦"字，古人对梦境的记载既富有想象力，又充满了诗情画意。

长风破浪会有时，直挂云帆济沧海，说的就是梦想：是对人生的美好期待，是信念坚守的方向。仰天大笑出门去，我辈岂是蓬蒿人，说的就是梦想：是一粒种子，作为播种者的你，总会见证它破土而出的过程。不畏权贵唱赞歌，只为苍生做美梦，说的就是梦想：有时是历尽沧桑之后，对自由的一种向往。

梦想，就是一种让你感到坚持就是幸福的东西。我们都需要一个梦来疗愈现实，年轻人需要一个英雄梦，而中年人则需要一个翻身梦。梦想也许今天无法实现，明天也无法实现，重要的是，梦在你心里，你一直在努力。

现实生活中，谁不是心怀梦想的人呢？谁不梦想着将柴米油盐酱醋茶，过成琴棋书画诗酒花呢？和追梦人一起圆梦，过着有酒有梦有远方的生活，不就是我们一直孜孜以求的吗？

弗洛伊德曾风趣地说：他打扰了世界的睡眠。有学者说，弗洛伊德是旅途中的躺椅。我觉得这个比喻形象极了，恰当极了。在这个世界上奔波久了之后，忽然发现自己累了，从身心到精神都疲倦了，于是便需要一个温馨的梦，来缓解自己、营养自己。

沈从文，这个中国最会写情书的男人却一生寂寞。记得沈先生曾在他的一篇小说中描绘过这样的场景：在一个漫天飞雪的夜晚，男作家探访情人，窗外寒气逼人，室内炉火温存，两个情投意合的人在融融的暖意中，达成了生命的大和谐。我不知道，这是沈先生的亲身经历还是他一贯的美好梦境。梦醒后，闭上眼，禁不住流连忘返在梦的情节里却是实实在在的。

难怪今天的人们说：读沈从文，学会在浮躁高压的现实中，保持泰然自若是最大的领悟。读沈从文，便是在读人性的美，读生活的希望。

心理学家说过，适当的白日梦并没有什么不好。在匆忙的岁月里，想想诗和远方，还是一件很令人欣喜、令人振奋的事情。生活有憧憬才会更加美好。梦想总是要有的，万一实现了呢？

只有坚持梦想的人，才能在某一刻，和梦想不期而遇。所以，我们永远也不要轻易放弃自己的梦想。无论前行的路上充满了多少坎坷，布满了多少荆棘，闯过去你就赢了。当你真心渴望某样东西时，整个宇宙都会来帮忙。

就算你真心喜欢的人真的不喜欢你，只要你心存善念，定会途遇天使，只要你始终朝着梦想的方向前行，就没有见不到的诗和到不了的远方。

无论是现实生活中，还是甜美的梦乡里，有时候遇见一个人，就是说不出她哪里好，可十里春风，也比不上她的回眸一笑，这一笑，既惊艳了岁月，又温柔了时光，枕着她的魅力微笑入睡，这样的梦若是不醒，那该有多好啊。

最是那一低头的温柔，恰是水莲花不胜凉风的娇羞。这绝对是一个心中有梦的人才能表现出来传达出去的。当我孤独地入睡时，梦里的她跟我说：你醒啦。

每天，都是新的一天。阳光、空气、心情，都是新的。在新的时光里，过着老日子。在老去的路上，揣着一颗清新的心。但，有些东西永远都不会老，比如爱，比如希望，比如梦想。梦想，就是岁月的青春，永远不老。有梦想就不会寂寞，拥有自己的梦想，就能维持自己的热力。梦想的绝配不是才华，而是持久的激情。

因为激情，圆梦的道路永不孤独。拥有梦想的人，永远不会做选择题，他们只会做证明题。世界上最快乐的事，莫过于为梦想而奋斗了。梦想不可能等人一辈子，沸腾的人生是从给梦想升温开始的。唯愿，明天的清晨，叫醒你的不是闹钟，而是不断升温的梦想，把所有等待太久的计划一一实现。

这，才是《梦说》最重要的。

心再累，也不要纵容脾气

——情绪说

这是一次涉及个人利益最深的机构改革，也是一道永远也不会有皆大欢喜答案的选择题。幸运只垂青了小部分人，大部分人只能遗憾地与之擦肩而过。去的同志们很优秀，没去的同志们在某些方面甚至更优秀。在这个艰难的选择过程中，我曾几次想放弃、想退出，但我又深深地懂得：那绝对是有违初心，有负使命的。

打小就学过"衣带渐宽终不悔，为伊消得人憔悴"，没想到竟在几十年后的今天，才对这句诗有了深刻的理解。平静地去看待这件事吧！

情绪，贯穿于我们的全部生活之中。情绪除了给你带来喜怒哀乐，还可能会伤你于无形。就像电脑运行久了，会产生一些碎片和垃圾一样，在每天的生活和工作中，我们的心理也会产生大大小小的垃圾情绪。如果不及时清理掉，任其自生自灭，后果不堪设想。长期沉浸在垃圾情绪中，无异于一场慢性自杀。

人人都会有情绪，每一种情绪都需要有一个出口，最直接的方法不是容忍，不是克制，而是管理好情绪，和情绪友好相处。一个人管理情绪的能力就是他的情商。现实生活中，我们总会遇到这样一些人，满脸怒容，说话浑身带刺，看谁都不顺眼，遇见什么事都想指手画脚，就像谁都欠他几百吊似的。与这样的人交往，压力极大。

而高情商的人，懂得控制情绪，不怒不怨，始终笑脸迎人。我很欣赏这样一种说法：一等人，有本事没脾气。二等人，有本事有脾气。三等人，没本事大脾气。有本事，定有个性。所谓没脾气，就是说不随便发怒，不为情绪所左右。真正的大领袖，他能容纳一切。

人是感情动物，情绪谁都有，这也是让世界千姿百态、充满生机和活力的催化剂。但是，情绪化要不得。表面上是一种发泄，其实是一种自毁。众所周知，人愤怒的那个瞬间，智商是零。控制情绪，不是不要情绪，而是要调剂到于己最好，于事最佳，于人最美。

生活中，我们也经常有这种感受，很多让你生气或者难过的事，隔几天后或者睡一觉起来再想，就会觉得也没有什么大不了的。而且随着时间的流逝，我们也终究会原谅那些曾经伤害过我们的人。

成年人的生活，总是一半理解，一半妥协。弱者易怒如虎，强者平静如水。一个随意让情绪"喷"出来而不能自控的人，一定是与成大事无缘的。寻找解决问题的办法，妥善安放情绪，目光所及皆是温情，才是真正的智者。

心再累，也不要纵容脾气。生气，不如争气。宽容别人，就是肚量；谦卑自己，就是分量；合起来，就是一个人的质量。真正厉害的人，早已戒掉了情绪。很多时候，决定人生走向的，不是智商和才情，而是情绪控制的能力。成年人，你是什么情绪就是什么命。情绪不好，是格局太小。一个人看不惯的人和事越多，说明这个人的格局越小。

一个总说别人愚蠢的人，有可能是对自己的智力不够自信。一个总说别人物质的人，有可能自己才是真正的拜金主义者，因为你看到的世界，正是你内心的折射。心里有佛，看谁都似佛。真正成熟的人，心中充满的是善良、宽厚、仁爱等美好的东西，眼里看到的也都是美好的事物，再也没有那些恼人的是是非非。看什么都顺眼，也是一个人最高级的修养。人生在世，难免有看不惯的人和事，放宽心，笑笑就得了。

君子和而不同。我尊重你的人格，但我未必同意你的观点；我反对你的观点，并不意味着否定你的全部。这就是君子的做人原则。理解别人是一种涵养，尊重别人是一种境界。

吞下了委屈，喂大了格局。宰相肚里能撑船从来都不是天生的。情绪不好，是把自己看得太高。一位全国优秀县委书记在清华大学演讲时，说过这样一段话，让我过耳不忘。他说："把职位升迁看淡点，经常回看自己的起点，知足知止，不能因为做了一些职责范围内该做的事，没有被上级及时发现、及时提拔而心生郁闷、抱怨，组织不亏欠任何人的，别太把自己当根葱。"我很欣赏这样一句话：还是把自己当成泥土吧，老是把自己当作珍珠，就时时有被埋没的痛苦。

情绪不好，是自己想要的太多。想要的太多，和世界的交集就多，争执分歧也就多。过多的欲望一定是痛苦的来源。生命应该越来越简单，越走越轻松。真正的快乐，是自然合一、天地合一。这种快乐，不是取决于一个人的物质条件和地位，而是取决于一个人的智慧和境界。

就拿一个家庭来说，家庭由父母共同打造，父亲的格局决定了家庭的方向，母亲的情绪决定了家庭的温度。母亲是孩子情感依赖的主要角色，如果母亲在与孩子的接触中，不能控制自己的情绪，那么孩子长大之后，很可能会情绪调节失衡。母亲情绪不稳定，一会儿对孩子赞赏有加，一会儿对孩子大声呵斥，这会造成孩子长大后戒备心重，缺乏信任。总是对孩子抱怨，朝孩子吐苦水，也会把孩子变成一个消极的人。

一个好的家庭是全部家庭成员一道修来的福气，离不开稳重如山、虚怀若谷的父亲，离不开柔情似水、善解人意的母亲，更离不开良好的夫妻关系以及和睦美满的家庭氛围。对家人和颜悦色，是最高级的教养。只有最好的家，才能成就最好的你。

美国一位著名心理学家在为期十年的研究中发现，笑是社交中一个强有力的武器，能帮我们赢得别人的欢心。爱笑的人心态更积极，对生活充满期待，满怀豪情，用微笑回应生活，用平和面对一切，如此方可发现，原来我们身边的事情，根本没有想象中那样糟糕。消极的人像月亮，初一十五不一样；积极的人像太阳，照到哪里哪里亮。

情绪，是天下最大的魔鬼。你不控制它，它便吞噬你。真正厉害的人，都是控制情绪的高手，不被情绪左右，不大喜大悲。

这世上没有如意的人生，只有平和的心境，人生有诸多难题，我们都躲避不掉，与其怨天尤人发脾气，不如心态平和找利弊。能不抱怨尽量不要抱怨，能不发脾气尽量不要发脾气。

抱怨是这个世界上最无用的东西，无助于问题的解决，只会摧毁信心，磨灭热情，放大愤怒，累了自己，也会惹恼别人。与其抱怨身边的环境，不如改变自己的心态。

眼里无怨之人，方能看清生活真相。有时候你以为的失去，恰恰是另一种得到。有句话说得好："水到绝处是飞瀑，人到绝处是重生。"人的一生总会有一些山重水复疑无路的时刻，然而转角处也许就是柳暗花明又一村。工作中错失了一次机会，也许能迎来更好的一次机遇；感情中，错失了一段缘分，不过是为了等待更对的人。

一切无须抱怨，一切都可能是最好的安排。聪明人，从不抱怨。因为他们知道，抱怨除了浪费自己的时间、让别人讨厌之外，无一用处。只有自己强大，才能赢得尊重和体面。

当抱怨成了习惯，就像用海水来解渴，你喝得越多，反而越渴。不抱怨，才是对人生最好的成全。抱怨多了，可能真的会成"怨妇"；废话多了，可能就真成了"废物"。一个人的失败，源于脾气。道理很简单，如果你是对的，你没必要发脾气；如果你是错的，你没资格发脾气。简单事不争吵，复杂事不烦恼，发火时不讲话，生气时不决策。

宁可保持沉默像傻子，也不要一开口就证明自己是傻子。

古人说：多言为处世第一病。很多时候我们真得学会像葛朗台清点匣子里的金币一样清点嘴里的语言。大多数时候，我们说得越多，彼此的距离越远，矛盾也越多。

风流不在谈锋胜，袖手无言味最长。口若悬河，滔滔不绝，有时候并不是光彩照人，反倒是沉默不语，若有所思，更显得高深莫测。人们常说两年学说话，一辈子学闭嘴，贵人言语迟，不无道理。

记得鲁迅说过：一个人有一箱梨，每天挑几个烂的吃掉，最后吃了一箱烂梨。总结了一下，用一副对联可以概括：上联：放着好的吃烂的；下联：吃了烂的烂好的；横批：永远吃烂的。

人生亦如吃梨，每天弄点闹心事，一辈子都得闹心下去。把闹心的事放下扔掉，每天阳光一点儿，你就灿烂一辈子。发脾气是本能，不生气才是本事。少生气多争气。对于漫漫人生路来说，看得清比走得快更重要，因为走得对才能走得远。

曹操再奸都有知心友，刘备再好也有死对头。不要太在乎别人对你的评价。记住，优秀的人总是毁誉参半。不困于心，不乱于情。做好自己的人，走好自己的路。

这才是《情绪说》最重要的。

不畏浮云遮望眼

——眼界格局说

每每乘飞机在蓝天上飞翔，凭窗远眺那绚烂多姿的五彩云，脑海里想到最多的、心底里感悟最深的，无疑是王安石的诗句："不畏浮云遮望眼，只缘身在最高层。"

每每在太子河边走过，常常看到的是那冲积物。而回到自己的八楼寒舍往外看，那就是一条美丽温柔的母亲河呀。现实生活中，我们也常常有这样的感受，从二楼往下看，满眼是垃圾；从二十楼向下看，那就是风景。

站的高度不一样，看到的风景也不一样。孔子登东山而小鲁，登泰山而小天下。人生若没有高度，看到的都是问题；人生若没有格局，看到的都是鸡毛蒜皮。这大概就是人们常说的眼界与格局吧。眼界，就是一个人把握世界的宽度或广度。雄鹰翱翔天际，山河大地尽收眼底；青蛙坐井观天，他看到的天空，只有井口那么大。

起点不一样，眼界自然不在同一高度。一些你自以为是的追求极致，不过只是别人的垫脚石罢了。不同的眼界，能够决定不同的人生。因为，视野所及，心之所止。谋大事者必要布大局。眼界能够在很大程度上决定一个人的未来和一辈子的命运。站得高，看得更远，眼界才能开阔，格局才能更大。

高瞻远瞩的眼界才能够成就伟大的事业。反之，则会碌碌无为地荒废掉一生。我们改变不了世界，也改变不了烂人。但我们可以做到：遇到烂人不计较，碰到破事别纠缠。余以为，这可能就是对眼界与格局的一个基本诠释。

古人云：能容小人，方成君子。越来越多的生活经验证明，和烂人计较，十有九输。对于烂人，你要相信一句话，恶人自有恶人磨。别理他，让他加速糜烂，就是最好的报应。只有你的眼界高远了，才会变得从容，才会对人宽容，才会富有涵养，才会变成性情中人。

眼界高时无碍物，心源开处有清波。经常和破事计较，往往因为你正经事太少。你越不去做正经事，注意力就越容易聚集在破事上。而那些破事，仿佛自带磁场，相互吸引，渐渐你就会沦陷更多的精力，就更难腾出空间去做正经事。

学识决定眼界，眼界决定格局，格局影响未来，但没有行动的格局是没有意义的。做人，既要仰望星空，又要脚踏实地。我很欣赏一家企业把"想象、勇气"定义为自己的企业文化，说的就是这个道理。最近的两下江南，参加了几次论坛，还是蛮有收获的。和资深人士聊天，大脑是要烧一会儿的，因为往往一个问题会往下挖好几层，挖到本质，挖到人性。

人们常说一句正确的废话：选择比努力更重要。但问题是，如何做正确的选择呢？前提是要有更高的眼界和更大的格局，那么再挖一层，如何获得更大的格局和更高的眼界呢？

你的圈子决定了你的眼界和格局。不同的圈子，不同的平台，带来的效益也完全不一样。回顾历史，有些人先是依靠出卖自己的劳动力赚钱，后来开始用资本赚钱，再后来开始直接用资源赚钱，付出可能越来越小，但是回报却越来越大。

一个人如果长期处在同一个段位的平台，尽管吭哧吭哧地辛勤劳作，顶多也就获得稳定线性增长，肯定追不上物价上涨的速度。但如果能进入一个更高的平台，会发现整片天空都是不一样的，思考的高度和连贯度也一定会大有长进。恭喜你，进入了一个发展的快车道。

小时候，总在游泳池里练扎猛子。如果能到大江大河里练练自由泳，眼界很可能就会宽那么一点点，格局很可能就会大那么一点点。儿时的眼界可能决定不了一个人的高度，但绝对可以延伸一个人的宽度。坦然地接受命运的安排吧！这也是智者的所为。

格局就是我们的认知层次。格局是个很抽象的东西，看不见也摸不着。但当我们接触到一个人，就能很快判断出他是否拥有大格局。拥有大格局的人都有一个共同的特点，就是博闻多识、阅历丰富，每每看他们的文章，我都在感叹：怎么什么都知道，怎么什么地方都去过，怎么见到过那么多的大人物，怎么经历过那么多的大事件。大格局就是能看到别人所不能看到的东西，自然他就能想到别人所不能想到的事情，做出别人所不能做出的成就。

有大格局者，方能成大气候。这一点，中国的汉字早就做出了精妙的诠释：站在山上的人眼光看得长远，故为"仙人"；站在山谷里的人眼界格局有限，故为"俗人"。

可能很多人只听说过情商 IQ，而逆商的英文缩写是 AQ，它是指人们身处逆境时的反应状态，或者说是面对挫折和摆脱困境的能力。AQ 越高，格局越大。格局大的人都能很好地处理自己的负面情绪，总是能把宝贵的时间和精力高效地投入到大是大非中，而不是花费在小打小闹里。凡事不抱怨，只解决问题，锁定影响范围，不要放大挫败感，遇事先看优点，再看缺点，是他们的共同点。男人娶了谁都后悔，女人嫁了谁都遗憾，这样的人，不仅人生观有问题，情商也一定低得可怜。

人生如棋局。在与人的对弈中，舍卒保车、飞象跳马……每一步都如同人生的博弈，棋局的赢家往往是那些有着先予后取的度量、统筹全局的高度、运筹帷幄而决胜千里的方略和气势者。一个人的眼界宽了，格局大了，人生的路才能更宽。

一个人最傻的行为就是看不开、放不下，记着别人的错、生着别人的气，傻得为别人的错误买单、笨得为别人的无知憔悴。一个人不仅要有知识，还要有所见识。没见识，甚至比没钱更可怕。

决定一个人的，不是机遇，而是见过世面后的眼界和酝酿出的大胸怀。大胸怀才有大境界，大格局才有大作为。眼界，才是你一生最大的财富。一个人能够看到多远的景色，他的世界就有多大。这，才是《眼界格局说》最重要的。

留一半清醒留一半醉

——中年人说

单从年龄上划分，中年应该是四十岁左右的人。但标准又不仅仅包含年龄一项，心理、精神状态等都可以是评定指标。有些人老气横秋，一身肥膘，三十多岁就已经中年得不能再中年了。而有些人五六十岁了仍然是气定神闲，脚步生风，岁月虽已远去，心却依然年轻。

我不吸烟，也不开车，但下面这组镜头，我还是太能理解了。中年人每天最放松的时候，是下班回家，在车库里停好车，赖在里面坐一会儿，放一首歌，点一支烟，不紧不慢，不慌不忙，开始发呆。这狭小的空间，一头连着功名利禄，一头扯着柴米油盐。

据说，在职场上，有一个潜规则：不要大声责骂年轻人，他们会立刻辞职的。但你可以责骂那些中年人，尤其是那些有房贷有娃有车贷的中年人。一句话，戳中了多少职场中年人的泪点！

有多少中年人为了保住高薪的职位早出晚归，没有时间陪伴家人，学会了货比三家，开始关注超市促销，忘了上次旅游到底是去年还是前年。有多少中年人在现实中学会了妥协，上有老下有小，不敢放纵自己辞职，领导分配了不合理的任务，心里暗暗揭竿而起了好几遍，最后还是老老实实地接受了。很累，却无路可退！

中年人的生活里，永远不会落空的，就是叫你早起的闹钟和随处将你打醒的巴掌，它足够清脆，也足够响亮，几巴掌下去，保证你的眼神，也可以足够澄澈、纯洁。

小时候，总想着长大了，生活就容易了。可真正长大之后，才发现中年人的世界既是苦中作乐，更是劫后余生，没有最难，只有更难。人到中年不如狗，不快乐是真的不快乐，痛苦是真的痛苦。

人到中年，意味着你要单枪匹马面对生活的兵荒马乱。每个人都活成了两副模样：一个驮着一家老小，强大到好像无所不能；一个顶着满身疲惫，脆弱得仿佛一击即碎。十几年前看《蜗居》时，你还年轻，不会想到你的生活早已被郭海萍剧透得彻彻底底。那时你觉得，自己中年时，说不上功成名就，好歹也会衣食无忧。谁承想人近中年，收入、地位却还在底层挣扎。

小时候，就知道身体是革命的本钱。长大了，才知道它还是赚钱的本钱。人到中年，这沓本钱还剩多少，心里开始有数了。房价太高，豪车太贵，钱包太小，每一个中年人的世界，都被焦虑和慌张填满。

有人说，长大了就是把哭声调成静音的过程。孤独开始富得流油，忧伤也异常亢奋。现实生活中，真的有太多的中年人，明明为了赚钱被迫丢掉了自尊，放弃了内心的骄傲，明明已经被生活折磨成了自己曾经看不惯的样子，每天说着言不由衷的话，做着身不由己的事，却还要在所有人的面前，强撑着，硬扛着，表现出一副"我很好，我没事，我不累"的样子。

人到中年，真的太难了，没有哪一份钱好赚，没有哪一份工作好做。年轻的时候我以为钱就是一切，人到中年才知道，确实如此。人一缺钱，就卑微得像条狗。逼疯一个中年人，缺一次钱就够了。

一位记者与一位回京复工的中年人对话，让我无语。记者问："路上可能感染，为何还急着回来？"中年人说："再不上班，我就要饿死了。"我打一个比方，你就更明白这位中年人的苦衷了。当你的手机电量是百分之八十的时候，你会在乎百分之一、百分之二的电量吗？完全不在乎。但当你的手机电量只有百分之五的时候，你会在乎百分之一、百分之二的电量吗？一定很在乎。我的一位朋友说得好：中年人的安全感，都是钱给的。你有它的时候，它一点也不重要。你没有它的时候，它就是命，甚至比命还重要。

去年在上海，一个朋友给我讲了这样一个现象，就是这两年大公司的中层管理人员和技术人员特别容易被公司裁员。为什么呢？一是因为你做的事情小年轻也能做，二是因为你的工资比小年轻高很多。"同样的事情，小年轻也能做，工资成本更低，我干吗还要用你？"于是中年人很容易陷入中年困境：想升但上不去，想留但留不住，想跳槽但没实力。压力越积越多，只会给自己埋了一颗不定时的炸弹。

在高压的年代，中年人变成了一个高压锅，将压力释放出来，熬出来的粥才好喝。人到中年才明白，人生的境界不是天天幸福，而是天天不烦。人到中年，不必和命运抗争。人斗不过命，命斗不过时间。多少当时觉得无法过去的坎，过上几年，突然就风轻云淡了。中年可以深刻，但千万不要尖刻。看得开，千万别点破。别老用尖酸刻薄来过滤生活，终日郁郁寡欢，又怎能体会生活的跌宕起伏、多姿多彩呢？

有人说，中年是个卖笑的年龄，只会感慨不会感动，碎了一地的烟火不说，激情对中年人也是一种浪费。人到中年，好像被扔进了菜市场里，四面人声鼎沸，指指点点。"留一半清醒留一半醉，至少梦里有你追随。"这句歌词用来形容人到中年，再恰当不过了。

中年人的尴尬，恰恰是因为还有梦。中年，是半醒状态。半醒，是人生滑入中年后的感觉。都说四十不惑，其实，人到四十，还达不到不惑的境界。人到中年，总觉得人生不该这样啊！有人说，人到中年万事休。其实，中年万事将休而未休。半醒中年，一半是梦想，一半是现实。为梦想内心坚守，为现实脸上妥协。双方各让一小步，妥协就成了从容，坚守就成了雅致。

中年这条路，可以让人更加清晰地展望远方，可以更加认真地珍惜当下，多了一份朴素和淡然，少了一份华丽和浮躁。因为半醒，我们很容易释然和放下。因为半醉，我们依旧有激情和追求。

人到中年，是月上中天，良辰正好，此时的我们比年轻人多了一份智慧，比老年人多了一些冲动。岁月的加持和年龄的红利，让我们成为打不倒的人。人到中年，可以更好地认清自己，知道自己的才能和志趣，追寻真实的幸福。

人到中年，要记住，心年轻了，老算什么。人总会变老，这是事实，也是客观规律。但心若年轻，老去的就永远只是年龄，不老的是精神、气质和风韵。六十岁的年龄，三十岁的心态，不悲秋，不为老年愁，年轻就在我们心里头，日子就越过越有奔头。

有人说，四十岁就是新的二十岁。要我说，六十岁也是新的三十岁。中年人，我们是有信仰和精神追求的人，我们精神独立，中年是新的人生境界。不再追求表面喧闹，不再人云亦云、随波逐流，不再需要在别人的认同中寻找价值。

一切尽在我们手中，胜券在握。

你好，中年人！请向自己致敬，中年人！

莫道桑榆晚，为霞尚满天

——老年人说

如果不是候机，是很难看上下面这篇文章的；如果不是文中几个关键词，也是很难把这篇文章认真看完的。文章题目是《六十岁后坚决离婚的中国夫妻：婚姻死了，爱情可以重觅》，讲了老年离婚的故事。老年离婚，并非中国独有现象，世界各地都在流行。西方称为银发离婚潮，指六十岁以上的老年人为追求新生活而离婚的潮流。

一位美国记者采访了四百名老年离婚者，写了一本《晚年离婚，从头再来》。他从这些人身上感到了一种强烈的感觉：现在必须离开，否则永远也没有机会了。"随着孩子逐渐长大并从家中搬出，这些夫妻经常会互相看着对方想，我有可能还会再活四十年，我还想和这个人在一起度过余生吗？"

也许亲情一直都在，婚姻可能真的就要消亡了。这可能就是社会进化的结果吧。我们正在见证一场重要的社会革命。"老年"这个词正在被重新定义。世卫组织经过对全球人体素质和平均寿命进行测定，认为十八岁至六十五岁为青年人，六十六岁至七十九岁为中年人，八十岁至九十九岁为老年人。

看看今年的美国大选，两位七十多岁的老年人为了一份工作吵得不可开交，牵动着全世界的目光。抛开政治不谈，换一个视角，单从年龄上看，两位七十多岁的老年人竞选总统，能给我们什么启示呢？在人们的传统印象中，七十岁的老年人已是步履蹒跚、目光呆滞，但在二位身上，不仅看不到这一点，相反两人精力之充沛、逻辑之清晰、思维之敏捷、头脑之精明，让无数年轻人叹服。这让无数人自动忽略了他们的年龄。

据说六十岁后的二十年，才是真正的黄金时代。萧伯纳说：六十岁以后，才是真正的人生。六十岁以后，进入了梅开二度的第二春。时间富裕了，阅历丰富了，生命可以得到全面自由的舒展，在一定意义上说，是从必然王国进入了自由王国，是一种从容、恬阔、悠哉游哉的状态。岁月也好像遗忘了他（她）们，老去的只是年龄，不老的却是气质和神色。

八十四岁高龄的钟南山院士说：锻炼对身体健康有很关键的作用，能让人保持年轻的心态。几十年如一日的锻炼让钟南山院士看上去很年轻，身体素质一直保持着很好的状态，一点也没有出现老年人常有的腰酸腿疼、视觉障碍等。健步如飞的他竟还有一身肌肉块，不知他是多少中老年人心目中的偶像。

人生并没有所谓的在正确的时间做正确的事情。活在自己的人生节奏里，每分每秒都是黄金时区。仲永七岁就成才，齐白石快七十才成名。奥巴马五十五岁就退休了，特朗普七十岁才开始当总统。世上每一个人都有自己的发展时区，有些人快，有些人慢，无所谓领先，无所谓落后，心态轻松，坚持行动，你的黄金时刻终会准时到来。一切都不晚，该来的总会来，一切都是最好的安排。

只要你一直在努力，生活的美好，总会在你不经意时，盛装莅临。在变老的路上，有的人活得疲惫，老气横秋；有的人却活得有趣，老得漂亮。被人尊称为中国"最不正经的老头儿"的黄永玉老先生，八十多岁还能被评为"时尚先生"，时尚对于他来说，早已不是去追赶每时每季的潮流，而是坚持自己鲜明的个性。"一辈子鲜活，一辈子有趣"，应该是对黄永玉最恰当的形容。

杜拉斯七十八岁接受采访，记者问她，您一辈子活得那么丰富，现在还在想着什么呢？她说："我每天都在期待新的爱情。"管他几岁，开心万岁。我们可以试着做一个老顽童，对自己、对朋友、对爱人、对生活，再多一分肆意、少一分顾虑，做个有趣、洒脱又可爱的老头儿、老太婆，把老年生活过得有滋有味！

人这一辈子，我们最对不起的那个人其实就是自己。想想从前，为了生活，不得不去讨好别人、取悦别人，以换取自己想要的生活，是多么的不容易呀。而现在到了这个年纪，该允许自己少想想别人，多关心关心自己了。后半生一定要追随自己内心的声音，把自己还给自己。糊涂地过，开心地活，才能在这一生中赢得漂亮。

现实生活中，随着生活水平的提高，我们看到，老而未衰的"老年轻人"越来越多起来。他们都有一个共同点：就是尽可能多地跟年轻人接触，这样会保持心态年轻，而心态年轻，又是决定整个人状态年轻的重要因素。用不老的心态，疯狂地度过绚丽人生，或许这样才称得上是人生的大赢家！

世界首富贝索斯和妻子麦肯齐的离婚，让我们看到了万事向前看，活得才是真高级。我很欣赏麦肯齐的决定，如果爱没了，转身一定要漂亮。上帝为你关上一扇窗，一定会为你开启一扇金灿灿的幸福之门。生活中我也特别佩服一种姑娘，就是知道缘分已尽，擦擦眼泪转身就走，又酷又好看！

呀！怎么跑题了？其实我今天想说的是，六十岁的人对后四十年的生活都那么充满希望。怎么现在不少三四十岁的，动不动就说看破红尘了呢？你看破的那是红尘吗？我怎么觉得你连滚滚红尘的边也没摸着呢！

一个微笑，就够你欣赏甚至是爱慕一辈子了，怎能就说看破红尘、放弃追求呢！人生本不长，任性一点又何妨。余生很长，莫要慌张。各说各的理，并不矛盾。

三流的化妆是脸面的化妆，二流的化妆是精神的化妆，一流的化妆是生命的化妆。这就是老年人独具魅力之所在。越是老年人，越要保持好奇心，活着就要使劲优秀，做一天和尚，就要撞一天悦耳的钟。

这，才是《老年人说》最重要的。

真正的朋友是一生的风景

——朋友说

村上春树说：朋友和假期，是人生中最精彩的两样东西。中秋之夜，品着朋友从美国快递过来的上好葡萄酒，举杯邀明月，对影成三人。臧天朔的那首经典老歌《朋友》也赶来凑热闹，感觉非常放松惬意。据说人在微醉的状态下，思想最放松，情感也最丰富。

"朋友啊朋友，你可曾想起了我，如果你正享受幸福，请你忘记我。朋友啊朋友，你可曾记起了我，如果你正承受不幸，请你告诉我。"曾经听不懂歌词中的含义，渐渐长大成熟后才明白，这是历经人世间太多的沧桑后，才能得出的感悟。

朋友，最美在于锦上添花，最可贵在雪中送炭。朋友不是先来的人，不是认识最久的人，而是那个来了以后，再也没有走的人。也就是我们常说的，不是你在风光的时候和你一起分享的人，而是在繁华落尽时，还能在你身边的人。

真正的朋友，是一生的牵挂、一世的温暖。选择一个朋友，就是选择一种生活方式。非常喜欢陈佩斯在评价自己和朱时茂的友谊时说的那句话：从来都不要想起，永远都不会忘记。忘记是谁说的了，再好的朋友，也应该有距离，太热闹的友谊往往空洞无物。友情最好的状态，从不是秒回，也不是时刻黏在一起，而是永远都在彼此的心底拥有一块自留地。

我很喜欢这样一句话：我允许你走进我的世界，但不允许在我的世界里走来走去。你中有我，我中有你；然而，我还是我，你还是你。这或许是感情中最好的关系吧。真正的朋友，是永远抹不掉的记忆。见与不见，都在内心彼此陪伴。

有人说，陪伴是长情的告白。其实最准确的说法是，能够相互滋养的陪伴，才是最长情的告白。磨合是友谊中必不可少的一环。如果不能互相滋养，磨合就会变成折磨，给人的心灵带来很大的伤害。

有研究显示，友谊也存在七年之痒。每隔七年，一半以上的亲密关系会消失。友谊也会过期，但没关系，至少我们曾经拥有过。当友谊回不到过去，最好的方式是相忘于江湖。永远相信友情，但不相信友情永远。在这儿，我还是很想和那些已经走散的老朋友说上一句，我真的想你们。

时间和距离，永远是感情中最大的考验。时间久了，曾经的记忆会变得模糊；距离远了，两个人的心也会越来越远。别让时间，陌生了彼此；别让距离，带走了最初的友爱。

我感恩所有遇见，也释怀一切遗憾。其实生活挺简单的，分分合合，来来往往，不过都是人生常态。喜欢的就争取，得到的就珍惜，失去的就忘记。

不自觉地泪目没有任何来由，这种感受会陪伴一生。这大抵就是成年人之间的友情或爱情吧。现实生活中，其实除了友情和爱情之外，还有暧昧，比友情深，但又比爱情浅，成不了夫妻，但又是特别的爱人。人的情感是最为复杂的，说不清也道不明。失了分寸的暧昧是调情，恰到好处的暧昧是情调。上帝啊，这都是谁说的呀！

我的一位比较文艺的老朋友曾给我讲了他的一段情路历程。他说，任何瞬间的心动都不容易，千万别怠慢了它。工作中，他认识了一个朋友，开始也没什么感觉，突然有一天感觉她很特别，且越来越感觉到说不清她哪里好，但就是谁都替代不了。

他说：他知道现实的虚伪，所以才对纯真的存在倍感珍惜。偶尔他们心中也会有汩汩的清泉流出，他们毫无做作地流露出真诚和热情，在眼与眼中交流，在心与心中温热。他竟能套用一个比较流行的方式来表达他的喜欢：始于舒服，陷于性格，忠于人品，痴于声音，迷于身体，醉于深情。

上帝啊！不算年轻的他竟能说出这样年轻得不能再年轻的情话来！这位朋友问我说：这是调情呢还是情调呢？我回答说：这大概只有上帝能知道吧！中文真是伟大，越说越耐人寻味！

人的一生中，来来去去很多人，却只有极少数人可以成为朋友，大多数都是观众。到了一定年龄，就更会懂得，身边的人会越来越少，剩下的心却会越来越真。云聚云散，来年陌生的，很可能就是昨日最亲的某某。人与人之间的缘分，就是那么奇妙。人与人之间，长久相伴是幸事，短暂相交是现实。

你唯一能做的就是，对那些留在你身边的人更好，对失去的人释怀，在人生的平淡与热闹里寂静欢喜。人生在世，问心无愧就好，不负彼此，对得起别人的付出，也对得住自己的付出，那就足够了。如果能不求回报地想给予对方一切，让对方对未来充满期待，那这可能就是人间真爱了吧。这种爱可遇而不可求，若能有幸遇到，千万要珍惜啊！

别再炫耀你认识了多少人，要看有多少人认识你。别再炫耀你的朋友多厉害，要看你的朋友多真心。这世上最心酸的事莫过于，你以为你在别人心里至关重要，可别人根本没拿你当回事。你拿人家当宝，人家却拿你当草。

真正的朋友，是那个能够伴你度过寂寞孤独的人，是无话不说的人，甚至是经常说你的那个人。真正的朋友，从来不是那些看中你的优秀，只喜欢你的优点的人，而是了解全部的你，依旧愿意和你在一起的人。

古人云：君子立本，本立而道生。不要去追一匹马，用追马的时间去种草。待到春暖花开，就会有一批骏马任你挑选。不要刻意去巴结一个人，要努力去提升自己的德行，待到时机成熟，就会有很多朋友与你同行。你让人舒服的程度，决定着你所能达到的高度。

做最好的自己，才能遇到最好的她。这是一定的。

什么样的人，交什么样的友；什么样的友，成就什么样的人。这也是一定的。物以类聚，人以群分，优秀的人会聚在一起。这倒也不是他们故意排外，而是一种能从数学上证明的"同质化分层"机制。假如你是个穷人，你的社会阶层决定你周围的人普遍不是特别优秀。你从他们身上学不到太多的东西，你想优秀就得突破这个圈。

作家王小波说：一辈子很长，要和有趣的人在一起。世界上热闹的人很多，但有趣的人很少，如果你遇到了，请记得珍惜。如果还没遇到，就请你耐心等待，且不断让自己更有趣。或许，那个人已经在见你的路上加速着。

人生苦短，和温暖有趣的人在一起，浪费一生，虚度时光，最好！这个世界，没有谁欠谁，也没有谁离不开谁，只有谁不懂得珍惜谁。常怀感恩，是对朋友最起码的尊重。

人生得一知己足矣，斯世当以同怀视之。我们来到这个世界上，所有相遇都千转百回，幸运的是，多年之后一回头，有些人还在。真正的朋友，是一生的风景。

这，才是《朋友说》最重要的。雨中的中秋之夜，还是很有韵味的。

自信人生二百年

——健康说

见过机关干部累昏倒的，但没见过这么频繁出现的。我就纳了闷了，健康都去哪儿了？中国有句古话：三十而立，四十而不惑，五十而知天命。人生在世，谁也逃不过而立之年的困惑，不得不扛起不惑之年的重担，待到知天命的年岁，终于明白活了半辈子什么最重要。

据说这是二〇一九年最潮最经典最智慧的一个段子：你若对自己的健康一毛不拔，医院将帮你拔得一毛不剩。世界是你的，也是我的，但归根结底是属于那些身体好的、活得久的。诙谐幽默的段子道出了毋庸置疑的大道理：健康是最大的财富，是无价之宝。失去健康，你赢得了世界又如何！除了健康，什么都是浮云。活出生命的精彩，活出生活的质量，活出健康的体魄，这才是硬道理。

颇为赞同一句话：人在没病的时候，所有问题都是问题；人在病重的时候，大概只有哪里痛才是真的问题了。人可以有很多份工作，但却只有一次生存的权利。在生命面前，我们必须永远把健康放在第一位。别拿健康赌明天，拥有健康，才能拥有一切。

二〇二〇年抗疫之前，我们只顾埋头赚钱，为了钱我们牺牲健康，我们倡导"996"的作息。但是经过这场疫情之后，人们的认识发生了彻底改变。人只有在两种东西面前才能不把钱当回事：一个是健康，一个是自由。这场疫情让这两种挑战同时摆在我们面前。大家终于发现，一个人的核心竞争力不是学历，也不是能力，而是免疫力。

身心健康，是未来检验一个人价值的关键指标，我们或许从此懂得如何生活了。寻常日子里，也许你会有太多通往光鲜或升级版生活的逻辑。但渡尽劫波，你就会发现，强大的免疫力才是最颠扑不破的硬实力。谁说不是呢，现实生活中，我们从来没有见过有人因为保健而倾家荡产的，却是常常看到有人因为没有健康而人财两空的。

保健，就是健康投资。你忽视它，它就可以无视你。你若重视它，它就可以守护你。这是铁的定律，得与失，尽在你的远见与智慧。身体不是第一，却是唯一。健康的身体是一笔隐形财富，而且是唯一且有限的财富。

忘记是谁说的了，关于运动和健康方面的钱，该花一定要花，而且要拼命花，努力花，抢着花，因为这花的是医院的钱。你不花，将来还是要交到医院的。"辛苦奋斗几十年，一场大病回从前"的例子不胜枚举。年纪越大越发现，健康并不只属于自己，还属于工作、家庭、梦想……健康是上天给我们准备的最公平最珍贵的礼物。什么东西丢了都可以找回来，但是有一样东西丢了永远也找不回来，那就是健康。你必须永远记住，没人会为你的健康买单，除了你和你的家人。

现代社会的高速发展让越来越多的人认识到，健康的身体是"1"，而财富、名声、地位这些外在的条件都是"0"，只有"1"顶天立地，后面的"0"才能充满生机与活力。

读万卷书，需要一双明目和活力的大脑；行万里路，需要有力的双脚和负重的肩臂。可无论做什么事，最离不开的支撑还是健康的身体，即顶天立地的"1"。

人生的破产往往不是败于财富，而是败给了健康。人生很渺小，生命很脆弱。有太多的失去，真的猝不及防，真的不由分说。有时候就是胸口疼了那么几秒，人一下子就没了。生命里没有如果，只有后果和结果。你对身体的每一次放纵，都在暗中标好了价格。

别把生命挥霍到极点，别忽略了生活中的一些小病小痛。别把钱财看得比生命还重要，世界上所有的东西都不是你自己的，唯有健康的身体才是你自己的。这个观念越来越深入人心。于是，专家说，学者说，医生说，禅师说，道听途说，说来听去，仿佛越活越不会活了。

在众多的方式方法中，我推崇生命在于运动，比健身更重要的是健心。运动是治疗一切的良药。达·芬奇说："运动是一切生命的源泉。"坚持运动不仅锻炼了我们的身体，也锻炼了我们的心智。坚持运动的人，生活规律，心态稳重。运动可以排解生理和心理的毒素，会分泌很多快乐素，运动时间越长，分泌的快乐素就越多。长久的寿命、较强的抵抗力、豁达的心情都是长期运动之后岁月的馈赠。

人生没有白走的路，每一步都算数。你没有时间运动，你就有时间生病。

所谓健心，我理解就是以积极乐观的态度去修炼一颗愉悦的心。良好的心态，是健康长寿的秘密武器，甚至堪称核武器。知乎上有个问题：养生的最高境界是什么？有个高赞的回答是养心，说的就是这个意思。每一天都好好睡觉，照顾好自己的身体，才是对生命最好的交代。很多人因为焦虑而失眠，又因为失眠而焦虑。你要知道，即使通宵熬夜，想再多，局面也无法当即改观，不如好好睡觉，用更好的精神状态来面对。焦虑的情绪像是泥沼，你想得越多，就陷得越深。

人生过半，最好的保健品就是"认怂"。学会"认怂"，不是懦弱，只是明白了再多的名利成就，都比不过好好活着。要学会跟自己和解，让昨日翻篇，每一天的经历都会成就一个更强大的你，明天的你，一定能走出当下的困境。心态平和，好好睡觉，才有面对明天的底气，你必须精力饱满，才能经得住世事刁难。早睡早起，才能让你的梦想收获更多的惊喜。睡得好，一切都好。

叔本华说:"人类所能犯的最大的错误就是拿健康来换取其他身外之物。"这世上,没有什么天大的事情,值得你一次次以命相搏,以健康为代价。生命并不总是来来往往,在每一个平常的日子里,要学会善待自己。生命是一张有去无回的单程票,到了人生后半场,最后拼的全是健康。

不要炫耀你的钱,到了医院,钱都不值钱。不要炫耀你的工作,倒下了,无数人会比你做得更出色。不要炫耀你的房,你走了,那就是别人的房,你的爱人就是别人的新郎或新娘。你唯一可以炫耀的,只有你的健康。健康的体魄,从何而来?答案很简单,唯有"自律"二字。其实人们并不缺少健康常识,更多缺的是种自律精神。唯有自律,为健康而自律,是一个人活得越来越高级的重要特征。

为了家人,改掉那些不良的习惯;为了孩子,调整好作息时间。一日三餐,定时定量;少油少盐,少酒少烟。人生苦短,很快到站,再忙也要坚持锻炼,定期体检。有好的身体,才有好的状态,才能无惧生活上的任何挑战。

人这一辈子,我们只有一副身体,它是我们最贵的宝贝,我们一定要爱惜。人生,上半场拼命,下半场惜命。身体好坏都有其因果,你若不爱惜它,它也必定会惩罚你。千万别在人生下半场,因为健康问题而辜负了上半场的努力!在这个世界,最贵的是健康。

以前读过一首抒情诗,其中两句让我印象深刻,至今不忘:六七十岁仍是小弟弟,八九十岁才是大哥哥。生活中若能有如此乐观的革命浪漫主义情怀,想不健康长寿都难,正是:自信人生二百年,会当水击三千里。

万事还须天养人

——人性浅说

压抑久矣，必然强反弹，甚至是爆发，这是情理之中，也是符合人性的。昨天的酒局，话题焦点居然是在谈人性，让我自觉不自觉地有了写点什么的冲动。

我的一个朋友，夫妻感情很好，但妻子仍不放心丈夫的忠诚度，于是就让自己的闺密出马，考验丈夫是否花心。在一个金秋月圆之夜，妻子"出差"在外，闺密"偶遇"丈夫，结果是肉包子打狗一去不回。闺密与丈夫双双中招，睡到了同一张床上。闺密翻脸，夫妻离异。

感情是感情，人性是人性，在人性面前，感情实在是太弱，简直不堪一击。向来只闻新人笑，有谁听得旧人哭？人心易变，千万不要把感情当成自己的全部，到最后自己只会满盘皆输。曾经那些山盟海誓、矢志不渝的诺言，到最后或许也只是说说而已吧。感情，终将敌不过人性的凉薄。

生活中，我们永远不要站在道德的制高点上俯瞰别人，也永远别去考验人性。人性是经不住考验的，除非你要求他（她）必须是一个圣人。人性这东西，我们都没有办法控制，你没有办法保证谁一辈子不会变心。

我们唯一能够做的就是，爱一个人的同时，也拿出一份爱来爱自己，这样即使对方抽身而退，我们也不会像整个世界都坍塌了。爱人爱七分，需留三分爱自己，成全自己，为自己而活，唯有如此，你才不会让自己陷入绝境，即使遇到不好的事情，也有资本逆风翻盘。一个优秀的你，是别人怎么也抢不走的财富。

最近，随着热播电视剧《安家》的收官，人性话题再次成为人们的热议话题。你敢好到毫无底线，对方就敢坏到肆无忌惮。人性最大的恶，不是不懂感恩，而是恩将仇报。有些人永远都不懂得：帮，是情分；不帮，是本分。都说人生在世，要与人为善，可是行善也要有底线。有时候太多付出，反而会激发出对方心中的恶。"一斗米养恩人，十斗米养仇人"的故事，现代社会比比皆是。

不管之前你对他好百次千次，只要有一次没有达到他的期望，他就会抹杀你之前所有的付出。这就是"一百减去一等于零"的人性道理！而如今，"一百减去一等于零"的人性道理，甚至已经演变成了"一百减去一等于负数"。因为习惯了得到，便理所当然，忘记了感恩。因为习惯了拥有，便习以为常，忘记了珍惜。茶道高手深谙茶不满水的道理，因为那样不仅对人不敬，更容易烫伤自己。

电影《教父》中说，没有边界的心软，只会让对方得寸进尺；毫无原则的仁慈，只会让对方为所欲为。不要以为农夫与蛇的故事离我们很远，生活中太多像蛇一样以怨报德的人。你对他好，一不小心就会变成他害你的利刃。

善良永远也填不满欲望的沟壑。没有喂不熟的狗，只有讨不好的人。所以，你的善良需要点锋芒。善良不是傻，厚道不是笨。对不起，我的善良很贵，只给予厚道、值得的人。

卡耐基说：感恩是极有教养的产物，你不可能从一般人身上得到，忘记或不会感谢乃是人的天性。

感恩，是一个人最高级的善良。每个人的心里都有一团火，路过的人只看到烟。人性最大的善良，是换位思考。杨绛先生说："当你身居高位时，看到的都是浮华春梦；当你身处卑微时，才有机缘看到世态真相。"生而为人，最可怕的就是：你生活在光亮里，就以为整个世界都是光亮的。

当你晚上回到家，已经有热气腾腾的饭菜在等你，你就以为每个人都是如此。其实这个世界还有很多人为了维持生计，不分昼夜地奔波。世界之大，你可以不知道全貌，但你不能无视别人的艰辛，更不能把别人的疼痛当作笑话。一个人若是没有了同理心，没有了共情的能力，内心何来温暖呢？感同身受，是做人的最高境界，也是人世间最高级的善良。

记得陈道明曾说过："上山的人永远不要瞧不起下山的人，因为他曾经风光过。山上的人永远不要瞧不起山下的人，因为他们总会爬上来，一定要做好自己。"其实，生命是一种回声，唯有懂得换位思考，才能换得真心。在人之上，把别人当人；在人之下，把自己当人。一个人，只有温暖纯良了，懂得去体谅他人的不易，有了为他人着想的善良，才能真正过好这一生。

画心画皮难画骨，知人知面不知心。有时候人性真的很可怕，很多人把老实当作最基本的美德，其实人最难得的品质就是老实。真正的老实人有智慧，有眼界，不因诱惑起心动念。老实人柳下惠，坐怀不乱。老实人诸葛孔明，就算是交给他一片唾手可得的江山，也绝不会取而代之。

生活中我们常见这样一种老实人，而单纯的女孩不介意他们潦倒，不介意他们的玻璃心，不介意他们一无所有。她们以为这样的人会永葆本色，等他们有钱了，他就会成为有钱的老实人，如果他没钱，他最起码还是一个老实人。姑娘差矣！穷书生张生和富家小姐崔莺莺海誓山盟，最后还不是张生做了高官抛弃了崔莺莺？给一个贪婪的人看奇珍异宝，这和在饥肠辘辘的猫眼皮底下放生一条鱼，有什么区别？

历史和现实已经无数次地证明，穷奢极欲的是这些"老实人"，始乱终弃的也是这些"老实人"，卸磨杀驴的还是这些"老实人"。这样的人一旦得到自己想要的东西，往往会露出马脚，而那之后的可恶程度，简直能逼人悬梁。世间只有人心恶，万事还须天养人。

人性本恶，你永远不知道身边的人，上一秒和你有说有笑，下一秒就能让你刷新对人性下限的认知。我们都希望别人好，但千万别比我过得好。这就是人性。选择和有智慧的老实人在一起，这样的人，美丽的皮相不会使他目眩神晕，金钱财富不会腐蚀他的品性。

历经风霜的老实人才是美酒佳肴，而涉世不深的老实人，恐怕会成为穿肠毒药。人为财死，鸟为食亡。君子好财，取之有道；小人好财，不择手段。人性的真善美假丑恶，在金钱面前一览无余。

杜十娘怒沉百宝箱的故事，至今读来还让人感慨不已。杜十娘出身青楼，与书生李甲情投意合，她本有心托付于李甲，自己花钱赎了身。却没想到在和李甲乘船回去的途中，被一个富家公子看中，那富家公子痴迷于她的美貌，对李甲以千金相诱，让李甲把她卖给自己。李甲害怕家里人反对杜十娘回家，心中又起了贪念，就答应了那富家公子，妄图卖掉杜十娘。杜十娘听见了他们的谈话，万念俱灰，抱着百宝箱投江而死。

面对金钱的诱惑，贪婪的结果只会是竹篮打水一场空。人性的贪婪如同宇宙的黑洞，会吞没人本身一切美好的东西，最终毁掉整个人生。人这一生都会与钱打交道，但最重要的不是赚到多少钱，而是具有赚钱的能力。让自己值钱，则永远也不会缺钱。

抗疫初期，医用口罩奇缺，一个"90后"小伙子一次性就捐赠了近两万个医用口罩。这些口罩都是他的血汗钱！他曾去一家口罩生产厂务工，后来工厂效益不好，发不出工资，于是就给了他价值两万元的口罩用以抵工资。这些口罩疫情期间拿到市场上就可变现二十万元，但他全部捐赠了。

疫情挑战着人类，更是在考验着人性。这个普普通通的小伙子，在人性的光辉下，他看起来是那么的了不起。有了人性，少了灾难；少了人性，多了灾难。一场疫情，暴露人性，是人，是鬼，是仙，全都裸露无遗。

人性，魔性，一念之间，修之成佛，任之成魔。人类有无法磨灭的"天使"本性，也有着与生俱来的"恶魔"基因。人性如此矛盾而复杂，以至于我们不得不承认：人性亘古不变，人性不可算计，更不可改造。

坊间有句俗话：卖货的比不上卖情怀的，卖情怀的比不上卖人性的。人性的光辉可以预期，人性的丑恶也深不可测，但这并不影响我对美好生活的向往，因为还有更多美丽的事物等着我去欣赏。

成大事的人往往都是非常懂人性的，世事洞明皆学问，人情练达即文章。生活在尘世中，人得通情达理、深谙世事。只有这样，才能看得开、做得好。记住，病毒并不能取消春天。人性的光辉也必将永放光芒！

柔

——女性的主色调

今天是三八妇女节，又恰逢二月二龙抬头，真可谓龙凤呈祥的好日子啊！记得去年的今天，局里开了座谈会，我以妇女之友的身份应邀参加了座谈。会上，我对一位工作出色但不善藏锋的女干部开玩笑说：妇女能顶半边天，但你若非要把另外的半边天也要撑过来的话，那对方很可能把他那半边天都给你，然后自己再开辟出一望无尽的湛蓝湛蓝的另一片天地来。从同志们会心的笑声中，我知道我的观点还是站得住脚的。

真正厉害的人，都是懂得藏锋的高手。中国汉字的奥秘很深，男人是山，女人能扳倒山，成为"妇人"。男人是天，女人能捅破天，成为"夫人"。女人是造物主的神奇创造，可以用柔美渲染岁月，点亮生命和家庭。

衡量女人的标准，传统的观点一般是"四自"，即自尊、自信、自强、自爱，我总觉得这个标准太生硬。若用柔情似水、刚柔并济、以柔克刚来代替，似乎还能品出些许温馨的气氛来。

柔是女性的主色调。柔是女人的天性，女人柔，是家庭的好风水，是生活的大智慧。女人不但要活着，还要鲜活。柔情似水的女人，颜值不一定高，身材也不一定好，但却有一种让人喜欢的能力。就连岁月，也会对这种女人手软，只会让她们越活越美，越活越有韵味。

生活中我们常常看到，岁月好似在柔情似水的女人身上，轻轻盖了层薄纱，风温柔地吹，她优雅地笑，保持尘埃里的清澈和坚守，做最美的自己，然后成为别人梦里最美的风景。

女人漂亮是天生偶得，美丽却是一生的持久战。没有人能永远年轻，但却有人终身美丽。

女人就是女人，气质美真的是一个女人最好的装饰，而柔情似水应该永远是一个女人气质美的核心内涵。用现在最时髦的话讲，柔情似水绝对是一个女人最美的"硬核"。

很多人说，女人只要一入中年，就会变作破旧的缎，皱纹横生，生机不再，庸俗不堪。我是很不认同这种观点的。恰恰相反，我认为，女人到中年，不仅不是下坡路的开始，而是最好的时节才刚刚拉开帷幕。她们高低起落皆历，苦辣酸甜遍尝；她们褪去了三分懵懂，收获了七分清醒；她们不仅能自己撑伞，还能活成家人的屋檐；她们的生活，远比想象中的辽阔与深远。

女人到中年，没人能阻止胶原蛋白的流失，可岁月留给她们的聪慧和沉淀，甚至比青春的皮囊更加迷人。在年岁的打磨中，她们与自身达成了和解，也找到了同世界的最佳相处方式。不再为点滴不如意哭天抢地，也不会为桩桩小事纠结不已，她们可以把平淡的日子过得活色生香。在她们身上，看不到中年危机，看到的，只有由内而外散发的魅力，这是内心的丰盈和实力的体现。

一次和朋友醉话男人和女人的哲学。我说：温柔的女人让男人想家，强势的女人逼男人出家。此话一出，又一瓶高度白酒被我们一饮而尽。

女人忘记了温柔，就是慢性变态。女人的美貌是天生的，而女人的味道是自己的。有味道的女人是幸福的、精致的。有味道的女人也许春风得意、仕途通达，但绝不咄咄逼人，占尽满园风情。有味道的女人也许学富五车、才高八斗，但绝不卖弄自己的满腹经纶。

女人味是一种境界、一种情调，更是一种优雅的生活态度。张爱玲说：唐明皇爱杨贵妃什么？不是美貌，而是热闹。不是每个女人，都可以把日子过出乐趣的。

相由心生，你的脸就是你灵魂的样子。清扫心灵的犄角旮旯，多放一点美好的事物进去，想不柔情似水、脉脉含情都难。人生不仅仅有眼前的苟且，还有美酒加咖啡，更有读不完的书、看不完的风景。女人一定要懂得修饰自己，学会爱惜自己，丰富自己。

男人开始时的"我养你"有多感人，后来的"还不是我养你"就有多伤人。自强，一定是柔的重要支柱。当你的男人对你不忠时，你得有资本换一个比他更优秀的男人，而不是一哭二闹三上吊。有你，我可以坐拥天下；没你，我的世界依然精彩。

教育学家说：最失败的母亲，莫过于让孩子看到她没有自己的生活，没有自我激励的能力，也没有活出精气神来。这种母亲，看似牺牲自己，实际放弃自己，并不是孩子最好的榜样。

心理学家说：只和有趣的朋友交往，而不必在乎对方的年龄和性别。认为异性朋友都是出轨对象，这种给人生设限的思维逻辑才是错的。因为异性朋友可以帮你发现更好的自己，可以学到很多。

熟龄柔性美女大都是一个安静的、蕴含着浑厚力量的人。能守得住初心，在浮躁中保持着纯粹和干净，坚定从容地走着自己想要的人生之路。忘记年龄、活出自我的女人，都能美到发光。时尚从不在于年龄，只关乎自己。

聪明的女人对待自己从来不将就，活得精致用心。真正美丽的女人接纳自己、忠于自己、宠爱自己，连灵魂都有香气！低调、简单、专注、不媚俗，保持着自己的生活状态，走得不急不缓，有时间停下来享受生活是她们的共同特征。她们无须去迎合他人的喜好和口味，走到哪里都自带光芒。

女人到中年，她们依然让人觉得美到极致，且不是那种皮相的美丽，而是内心不为世俗所累的开阔、坦然。洗尽铅华，经过时光淬炼沉淀，依然神采奕奕，笑语嫣然。时光虽然让她们不再青春无敌，但岁月却把她们修炼成仙，温柔了岁月，惊艳了时光。

我很欣赏我的一个作家朋友给我描绘的他的一个熟女朋友：她

曲线玲珑，言谈举止更是了得。有人把天聊死了，她也能海底捞月把话接上，该喝酒喝酒，该聊天聊天，笑声恰到好处，同时又不过分熟练，言谈举止间，又有一些青涩，恰到好处，最难将息。她聪明，又不仰仗聪明；她风情万种，却只在眼角眉梢微微暴露；她有那么一点点轻佻，一点点桃红的颜色，就像素汤中撒下一把花瓣，犹如一本书的后记，美丽，令人神眩。

对男人来说，女人就是避风的港湾，就是幸福的家园，凡是不爱女人的男人，必定也不爱人生。女人，性格写在唇边，幸福露在眼角，眉宇间是过往岁月。中年之后的女人，若活不成花，成不了神，就要好好活出最真实的自己，在生活的一地鸡毛里活出精致与细腻。

亦舒说，做一个女人要做得像一幅画，不要做一件衣裳。因为一幅好画会越来越有内涵，而衣裳一时亮丽，终究过时。今天，我想说：一个女人最美的样子，不是姣好的容颜，也不是曼妙的身材……而是深埋于内心的气度和芳华。温柔似水，明媚如花，一定是这幅精美画作的主色调！

第二章

岁月如歌，情怀依旧

岁月如歌，情怀依旧

二〇一九年在严冬中悄然而至。流年似水，岁月犹如一壶陈年老酒，每每将它开启时，总有缕缕沁人心脾的香味。

那时候时光很慢，快乐很简单。绿军装是最时髦的装扮，穿着哥哥穿小的衣服竟也感到十分来派。且新三年旧三年、缝缝补补又三年。小时候买串糖葫芦，就乐一整天。天天吃着苞米面窝窝头就着大咸菜，竟也热血沸腾心潮澎湃。熬成的猪油能用上满满的一整年，包点饺子就是过大年。

那时天是蓝的，水是清的，蔬菜是带虫眼的，猪是一年长成的，钱是可以攒的，养儿也是可以防老的……

昨天在记忆里生根发芽，绽放出美丽不舍的泪花。手写的书信见字如面，绿皮的火车摇曳向前。那年那月那日，那人那事那情那景。悠悠岁月，欲说当年好困惑。亦真亦幻难取舍，悲欢离合都曾经有过。

人生不能彩排，每个清晨，都是一个新的开始，每一个黄昏，都是一个旧的结束。当开始和结束变成了一种途径，让我们不得不感叹时光的强大。生命走得再远也要回归原点。人生路上，或交集、或擦肩，不曾改变的是曾经牵过手的温暖。人生有笑也有泪，再难忘的人或再浓烈的事在时间的磨合下都会慢慢地变淡，时间面前，一切终将释怀。

记得一次给领导写完讲话稿时，顺便调侃了几句：都说日子不好过，可年年都得过，年年过得都不错；只要思想不滑坡，办法总比困难多。此话竟得到领导的高度认可。当时我二十多岁，正值青葱岁月。

三十多年过去，弹指一挥间。与同龄人一样，我们都曾有过理想、做过美梦，也经历过饥饿、品尝过苦难。从当年骑自行车出门的美感，到如今乘飞机出行的平常；从漂洋过海的环球旅行，到旷世缥缈的虚无网游；我们这一代，人生经历似乎跨越了几千年，生活品质超过了无数代！

前途是光明的，道路是曲折的，上升是螺旋式的。当年哲学课上似懂非懂的，到了今天，竟也大彻大悟了。四十年前的点点滴滴，串联起难忘的光阴故事。我们总想让时光慢些走，可发现时光从来不回头。拥有的记忆既是对四十年的奖励，也是对岁月的提醒。我们曾经这样走来，也会如此坚定地走下去。我们走的每一步，会更加坚定从容。唯有步伐坚定，岁月才能更好。

年终岁尾，经济学家又预测了：二〇一九年可能又要经历严峻考验，甚至提出了要有过两三年紧日子的思想准备。中国的经济学家真可爱，心都要操碎了。其实，我们每个人都曾有过这样的时刻，看不清未来，回不到过去，怎么办？

要我说，干脆索性就别再幻想明天，白白地让时间在眺望中流逝。也不必贪恋昨天，引得年华在回忆中沧桑。最重要的是，认认真真地活在当下，把握好每个实实在在的今天。记住，做没做过的事情叫成长，做不愿做的事情叫改变，做不敢做的事情叫突破。

人生，边走边忘，才能好好感受到每一个幸福。成长、改变、突破，人生就像一杯茶，会苦一阵子，但不会苦一辈子。想想那些闪闪发光的记忆，恍然如梦也好，心念依旧也罢，过去的，也就过去了。似水流年，冲刷出人生真相：原来，往事并不如烟。往事，犹如天气，慢慢热或渐渐冷，等到惊悟已过了一季。往事，无须再多提。

珍惜眼前，不负不欠，就是此生最大的圆满。加缪说："对未来的真正慷慨，是把一切献给现在。"见想见的人，说想说的话，做想做的事，如是，才能真正走进岁月如歌、情怀依旧的境界。

　　这天，嘎嘎的冷，可是，再冷也不能熄灭你理想的火种。倘若你在心中保留一缕阳光，你就能透过严冬，看到烂漫山花的姹紫嫣红。

被雪覆盖的柔情

去年的除夕夜，巧遇了兆丰年的瑞雪，我写了"北风那个吹，雪花那个飘，心情那个爽"。

今年这个除夕夜，如果问我最大的期待是什么，那一定是遇见一场漫天飞舞的大雪！仿佛全世界都在期待着。

北方的雪，宁静而高洁，可以入诗入画入心扉。那一场场炫目的雪，婀娜地曼舞，妩媚如蝶，莹洁似花，幻如梦，妙似诗，也张扬，也收敛，也温柔，也狂放。它在凛冽的寒风中，等待着明年的风，思念着往日的情。不管多冷的天，看着雪花纷纷飘落，整个人都不自觉地温柔起来。

诗人们常说，唯一不需要写诗的日子，便是下雪的日子，空中飘舞着的，地上铺展着的，全是纯粹的诗。雪落成诗，诗情胜雪。冰清玉洁里包容一切，洁身自好里蕴藏一切。

静静地站在雪里，站在诗里，笔是多余的。在大自然面前，没有诗人，只有诗；其实也没有诗，只有雪，只有那无边无际的宁静，无边无际的纯真。

现在已经是除夕夜的子夜时分了，外面静悄悄的，窗外太子河上人造滑雪场闪烁的霓虹灯，却也平添了几分节日的气氛。

若是孩提时，此时，我们几个小伙伴早已揣着小鞭，在胡同里走来跑去，淘气地往别人家的院子里甚至是门缝里扔。途中若是遇上另一群小伙伴，我们就会立刻抢占有利地形，打起鞭仗来。

那时的除夕夜，没有五彩缤纷，没有人工雕琢，有的是简单快乐。那时对雪的最朦胧的艺术感受，当属书写《卜算子·咏梅》这首诗的条幅了。那时家里买不起年画，我们书写的条幅，粘上花边，贴在墙上，就算是年画了。

"风雨送春归，飞雪迎春到。已是悬崖百丈冰，犹有花枝俏。俏也不争春，只把春来报。待到山花烂漫时，她在丛中笑。"这是我那时写得最多的一首诗，这是雪的浪漫。后来长大了，才逐渐懂得"忽如一夜春风来，千树万树梨花开"，这是雪的灿烂。

"北国风光，千里冰封，万里雪飘。望长城内外，惟余莽莽；大河上下，顿失滔滔。"这是雪的壮观。

"窗含西岭千秋雪，门泊东吴万里船。"这是雪的绮丽。

"千山鸟飞绝，万径人踪灭。"这是雪的孤寂隐逸。

其实我最喜欢的当属："绿蚁新醅酒，红泥小火炉。晚来天欲雪，能饮一杯无。"这是雪的潇洒。白居易"晚来天欲雪，能饮一杯无"的暖心瞬间，也立刻让我懂得了什么才算是真正自由自在的生活。醉不醉酒我都想说：唯愿此身能似雪，一片冰心在玉壶。

每到冬日，才觉得真实地触摸到了岁月。尤其是我们的世界都在飘雪的日子里，风雪夜归，围一炉红火，两个知心朋友在暖意融融的茅舍里，燃一支静心檀香，烫一壶五粮液老酒，秉烛诗话，对酒当歌，多美！人生有多少遇见，才能保留住这份静寂、纯白和温馨啊！

遗憾的是，在现今的社会里，酒虽然很多，小火炉却很少，知音更是难求，享受这样的意境，真是难上难啊。刚玩微信时，朋友问我起个啥名，我脱口而出："就叫红泥小火炉吧！"我太喜欢这个意境了。没想到几年的时间里，竟有好几个人问我："那家红泥小火炉烤肉馆是您开的吧？"让我哭笑不得，无言以对。

一脚踏入银装素裹的世界，听着嘎吱嘎吱的踏雪声，我仿佛又回到了童年，捡回了早已远去的童趣。那年那月那日，我们堆着雪人，打着雪仗。我们是世界上最开心的人。雪落在记忆的深处，落在童真的岁月。唯有圣洁的童心才配与雪游戏。

雪花是冬季中最美的花朵。我常常奇怪，究竟是怎样的造物主，创造了这样美丽而又可爱的雪花呢？雪是一种能够令人产生多种情绪的东西。月色雪景摇窗而入，沁润我的灵魂，指尖再度飞舞，倾诉被雪覆盖的柔情。

最喜欢那漫天飞舞的雪花，隐藏着生命的秘密。绿松上的雪，使孤独的旅人听到了圣音。

飞舞的雪，那是冬天在播撒希望的种子。雪还是大公无私的。它装点了美好的事物，也遮掩了一切的污秽，尽管不能遮掩太久。

赏雪的人千千万，有谁还会留意那喧嚣之后的遍地残雪？有谁还会为它送上感激的一瞥？雪，总是那么晶莹、淡泊、洒脱，从不与这个世界争什么，更不索取什么，有一颗玉一般的心。心情浮躁的人、灵魂有阴影的人，是很难感受和体会到雪的这份平淡和高雅的。不过是一场游戏一场梦。只是这样的游戏规则无常，这样的梦，看得到彼岸，却无法泅渡。风一缕，雪一幕，随意沉浮，不知方向如何，不知终点何处。

每每想起那句古诗"柴门闻犬吠，风雪夜归人"便不由得想笑，不是笑别人，而是笑自己。常常坐在屋中胡思乱想，真实与虚幻已模糊得分辨不清，许多情景明明从未经历过，也永难实现，却坚定地认为那就是不想醒来的梦。原来，梦可以如此真实，也可以如此荒唐。

我知道终有一天，我的眼睛不再如雪花般清澈。多年后的一场大雪，是否还会记得当年那个雪幕后的女子，曾经的过往，如雪的心事。这世上有太多的人读得懂风花雪月，却走不出沧海桑田。

小提琴曲《被雪覆盖的柔情》缠绵的倾诉，直抵心灵。喜欢上一段音乐，怀念一段时光，让音乐轻轻地触摸和安抚着你我的灵魂。感动心灵的，都是美丽的。爱上一道风景亦是如此。虽然只是刹那的邂逅，却需要用一生来记叙。谁是谁的曾经？谁是谁的守候？谁是谁的眷恋？谁是谁的祈盼？也许一次不经意的欢笑，就会灿烂一生的守候。

雪是冬的意象，是这个季节特有的风景。在这片宁静的洁白里，我们还能有什么浮躁的心事放不下呢？当我们躁动的心平静下来，你就能真切地感受到：世间有哪一种花能像雪花一样如此的大气呢？又有哪一种花能像雪花一样潇洒呢？

雪是冬天的灵魂。没有雪，你绝对不会感受到天地的苍茫、生命的博大精深。只有纷纷的瑞雪，才能生动这个季节的寂寞。只有在漫天的大雪中，你才会感知到，生命原来可以如此单纯，心情原来可以如此宁静。你才会深深地体会到"雪落长河静无声"的美妙意境。

雪，还是冬与春的定情信物，是春天的使者，它将满心欢喜带到人间，并堆叠出一幅幅碧玉胜景图。我爱雪，我爱它朴实无华、清新和蔼的外表，更爱它自由自在、率性而为的个性。其实，人生也是如此。人生无处不精彩，只要精神昂扬、目标坚定、行动果断、满怀激情，苍天必定会给你一个蓬勃的答案。

大雪终会来。漫天飞舞的大雪，必将催生又一个春暖花开。今天，我们的世界在下雪。我愿在这飘雪的日子里，站在冬天的站台，和朋友们共赴那温暖的未来。

时光不语，静待花开

二〇二〇年的除夕夜，注定是要写进史册的。总以为来日方长，却忘记了世事无常。在这个即将走进春天的夜晚，我没有欢愉的心情去欣赏那期盼的春晚，而是和朋友们一样，都在关注一座城，关注那瘟神肆虐后的凄婉。

一位母亲去看望在一线抗疫的孩子："这是家里炖的汤。"下一秒泣不成声："求求你了，一定要保重啊，一定！"

这是一个悲伤的冬天，这又是一个爱意绵绵的冬天。航班停了，高铁停了，公交停了……

只有长江、汉江的血脉还在不停地涌动……只有悠悠的黄鹤楼，依旧站立在风雨中，静静地凝视着她的儿女！钟南山来了！解放军来了！一支支医疗队正在告别亲人，告别自己的城市，向武汉挺进！他们是最美的逆行者，是勇敢的武士，更是一个时代的精神！一架架国际航班，没有旅客，满载着华侨筹集的捐赠物资向祖国飞来！

八十四岁的钟南山院士来了。看到他的名字，所有的人都像吃了定心丸。他呼吁大家不要去武汉，自己却带着团队来到武汉，他每天只能睡四个小时，这样的工作量，连年轻人都很难吃得消……七十三岁的李兰娟院士也来了。一月二十二日，她向国家建议武汉封城。次日，国家就采取了这一措施。最近，率先提出封城的她，亦再赴武汉。

这几天我常常想，是什么让一位七十三岁、一位八十四岁的老人这么义无反顾呢？在二老面前，我们这些小小年纪的人还有什么资格谈资格、谈资历呢？唯愿这两位国宝级的老人，永葆青春的活力！

"我可以上，但请别告诉我妈妈！"医者无惧，医者仁心。越是艰巨的任务，越有冲天的豪情；越是最危险的地方，越有最英勇的战士！"赵英明，平安回来，你平安回来，我包做一年的家务活儿，听到没有？！"能听出这位硬汉喊出这句话时的不舍和深爱，此刻这应该是世上最美的情话！这不是在拍电视剧，这是纯粹的写实，这绝对是情感的自然流露，让人不自觉泪目。这世上哪有什么天生的英雄，哪有什么岁月静好，不过是有人替我们负重前行。

虽然不知道你们是谁，但我知道你们是为了谁。谁的生命都只有一次，谁都有难以割舍的亲人。可总有一群人，从来没有忘记自己的初心和使命！哪有什么白衣天使，不过是一群孩子，换了一身衣服，学着前辈的样子，治病救人，和死神抢人罢了……

未着白衣时，她们是家中的支柱，是父母眼中的孩子，她们既是妈妈，又是女儿。我们在过年，她们却在帮我们过关。为众人抱薪者，不可使其冻毙于风雪；为自由开道者，不可使其困厄于荆棘。

在疫情最危急的时刻，你们毅然站在第一线，扛起所有人的希望和生机。没有战胜不了的病魔，请你们一个都不能少，平安回家！面对这场疫情，我们能做些什么呢？老实待在家里，就是对这场战役最大的贡献；做好自己该做的事，就是对社会最大的贡献！暗夜终将退去，曙光必将来临。没有过不去的冬天，也没有来不了的春天。

有很多人把二〇二〇说成"爱你爱你"，这都是内心纯良的人，如果说这世上还有什么让我眷恋，那一定是爱。

新冠疫情爆发至今已九个月了。整个中国的抗疫战争，就是一曲爱的交响乐。中国从未放弃对任何一次偶发疫情的全力以对。动辄人数巨大的核酸检测，在很多国家看起来是天方夜谭，但在中国总能做到。十月初的青岛疫情，核酸检测人数超过一千万，只是试剂盒，花费就超过十亿。新冠肺炎的重症病人，平均治疗费用超过十五万，有的费用高达百万元，而这一切，国家全部免费。全球没有一个国家能像中国一样，为了生命不计投入。

我不想说，时代的一粒灰，落到一个人身上就是一座山。但中国，真的就像一个母亲，每天关心着你，问你感觉怎样。你有时不理解，还觉得她太啰唆，但她从不辩解，忍受了所有的苦和累。

疫情中，真正的硬通货是什么？不是钱，是国家的良心。是不落一户不漏一人，誓将病毒全面清剿的决心和行动。世界在运转，唯一不变的就是变化，唯一已知的就是未知，平凡的我们，要做的就是健康快乐每一天。

决定一个人最终高度的，往往并非起点，而是拐点，机遇都在拐点。生活中，也总是有一些香，需要空气与日光的沉淀，也需要我们慢慢地等待。

万物皆有自己的时节，人生也总会走向成熟。唯愿二〇二〇年，怀着热爱，优雅向前，走向我们自己的丰茂华年。

母亲的回忆

十三年前的今天，世界上那个最爱我的人走了。我的母亲走得很安详。记得那天一早，我从北京乘 27 次列车刚回到家里，母亲就打来电话，让我去给爷爷奶奶上坟。下午，母亲又来电话说父亲又犯病了，我和司机赶紧把父亲送到医院，母亲和我说的最后一句话是："让你爸住院吧，我明天去看他。"

那天下午，母亲自己去洗的澡，晚上又吃了我从农村拿回的水豆腐。家里仅半小时没人陪伴，母亲非常虔诚地跪拜，保佑爸爸平安，结果就……母亲走了，从此以后，再没人喊我回家吃饭，再没人嘱咐我寒衣多加。我长跪不起，哭得肝肠寸断，泪干声哑。

发送母亲那天，车至我家路口，我想起母亲说了好几次要来看看，可是因为工作忙，一等再等，一直未能如愿，不禁再一次泪如雨下。在和母亲做最后告别时，若不是几个年轻力壮的同事强力按住我，我真想和母亲一起投奔天国。百善孝为先。世界上最不能等的就是尽孝，"子欲养而亲不待"可能是世界上最大的遗憾了。

母亲的一生，是任劳任怨的一生。不停地劳作，是母亲一生最真实的写照。在那个困难时期，母亲和父亲一起，把我们兄弟姐妹六人抚养成人，付出的辛苦是可想而知的。

现在我还能想起小时候和母亲一起卖面包的事。当年我十几岁，母亲不到四十岁。每天母亲下班后，我也放学了，母亲就和我抬着一大筐从粮站批发来的面包去卖。每天都要卖到很晚，每天母亲都会留一个面包给我和弟弟吃，哥哥姐姐还有父母是不舍得吃的，也根本吃不起，当时就是那个条件。遇到讨价还价的，或确实差一点钱的，母亲总是宽厚地礼让了。卖面包的经历，让我至今买东西都不会问价格，总是要多少钱给多少钱。记得去年我买了一小把香菜，习惯性地给了两块钱，可人家说这把香菜现在需要二十块钱，我才知道那天的香菜是三十多块钱一斤。

母亲文化水平不高，从没教我识过字算过题，而且还常常劝我出去玩玩，别老在家看书。但母亲厚道的为人，对我的爷爷奶奶、姥爷姥姥的孝顺让我从小就耳濡目染。在后来照顾爸爸的日子里，同事们夸我可评为十大孝子，我想，上行下效，一代传一代，这是一定的。

母亲的一生是平凡的。一直到退休，母亲一直是粮站的收款员，打了一辈子算盘，从未出错，用现在话讲，把一件事做到极致，胜过把一万件事做得平庸，母亲是伟大的。母亲的一生，担负着最多的痛苦，背负着最多的压力，咽下了最多的泪水，仍以爱、温情、慈悲、善良、微笑面对着人生。

母亲的一生，柔弱中诠释坚强，平凡中播撒大爱。如果只能把一个人比作太阳，那世间没有比母亲更适合的人选了！至今我还能感觉到，母亲还在天佑着我们。记得在一次上坟时，不慎跑火，火大风疾，我和弟弟奋力扑救也无济于事，眼看火就要蹿上树，火烧整片森林了，这时奇迹出现了，风突然停了，一场就要燃起的大火避免了。

母亲是我永远的爱。有时夜里梦到母亲，我总是哭着醒来，醒来再想捉住这梦的时候，梦却早不知飞到什么地方去了，我只能在泪光里，幻化出母亲的面影。

母亲在世的时候，每年我的生日，母亲都会打电话给我，告诉我回家吃饭。一碗挂面、两个荷包蛋，是我那天的特供。后来条件好了，还有几个炒菜，外加母亲到楼下小卖部换的一瓶啤酒，这样特供就变成了生日宴。至于生日蛋糕，那时还不敢奢望。这些当时只道是寻常的点滴，如今却都已成了再也回不去的最美记忆。今天，我可以订一个三层大蛋糕，办一个七星级的生日盛宴，可我还是最爱母亲做的鸡蛋面。

母亲是一种岁月。在我的眼里，母亲是一种永远值得洒泪感怀的岁月，是一篇总也读不完的美好故事。母亲是人类看得见的灵魂，她那淳朴的形象是永恒的。当我睡在母亲身边的时候，她总是为我盖好被褥；当我长大步入学堂的时候，她总是合拢双手为我祈祷；当我成家立业生儿育女之后，她依旧在默默地牵挂着我……

老爸，老妈，如今你们在天国，我在尘世，可我知道，我的笑在你们的笑里，我的哭在你们的哭里，我的爱在你们的爱里，我的梦在你们的梦里。我不知道，人间到天国多遥远，是不是隔着一条泪水汇成的银河的距离？可我到哪里去寻找天桥，到哪里去寻找天梯呀！

老爸，清明又风起，我真的好念您！

老妈，清明又落雨，我真的好想您！

老爸，老妈，愿你们在天堂一切安好！

老爸，老妈，既然到了天堂，就好好过天堂那神仙般的日子吧！

老爸，老妈，去年清明节，我在二老的墓前写了一首诗，今天，我想借着这一纸笔墨，念给你们听听，好吗？

又是一年清明节，

思念，

总是无声，又真切。

父母在，人生尚有来处，

父母去，人生仅剩归途。

老爸，老妈，

天堂一切安好？

我知道，也感觉到，

二老隐在天龙，还在福佑子孙。

如果有个直达天堂的电梯，

我一定不顾一切去看您，

让您看看我的女儿，

长得像我又像您。

老爸，老妈，

天堂住久了，记得回到人间来看看：

您二老住过的老房子，

我已装修一新，我已装饰一新。

标准牌缝纫机，三五牌座钟，

都还在，都还在！

可惜没有直达天堂的电梯，

只有那片回不去的黑土地，

还有我最后的一个问题，

能不能来世再继续？

老爸，老妈，

来世，我还做二老的好儿子！

母亲，我走遍千山万水，就是为了回家那一刻你的笑容。今年的母亲节，我又毫无例外地回到了您住过的老房里，可您在哪里？您在哪里？

老妈，今年的母亲节又到啦，

我多想回家推开门，再喊一声妈！

我多想坐下接过碗，再喝一口茶！

我多想床前再为您端上一盆洗脚水！

我多想膝下再和您说说心里话！

可如今您已牵念在天国，孩儿断肠在天涯。

母亲，您是幸福的密码，

母亲，您是温馨的老家。

我永远也不会忘记，

我入学的新书包，是您帮我拿；

我雨中的油纸伞，是您给我打；

我眼中委屈的泪，是您给我擦；

我心中痛苦的冰，是您帮我化。

母亲，天之大，

唯有您的爱是那样的完美无瑕。

今天，千言万语，万语千言，

我就想再说一句话，

我无时无刻不爱着您，我的妈妈！

常回家看看，回家看看

酒过三巡，菜过五味，几个老友的话题，不知为什么一下子就转到了现在年轻人的身上，且一发而不可收。

我们年轻的时候，老人一生气，我们立刻就不敢说话了。现在可倒好，年轻人脸一阴，老人倒一声不敢吭了。我们年轻的时候，领导交办什么事，立刻一路小跑去办，若干不好或不会办，会难过好一阵子。现在可倒好，年轻人回答起办不好或不会干时的那种气定神闲，马上让你怀疑起谁大谁小谁是领导谁是下属。

我们年轻的时候，对老人绝对是报喜不报忧。记得我年轻的时候，为了让老人吃好喝好，经常买好吃的回家与老人共享。怕老人心疼花钱，还要说一个善意的谎言，说是单位分的，弄得我的街坊邻居见我就夸我的单位真好，总搞福利。

我有一个老朋友，一辈子辛辛苦苦攒了几十万元，女儿想买房子悉数拿走。多亏了在拿走之前，老两口来了个欧洲行，否则，就只能在电视上畅游了。老友无奈地和我说：其实那几十万元早晚都是女儿的，可在我们这个年龄段，就眼也不眨地一下子全拿走了，心里总觉得有点那个。"那个"是指什么呢？

我还有一个老友，学历不高但水平绝对不低。最近他很是爱看我的随笔，说的确是那么回事，这是他对我随笔的高度评价，也是对我莫大的鼓励。今天喝完酒，他又建议我，哪天喝完酒，借着酒劲，也和年轻人说说孝。

和年轻人说说孝，不谦虚地说，我也有这个资格。朱自清先生的《背影》，上中学时就学过了。现在每每读来，还是感慨不已。父爱有时在年轻人眼中常常显得笨拙，甚至还会遭到年轻人的嘲笑。但是，当为人父母后，才会真正体会到父亲的良苦用心。

父亲，也许不都是高大伟岸，但他永远都是儿女身后的那一座大山；父亲，也许不都有惊人的成就，可他永远都是照亮儿女前行的灯塔；父亲，从未要求过我们功成名就，可他却希望我们能够爱自己，保护自己，成为自己；父亲，让我们坚信，自己就是最美好的存在。

父爱博大而深沉，有如高山大海，能够感受但难以言传。这个世上，有爱你最深却不表达的人，那就是父亲。他从来不说爱我，却把他所有最好的都给了我。父爱，是一场人性的轮回。生活很苦，无数的父母在默默地硬扛，因为他们的肩上是家的责任和对儿女的爱。

当年轻人的身体愈来愈强壮，天地愈来愈广阔，足迹愈来愈深远时，老人们的身子却越来越瘦，脚步越来越轻，声音越来越弱，渐渐淡化成了影子。面对着老去的父母，很多时候，子女越来越趾高气扬："怎么教你那么多遍你还不会"、"你不会就不要乱碰"……

父母，给予我们生命的起点，却无法陪伴我们走向人生的终点，这就是人生最大的无奈。

有一天，当你回到家里，叫一声爸妈，空荡荡的房间里再无人回应。那时候你才会感受到：有人唠叨，是多大的福气啊。

父母在时，我从没觉得儿子是种荣誉和福分；父母不在了，我才知道这辈子儿子已经做完，下辈子做他们儿子的福分，不知还有没有资格再轮到。上有老不仅不是负担，反而是幸福的代名词。叫声爸妈，有人回应，是这辈子最让人心安的时刻。

所谓成长中的渐行渐远，大概就是我们与老人之间力量的此消彼长吧。我们在光阴似箭中长大，父母却在日月如梭里衰老。子女们往往无意识地就变得强势，无意识地不耐烦。这让父母开始害怕，躲在自己的小圈子里，战战兢兢。人世间最悲凉的事情莫过于：含辛茹苦把儿女养大，白发苍苍之际，却在儿女面前还要小心翼翼。

小时候动不动就会揍我们一顿的人，现在已经开始向我们示弱了。以前是，你敢走出这家门，你就别回来。现在是，有时间就回来，我给你做好吃的。写到这儿，我想起了平生和父亲最激烈的一次争吵。现在看，从道理上讲，我是对的。因为任何时候，无论是谁，都要相信科学，尊重规律。可如果上帝再给我一次机会，我一定会将对就错。因为家是讲爱的地方，不是讲理的地方。

我还常常回想，小时候真的有点怕父亲，担心被他训斥，害怕他的巴掌。可如今我越来越明白了，如果没有父亲当年那"都是懒的，出去跑几圈，多干点活就好了"的严厉，就没有我今天的身强体壮、善良坦荡。

每每想起当年我从父母家搬出来自己过的时候，刚强的父亲竟一个人在阳台抹眼泪的情景，我就情难自制，睫毛再也承受不起眼泪的重量！如今还有多少年轻人懂得，他们成长的代价，就是父母渐白的头发、日益下垂的眼角。你永远也不会知道，你不在家的时候，他们的餐桌有多么的简单；你永远也不会知道，你回家的日子，被他们计算了多少次。

孔子曰：父母之年，不可不知也。一则以喜，一则以惧。越是被人说得多的老话里，越是藏着让人落泪的真理。父母已日渐衰弱，趁年轻人尚能尽孝之时，对他们好一点比什么都重要。他们的一生都在拼命地对儿女好，不要因为习惯了接受就忘记了感恩。现在的年轻人，可能会拥有整个世界。而你们的父母，除了你，可能什么都没有。

现代社会的熙熙攘攘，已经让很多人习惯了遗忘。整日忙碌于追名逐利，淹没于物欲横流的金钱世界，于是有了忽略亲情、遗忘父母的堂而皇之的借口。年轻人，你们真该放一放匆匆的脚步，暂且抛弃名与利，躬身自问，羊羔尚知跪乳，何况人乎？且莫说忙，等等明天吧。你还有大半生的时间，而你的父母没有。莫到了"子欲养而亲不待"时，才感慨万千空悲切！一次生前的孝敬，胜过身后百次扫墓；清明节烧万堆纸钱，不如在世时端一碗米饭。

人生苦短，往往等不及来日方长。所谓来日方长，不过是年轻人最大的错觉。人生最没有意义的命题是失去后才追悔莫及，人生最大的骗局是亡羊补牢未为晚也。梦里看见的人，醒来记得去看看他！人世间最美好莫过于：我已长大，你还未老；我有能力报答，而你仍然健康。有人问，逢年过节，中国人为什么总要不远万里回家呀？知乎上有个高赞回答：因为那是我的家呀！世界再大，路途再远，老人也在等我回家！别的地方，只能叫住的地方。

一个人最大的底气，就是在外过得再苦再累，总有后路可退，而这条路就是家的方向。

当我们努力去踏遍万水千山的时候，千万别忘了回头看看那个随时等你回家的人。陪伴是最长情的告白，千万别让父母在生命的最后时光，苦苦等待。年老从来不是最大的悲哀，错过了父母晚年的时光，留下永久的悔恨才是。

时光，它最无情。它会悄悄偷走我们最珍视的东西，带走我们最爱的人。我们以为一直会在身后等我们归家的父母，总有一天，我们会思念入骨却无处可寻。

孝顺这个词，是由后悔构成的。世间大多的爱都是指向团聚，唯有父母的爱指向别离。失去后才懂得珍惜，是人生最残忍的事情。最伤心的懊悔，莫过于那句"我本可以"。最大的遗憾，是你在我身边的时候，我没有多爱你一点。余生经年，好好拥抱他们吧！像对待自己孩子一样对待他们，就像当年他们爱我们一样去爱他们吧。

在对待父母的态度里，往往藏着世界对你的态度。对父母横眉冷对的人，生活也一定会对他张牙舞爪。不孝父母者，一生哀怨，无一例外。老话讲，越孝顺的人生越顺畅，说的就是这个理。

"尊前慈母在，浪子不觉寒。"人们常常歌颂父母的伟大，却很少想过父母老去，环顾四周不见子女时，内心的孤单与寒冷。守着空荡荡的房间，思念着远方的孩子，又担心打扰他们的生活。"我很好，你忙你的就成，不用担心我。""不打扰，是我最后的温柔。"五月天的这句情歌，用在父母身上也恰如其分。不敢用坏消息打扰你，不敢随便麻烦你，这是中国式父母年老后最大的温柔。

忘记是谁说的了，父母不会拿孝顺绑架你，但这不代表你可以放任自己。岁月不饶人，最先不饶过的便是父母，他们不愿麻烦的背后，是脆弱，是需要，更是呼唤。年少时，我们都是踩着父母的双肩走向远方；如今他们垂垂老去，也绝不该后顾皆忧，老无所依。

人生永远没有太晚的开始，最好的时机就是现在。年轻的朋友们，孝顺父母，做一个"孝"星吧！让我们先从常回家看看、回家看看走起，先从和颜悦色、好好说话起步，好吗？

现实中的小脚丫，肉嘟嘟的小嘴巴

每次小女贝贝从上海放假回家，每晚给贝贝洗脚就成了我必选的非常热爱的活动之一，每次洗完脚，贝贝都会和我说：爸爸洗得好舒服。拿捏着八岁小女的小脚丫，望着那肉嘟嘟的小嘴巴，就想随一次笔，在文字中追寻和感悟点什么，在往事的回溯中整理岁月的碎片，在往事的缅怀中除去现实的尘垢。

很是想念上幼儿园时的贝贝，那时好像学得不多，精力充沛。唐诗宋词背得那个熟啊，让人羡慕。一次带贝贝去上海最高的餐厅吃饭，她站在最高处往外看，竟脱口而出："我在这里看到了全世界。"让酒店的老总都好个佩服。我和贝贝开玩笑说"不喜欢带你去玩，钱太遭罪"，她竟能说出"那你钱不遭罪，我就遭罪了"这样有哲理的话来。

如今，贝贝下半年就上小学三年级了。学得越来越多了，可说出的金句却不多了。每当有人问我上海小学补不补课时，我都很无奈地说，天下乌鸦一般黑。一次看见贝贝的小伙伴们互相晒都学什么什么了，看着她们那十个小手指都不够用了时，我更感到了无奈，一群八九岁的孩子呀，有必要学那么多吗？

孩子的成长是非常迅速的，并且是非线性的。稍不留神，就会错过很多宝贵的瞬间。在今年这段特殊时期，我和贝贝有了更多的接触和陪伴。我也经常在反思，其实父母的爱很多时候是盲目的，父母肯定想给孩子最好的，但这是不是孩子最需要的呢？

在这段特殊时期，我甚至还想到了，应该尽早地让贝贝这代人知道人类的本质是什么，人类真正的共通性是什么，人与地球的关系是怎样的。我们也要想办法，把我们生活的经验传给下一代，让像贝贝这一代的孩子们，能够去找出一条二〇二〇年以后比较好走的路。

未来社会，让孩子们爱上读书，必将成为父母这一生最划算的教育。我要让贝贝知道，你为游戏买单，但游戏不会为你的人生买单；你为读书买单，读书一定会给你意外的惊喜。能读书的人是幸运的，会读书的人是幸福的。

我还要让贝贝知道，如今虽是一个看成绩的时代，但相比于成绩，我更关心你是否有所热爱，有所热爱才能显出一个人的真性情，这是比成绩更重要的东西。

我更要让贝贝知道，人难免有错，有了错误并不可怕，可怕的是不懂得反省自己，改正错误，这样很容易就迷失了真正的自我，凡事从自己身上找原因，你才能成为更优秀的自己。

贝贝，你永远都要记住，人品，在任何时候都远远大于你的能力。能力好，人品好，是极品；能力极强，人品极差，是毒品。所以，在任何时候，你都不能丢失人品。

孩子最不能忍受的不是生活的清苦，而是生活的单调、刻板、无趣。几乎每个孩子都热衷于在生活中寻找、发现、制造有趣，并报以欢笑，这是成长着的智力的嬉戏和狂欢。画笔和童话，孩子本能地表达自己内心情感；文学和艺术，会让孩子找到生活的援军，会让孩子在未来的某一天得以理解生活。几乎所有的孩子，都会不自觉地拿起笔涂画，都喜欢听童话。每一个人的童年，都是人生中最美好的过往。那些生动的场面，那些数不胜数的快乐，像一串又一串的糖葫芦，饱满、甜蜜、诱人。

孩子正处于生长发育期，喝好每一口水，吃好每一顿饭，远比多会几个字、几道题甚至掌握几个特长都重要得多。其实从某种角度看，我对贝贝的教育也是很严格的。iPhone、iPad，原则上我是不让贝贝碰的。我是这样想的，科技会越来越厉害，贝贝长大后会有那么多的时间跟这些东西相处。现在这个阶段，我希望她能够在父母身上找到人与人的连接。她应该多去接触她同龄的小朋友接触的世界，那个才是最健康的。

在畸形的教育背景下，孩子们已经很辛苦了。低声教育，甚至是低调教育，可能是我们当家长的能给孩子们的最好的礼物了。很多人都听过这样一段话，在此我把它贴出来，希望朋友们可以记住，和孩子说话的时候，教育孩子的时候，也能把这一点教给他：急事，慢慢地说；大事，清楚地说；小事，幽默地说；没把握的事，谨慎地说；没发生的事，不要胡说；做不到的事，别乱说；伤害人的事，不能说；讨厌的事，对事不对人；开心的事，看场合说。

和望女成凤的观点相比，我更希望小女贝贝第一要身体好，第二要快乐，第三要尽量有所成，但更要知道自己是一个凡人，是一个普通人。

现实中的小脚丫，肉嘟嘟的小嘴巴。一生把爱交给她，只为那一声爸爸。天伦之乐，其乐无穷。生活若能就此定格那该多好啊！可生活就是生活。孩子洗完脚，还要去学习，还有很多很多东西要去学。全国人民都在大喊特喊放松、放开、放下，可我们的孩子们却在快马加鞭未下鞍。

教育，让我这个学过教育、做过教育，自认为还算懂点教育的人，一句话也说不出来，一句话也没有了。但愿一切都会好起来！

怎一个"懂"字了得

昨天一场久违的春雪，让今天的太子河两岸空气格外清新。两岸的杨柳吐出了嫩芽，草坪也一天比一天绿了。河水静静地流淌着，阳光下的太子河水面波光粼粼的，有种久违的温暖，春风徐徐扑面，好一派春来河水绿如蓝的景象。

刚沏好茶，一首节奏舒缓的诗朗诵《懂是世界上最温情的语言》又飘进了我的耳畔。一个人的周末，其实也是蛮惬意的。徐志摩说，我懂你，像懂自己一样深刻。可尼采却又说，最难的不是没有人懂你，而是你不懂你自己。"懂"，多么温暖动人的字眼！我们终其一生，都在寻求懂得。一个"懂"字，又常常是让我们似懂非懂。

我很认同这样一种观点，世间最好的默契，并非有人懂你说出的故事，而是有人懂你说不出的心事。懂你的言外之意，更懂你的欲言又止。懂你的强颜欢笑，更懂你的欲罢不能。懂你的欢喜，更懂你的不易。

一个"懂"字，包含了多少无须解释。知我者谓我心忧，不知我者谓我何求。不懂你的人，为你的成就喝彩。真正懂你的人，为你的付出心疼。一个懂你泪水的人，胜过一群懂你笑容的人。懂与不懂，由此可见一斑。

懂你的人，会用你所需要的方式去爱你；不懂你的人，会用他所需要的方式去爱你。于是，现实生活中，我们就会经常看到：懂你的人常常是事半功倍，他爱得自如，你受得幸福。不懂你的人常常是事倍功半，他爱得吃力，你受得辛苦。

生活中，我们常常能遇上这样的朋友，他不只关心你飞得高不高，还会关心你累不累。他不会总是催着你赶路，会在你累的时候，给你一个肩膀依靠。他能一眼看出你的逞强，然后用一个拥抱，温暖你说不出口的艰辛。

没有什么比温暖的怀抱更让人感到舒服了，因为拥抱是最具安全感的陪伴。拥抱的力度就是你爱的深度。一个深情的拥抱远比一个法式长吻来得更长情，也更深沉。这种懂，就是糅进身体里的温柔，它就藏在每一细微之处。

懂，是世界上最温情的语言。既然是语言，现实生活中少话甚至是无话的，那一定是不懂了，当然也可能是懂得太多了，不知道说什么好了吧。这可能是生活中最尴尬、最无奈的事情吧。也有人说，懂，其实是一种心语，属于灵魂的范畴，追求的是思想上的共鸣。懂你的人，就是开在心尖上的花朵，最是那一抹娇艳的鲜红。

懂，是一种不可言说的温柔。人生最真实的温暖，便是有人懂你。懂你的人，一个眼神、一个浅浅的微笑，就能心领神会。他知道你为何苦，也知道你为何笑。不懂你的人，话说尽了也没有用。你怎么努力，都不被理解，都是背道而驰。在山谷里大喊一声，尚且有回响，只要你的付出遇上懂你的人，就一定会有爱的回报。

生活中，找一个真正懂你的人，真的很重要。生命中，那个愿意发自内心地去爱你，以你接受的方式去照顾你，以最长情的方式去守护你的人，便是懂你的那个人。我在乎的是，和那个懂我的人在一起，有些心事，只说给懂的人听。

世间最有默契的人，不是爱你有多深，而是懂你有几分。世间的感情，最好的莫过于，我知你辛苦，你知我不易。懂得，是生命中最美好的相遇、最深刻的感动。即使两两相望，也是一份无言的喜欢。即使默默思念，也是一份踏实的心安。

都说经济要高质量发展，依我说，感情也要高层次提升。哲学上讲，任何事物都是在不断发展变化的，感情也需要不断修行，修为不一致、思想不同步，碰撞出的就不是火花而是火药了。生活中，有时想找个懂你的人太难，遇到被误解、被伤害的瞬间时，反而喜欢保持沉默，选择不解释。因为心里知道，懂你的人，你不解释他也心有灵犀；不懂你的人，解释再多都是对牛弹琴。

感情中，遇到一个不懂你的人，只会相互折磨。想法不同的两个人，永远无法理解对方的心声。即使朝夕相处，也是同床异梦。生活中我们不难发现，不是每一个人都有耐心去了解你，你也没有办法唤醒一个装睡的人。生活中的沉默，并不是真的无话可说，而是有些话，要对懂的人说才有意义。

一个懂你的人，始终明白你的所思所想。懂你的人总是无条件地信任你，因为看得见你内心的纯粹，所以不会道听途说，也不会轻易把你抛下。

懂得，感情才能更长久。灵魂同频，情感共振，生活才更有情趣。懂得，是两心互通的一种眷恋。为什么我们总是觉得相聚的时光太短？原来，走得最快的不是时间，而是两个人在一起时的快乐。幸福，就是有一个懂你的人，陪着你慢慢变老。

在我们的一生中，遇到爱、遇到性都不稀罕，稀罕的是遇到了解，彼此懂得。频率相同的人，才能欣赏你的好，懂得你的苦。有时候让我们沮丧的不是不快乐，而是快乐的时候，却找了错的人分享。你分享欢喜，他觉得你在炫耀；你倾诉悲伤，他觉得你矫情做作。

两个人的世界若无法贴合，就不要勉强，所谓好聚好散，大抵就是我们尊重一段感情的最好态度。我们觉得孤独，不是因为无人陪伴，而是因为无人理解。若与不懂的人在一起，做什么都得不到认可。而真正懂你的人，就像三九天里的一缕阳光，可以融化冰与雪，就像三伏天轻轻吹来的风，给你送来丝丝清爽。

很多人，终其一生，都难遇到一个懂你的灵魂。有人这样计算过，人一生大约会遇到两千九百二十万人，不管爱情还是友情，懂你的人出现的概率少之又少。如果有幸遇到了，就好好珍惜，别把TA弄丢了，因为相遇的概率确实太低太低了。

世界上最温暖的事，莫过于有人疼有人懂。余生，一定要和懂你的人在一起。最好的感情就是，你说，他懂，他说，你懂。你知道我在，我知道你懂，得此一人，夫复何求。

四季更迭，春花秋月。人来人往，悲喜交替。人生漫漫，愿你能与懂得包容与尊重、互相欣赏的人一起同行。愿你的快乐不缺观众，你的故事有人用心倾听。愿你能遇到一些有趣的灵魂。

生活，怎一个"懂"字了得！

烟花三月下扬州

现代的交通和通信，真是方便到家了。这不，前天，铁子一个电话，昨天，我们就相见苏州，穿越常州南山竹海，今天已在扬州瘦西湖饮酒泛舟了。曾几次与扬州擦肩而过，今专程造访，一睹芳容，竟也流连忘返了。

扬州乃国家历史文化名城，瘦西湖其实并不大，较之杭州西湖，另有一种清瘦的神韵，风姿绰约，如飘如拂。漫步于此，你会发现，瘦得有精华，瘦得能见风骨。看来风景也是瘦的好啊。

瘦西湖里看不到山，一眼望去，满眼是水，让人感觉扬州是用水做的。忘记是谁说的了，女人是水做的，男人是泥做的。我是地地道道的北方人，看惯了那里的混沌沧桑，难免觉得这江南水乡太过温柔了。犹如那最能以亲切和蔼的态度给人以好感的人，这不得不让我叹服，让我爱慕。

人间最美四月天，不负春光与时行。这个时候是扬州最好的季节了。杨柳垂发于河岸，带着淡淡的惆怅，微风一拂，便满是一鼻子春天的味道。蒙蒙细雨中，仿佛置身于泼墨山水画中，切身感受烟雨江南的迷人。有道是：船在水中行，人在画中游。

夜晚的扬州是浪漫和安逸的。她并没有北上广的繁华喧嚣，却足以让人恋恋不舍。尤其是这座城市不需要霓虹的点缀，月光于此是最好不过的了。"天下三分明月夜，二分无赖是扬州。"真是把扬州的夜景写绝了。扬州的胡同、小巷，也是我的最爱。每个小巷里，不经意间的某次回眸，会有一次浪漫的邂逅。那让人特舒服的微笑，让我魂之颠倒。梦里的扬州，也犹如江南的雨，绵绵缠缠，甜甜蜜蜜。

有人说，旅游就是从你自己腻味的地方跑到别人腻味的地方。那是因为心被功利和物欲所束缚，所以不管跑到哪儿终究是一个腻味，高兴不起来。只有当心是自由的，才能尽情地拥抱大自然，开心地欣赏沿途风景，为心灵着色，为灵魂洗尘，才能走到哪儿都有美的发现，都有行者的快乐。

远游无处不销魂。一路走来，我们看了很多，交流了很多，也思考了很多。其实人生就是一场长途旅行，每一段路都有一种领悟。要么读书，要么走路，身体和灵魂，必须有一个在路上。出去走走真好，和不同的人交流，用心感受他人的人生。你会发现，人生原来可以这么美，这个世界能给你的，远比你想象的还要多。

人生就像个万花筒，有时候换个视角，就可以看到不一样的风景，换个角度看问题，柳暗花明又一村。不出去走走，就很难发现其中的奥秘。

记得一次去日本考察温泉旅游，我泡在海边的一处十分美妙的温泉里，喝着咖啡，眼前只有一片无限延伸的海，在那样的环境中，整个人好像都归零了，开始重新思考究竟生活中真正需要的东西是什么。人生若能经常有这种深度思考的时段，那人该有多成熟，人生该有多丰富啊。

当你决定旅行的时候，最难的一步已经迈出来了；如果你迈出了这一步，你永远都不知道自己的梦想，是这么容易就实现了。最美的风景，其实不在终点，而在你的脚下。

真正的发现之旅不在于发现新的领域，而在于拥有新的目光。这个世界从来不缺少美，缺少的是发现美的眼睛。我很欣赏梭罗的那句名言：旅行的真谛，不是运动，而是带动你的灵魂，去寻找到生命的春光。

我的一个朋友对我谈起他游历的感受，动情地说：在狂风中哭，在冰雪旁笑，每到一个地方，深呼吸，极目远眺，感受着那里的风景，倾听着那里的文化。他说人生原来可以这么幸福。那种茫茫山野中的肆意和放松，是一种美好的生活体验。后来，他又去了阿尔卑斯看山，去了夏威夷看海，乘着游轮在茫茫无边的大海上漂泊……看过了太多的美好，他就感觉一般的烦心琐事都不再叫事儿了。

以前看过一本美国作者写的《在路上》。这本书之所以能成为畅销书，很重要的一点，是它传递了一个最强烈的信息：放下一切，走吧！还等什么呢？出门吧！年轻时越早看这本书越好，马上出发。重要的是精神上的解放，而不是实际的旅行。当今的旅行，可以说是历史上最便宜的时候，所有物价都在高涨，只有机票越来越便宜。想看的世界就去看，想见的人就去见，想做的事就去做。无论结果如何，都算不枉此生。你目前的工作，并非没有你不成的，别把自己看得太重。

多看看天下，多看看别人是怎么生活的。回来后，你会对别人更好。回来后，你会对自己更爱。当潇洒时且潇洒，莫待春尽叹落花。

出去走走吧！就在现在，就在春暖花开！给自己的身体注入新的活力，给自己的灵魂注入新的力量。

出去走走吧！这个世界，远比你想象的更精彩！

谁是最可爱的人

今天是端午节，本想写写屈原，可屈原那举世皆浊我独清、众人皆醉我独醒的境界，世上有几人能做到？即使做到了，个中滋味又有几人能知道？屈原那宁赴湘流、葬于江鱼之腹中，不愿以皓皓之白，而蒙世俗之尘埃乎的精神，又有哪朝哪代的人不敬佩、不赞美呢！这么深刻的东西，一篇随笔又怎么能写得了呢，还是回归本文的主题吧。

若说起谁是最可爱的人，可能每个人的答案都不同。一千个人眼中，有一千个哈姆雷特，魏巍笔下最可爱的人，就是那些保家卫国的志愿军战士，他们那纯洁和高尚的品质、坚韧和刚强的意志，定义了他们就是最可爱的人。在父母眼中，孩子是最可爱的人。在情侣眼中，心心相印的彼此是最可爱的人。在学生眼中，博学多才的老师是最可爱的人。在抗疫前线，救死扶伤的白衣天使是最可爱的人……

生活中，每每看到先进人物事迹介绍时，心灵总会被震撼到，内心总在想：如果当时换作是我，会不会像他们一样，去工作、去战斗？

虽然当了十几年的七品芝麻官，做了一定的工作，取得了一定的成绩，今年居然还立了三等功，这个三等功据说是因连续三年评优而立。但是，看了《请善待单位中的老实人》这篇文章，还是感到惭愧，感到汗颜。扪心自问，作为领导，自己对身边的老实人善待了几许？从大的范围讲，自己就应该是文中的老实人，那自己又做得如何呢？

学然后知不足。吾日三省吾身，则圣心备焉。重用老实人是树立单位良好风气的重要手段。老实人就在你我的身边，真切地存在着。他们既是普通的、平凡的，更是卓越的、伟大的。他们不仅是单位的中坚力量，从深层次讲，更是当下最可爱的人。我笔下最可爱的人，就是那些单位中的老实人。那么，哪些人可以称作老实人呢？

不和你套近乎，又能积极配合你工作的人。老实人注重的是主动干事，不习惯于察言观色，一切听从组织安排。与那些见风使舵、投其所好的人形成鲜明对比。

不和你多走动，又能体谅你良苦用心的人。他们是用实绩来报答组织的关爱，而不是靠多和领导走动来获取什么。

不经常往你家里跑，常常往基层跑的人。他们不怕领导不注意，就怕基层不满意。他们最容易被忽视和埋没，也最容易吃亏。

不关心你生活私事，却帮群众排忧解难的人。他们不琢磨人，专琢磨事。对有些领导来说，他们往往被看作不会来事儿，但实际上，他们才是干事的人。

不当面恭维你，但能自觉树立你威信的人。他们不习惯于说客套话，不会拍马屁。但他们老老实实做人，扎扎实实干事。

不向你表态，但能高标准完成工作任务的人。他们有一个重要特征，就是不声不响地干，竭尽全力地干，低调做人，高调做事。

不邀功表功，但能创造性工作的人。这些人把所有心思都凝聚在工作上，可对自己的功劳只字不提。

不爱向组织提个人要求，但又积极表现的人。他们的业绩很突出，但在个人进步面前，往往难以启齿，不好意思开口，以致有的人感叹，如果能用这种工作劲头去为个人进步跑门路、拉关系，恐怕早就功成名就了。

不爱看你脸色行事，又能公事公办的人。他们不徇私情，最能保护人，也最容易得罪人。

不喜欢给在岗者烧香，又能给离任者送温暖的人，人走茶不凉。他们不势利，不图利，为人厚道，一点也不矫揉造作。

　　在这篇文章的结尾，我想说：单位中的这些老实人，说话实实在在，干事踏踏实实，为人真真切切，他们才是我们永远的爱。他们是一群最富有激情的人，他们就是当下最可爱的人。

　　让我们张开双臂，热情地拥抱他们吧！

爱一个人好难

说来也怪，这些天多次听到了《爱一个人好难》，索性就把它定为这周的随笔话题了。虽然早已过了谈情说爱的年纪，虽然这样的话题不好说，但随笔就是这样任性，想到哪儿说到哪儿，今天就纯意识流了。

上大学时，有些许秃顶的下铺的二哥调侃说："爱情就是这样一个顽皮的东西，她爱你的，你不爱她；你爱她的，她不爱你。"后来才知道，这就叫作生活中的矛盾冲突。有了矛盾冲突，才有了丰富多彩的现实生活。如果都平铺直叙地说，我喜欢你，有时间可以一起吃个饭嘛，那就太缺少色彩，太缺少韵味了。

忘记是谁说的了，越是想念的人，有时越不愿意见面，就怕相见之后生疏了，破碎了曾经的好，期许未必是件坏事。在这快餐文化如此盛行的今天，竟能说出这么纯情的话，真是让人敬佩让人爱慕。

有缺口的记忆才更加永久，有遗憾的感情才更加长情。多年未见的人，想见却不敢见，其实是怕记忆变了味道，怕遗失了曾经的美好。人活着，有这么个可想可念的人，只记住了你青春的容颜，却无从想象你爬满皱纹的脸，这其实是一种别样的保鲜。

时间总会轻易地冲淡一些人和事，但最真的情、最深的爱，总会随着时间一起生长。有时候，会忽然想念起某个人，淡淡的却刻骨铭心，仿佛就在昨天，就在眼前，朦朦胧胧，影影绰绰，挥之不去，却又难以捕捉。

真正的爱是不会消逝的，真正的情是刻在心里的。它就像荒原上的野草，野火烧不尽，春风吹又生。爱情，从不会在岁月里斑驳。美好，永远在记忆里鲜活。曾经沧海难为水，除却巫山不是云。我知道你来过，你知道我没走，这就够了，所谓相见不如怀念。

佛教说人生有七苦：生、老、病、死、怨憎会、爱别离、求不得。最让有情人受不住的便是"爱别离"了，见或不见，苦也不苦，滋味自己最清楚。

这两天，朋友圈有个热门话题：疫情结束后你最想见谁？疫情当前，正赶上西方情人节，街上没有卖玫瑰花的，酒店也空了。情侣间最简单的拥抱，都成为最奢侈的事情。多一次出行，就多一分风险，这时候，还敢出来见面的绝对是真爱。毕竟，在这个私利的社会，肯冒险陪你的傻子不多，陪伴是最长情的告白。

我一直很欣赏一句话：真心对一个人就是，只要你要，只要我有，倾我所能，尽我所有。

转角遇春风，犹如故人归。站在等你的季节，拥抱爱的滋味，然后轻声地问一句：你也在等我吗？这特殊的一年，终究是先苦后甜。

村上春树曾说：只要有想见的人，就不是孤身一人。人这一生，能有个可想可念的人终究是幸运的。爱过，曾拥有过，又失去过，也是一种圆满。都说动心容易守心难，我只想说，不忘初心，方得始终。

爱一个人好难。看似一瞬间，其实是前世五百年修行换来的。忘一个人好苦，看似一转身，其实一转身便是一辈子不见。但心呢，哪能说不见就不见了呢。无论缘深缘浅，情未了，爱就在。归去，也无风雨也无晴，你懂的。

有时候，道路曲折一些，并不一定就是坏事，它可以让你更加看清自己的心，找到正确的方向。错了，重新来过。对了，坚定前行。有道是：不经一番寒彻骨，哪得梅花扑鼻香。有痛方可知情深。

总是期望人生若只如初见，可现实却总是人生难回初见时。午夜梦回，枕边人不是心上人，心上人已是梦中人。好好珍惜那个对你好的人吧，弄丢了上百度也找不回来，离开了互联网也连接不上。人在旅途，能够遇到那个深爱的人，已是莫大的幸运，就算已不是鲜衣怒马的年纪，可有谁不想为爱执着一回呢？

王小波的《爱你就像爱生命》，每每读起都还能被感动到，难怪不少美女都直言，比起油腻帅哥，我肯定选择和"爱你就像爱生命"的丑男谈恋爱。他那个讲情话的本事，怎么能那么真挚动人，又不失可爱啊。那些情话，句句都那样动人："我是爱你的，看见就爱上了。我爱你爱到不自私的地步。""我会不爱你吗？不爱你？不会。爱你就像爱生命。""你是非常可爱的人，真应该遇到最好的人。我也真希望我就是。""假如你愿意，你就恋爱吧，爱我。""不一定要你爱我，但是我爱你，这是我的命运。""你真好，我真爱你，可惜我不是诗人，说不出再动人一点的话了。"

爱你就像爱生命的人，是真的愿意把你宠成孩子，给你安全感的。告诉你，不要怕，一切有我。有道是：千人追不如一人疼，万人懂不如一人宠。但是，在现实生活中，这样的婚姻是极少数的。更多的人是在默默地告诉自己，不要幻想，不要自作多情，然后继续过着毫无生机的日子。

在爱情这场大剧中，挫折只不过是导演添加的戏码，难，并不是爱的结束，恰恰是爱的开始。有了矛盾冲突的剧情才更加吸引人，历经发酵的感情才更加香醇。

所谓戏如人生，本就应该是高高低低、起起伏伏的，这样的人生才更加精彩。值得等待的爱，才是真正的爱。有所期待，美好才会如约而至。

真爱，不会因为距离的阻隔而消散。等待，才是爱情终极浪漫的开始。不是因为我执着，而是因为你值得。我对你崇拜，你给我宠爱。为爱执着，生命才会因爱情的降临而丰富多彩。爱与被爱，或许才是生活的最美意义。

一位朋友曾这样讲述她的爱情观："我一生都在追求真爱的道路

上求索，哪怕遍体鳞伤也决不退缩，人生匆匆几十年如白驹过隙，我只想在有限的年华轰轰烈烈爱一场，无关身份，无关年龄，得之我幸，失之我命，由此才不枉此生。"

她还说："无论是影视剧还是现实生活，终究，让女人难以抗拒的，从不是初恋，反而是这种男人——爱她又懂她，和他在一起，有时像爸爸，有时像师父，有时像老公，没有哪个女人可以抗拒如此圆满的爱。"现实生活中，想要这样的爱难亦不难。难的是，不是谁都有那个缘分去轰轰烈烈的；不难的是，只要在努力就有希望。

所有的美好都是不期而至的，所有的缘分都是留给心中有爱的。一切随缘，一切自然。

人生没有早晚，只欠一个开始。想送你一剪旧时光，有漫天飞雪，有花影绰绰，有你对我回眸一笑。满怀希望的人，必能迎来春暖花开。心性纯良的人，终会被岁月温柔以待。

爱亦是如此，心有纯真，情有纯粹，如是，爱一个人难亦不难。

茶亦醉人何必酒

——陈升号老班章茶馆印象

生在茶文化如此浓厚的国度里，做一个中国人是很幸福的。茶文化在中国源远流长，休闲、会客、交友时泡上一壶，自是一件十分惬意的事。有道是：万丈红尘三杯酒，千秋伟业一壶茶。

茶，聚天地之灵气，采日月之精华，让人们从古品至今，从冬喝到夏。其实，喝茶，真的只是一种生活方式。在每个晨起日落、花开花谢时，泡上一壶，一品苦涩，二品甘醇，三品平淡，这品的是茶里人生，品的是这繁花似锦的似水流年。

懂不懂茶，对大多数人来说，真的不那么重要。重要的是每天喝茶，一茶在手，用不同的方式方法去尝试，只管泡它吧。从沸腾到温和，从喧嚣到平静，泡茶的过程多像人生的过程啊。如果喝了某款茶感觉还不错，能接着喝下去就足够了。茶，不是功课，不是束缚，不是只有懂的人才有资格爱茶。喝茶是享受，本着享受和放松的心态去喝茶，暂时不必想着去弄懂它，也许会越喝越懂。要是一开始就认定自己不懂，对茶有隔阂感，岂不是越来越不懂？

人生如茶，第一道苦若生命，第二道甜似爱情，第三道淡如清风。忘记是谁说的了，人的成长要首先经历喝水的时代，然后是喝酒的时代，最后是喝茶的时代。人生百味，你总会经历如酒的自己，遇见如茶的你。

不同的茶有不同的味道。好似不同的人走着不同的路，有着不同的人生。茶中有意境。心净时喝茶，读一本好书，写一篇随笔，有茶相伴，如饮醍醐。茶中有禅意。在淡然禅意中喝茶，让人心旷神怡，自省自悟，感受禅与茶结合的魅力。也许，一杯茶喝到最后，心中开满朵朵莲花，万种闲愁都随着剩茶一起倒掉，才是最极致的禅意吧。

喝什么茶也不重要。适合自己的茶才是好茶。一茶在手，一人得幽，二人得趣，三人成品。于尘世偷来闲暇时间，不乏人生之乐趣。所谓偷得浮生半日闲，清茶一品悟人生。

人生如茶，几分禅意，几分安静。由最初的浓烈到最终的平淡，无不浸透着禅意的美。有时柳暗花明，有时峰回路转。一杯茶，端起时需要紧紧地握住，放下时就轻轻地松开，这才是参透了茶道之法，也是悟透了人生真谛。人生精彩，苦尽甘来。

有人曾问金庸先生的养生秘诀，他一语道尽，不过一杯清茶而已。我做什么都是徐徐缓缓，最后也都做好了。他有张有弛的生活态度，给我们创造了一个洒脱肆意的武侠世界。而读着金庸的我们，却活成了另一种姿态。

当我们正在为生活疲于奔命的时候，生活也许已经离我们而去。不给自己留白的时间，却又常常忘记忙碌的目的。自在有为的生活是急不得的。为什么人们总是要在经历过比烈酒还烈的故事后，才开始收拾起喝茶的心情呢？毕竟，急风暴雨般的快节奏当下，能知道停一停，正是现代人欠缺的生活智慧。

毕竟，我们的成长都不必那么慌张。江湖离不开酒，人生离不开茶。人生总是需要拼搏后的一杯清茶时间。洗练万丈红尘，体味越活越通透的快意。多花一点时间做自己，少花一点时间打动别人；你说人性复杂，我说那是繁华。都说：品茶可清心。那么喝茶时，把身份放一边，把虚荣放一边，把贪欲放一边。茶百科说，心清可品茶。

茶，无法承受之轻。以平常之心，喝盏中清茶，尝惬意时光，得半日之闲，可抵十年尘梦。喝茶追求文艺范儿的人，往往都是十分热爱生活的人，喜欢雅致的东西，有颗细腻的心，茶品茶具，无一不是精挑细选而呈现出来，雅到极致，美到极致，悦己悦人。

温文尔雅范儿的茶人，通常都是儒雅之人，修养很好，有一定的学识，待人接物十分稳重，和他们一起喝茶，如沐春风，十分舒服。

让我体会最深的是都市白领喝茶，工作告一段落后的午后，用精致的茶杯泡一杯老班章普洱茶或者花茶，再配上精致的茶点，听着优雅的音乐，一段悠闲的下午茶时光就此开始，身上的疲惫顿时也一扫而光。

一杯茶，一本书，便是一段静谧的光阴。茶可以品尝人生百味，书可以找回心灵的皈依。在睿智平和的文字中，咀嚼茶叶的清香，不禁让人感慨：茶亦醉人何必酒，书能香我无需花。

朋友邀我到位于明山区明东路天龙佳园对面的陈升号老班章普洱茶馆品茶，让我眼前一亮，豁然开朗。小小的山城，居然还有一处这么美的上好茶馆，装修考究，茶道精湛，全国连锁，物美价廉。初尝不识茶滋味，回首已是爱茶人。如今，陈升号老班章普洱茶馆已成了我的挚爱。

人生之通透，莫过于可当青梅煮酒论英雄，亦可清茶一杯慰平生。一杯茶，润泽了一份心境，成就了自己渴求已久的一种活法。名利浮沉之外，独嗅那一缕缕淡淡的香气。茶好也怕巷子深，好东西要让大家都知道。顺便给茶馆做个友情广告吧：喝得好，请告诉您的朋友；喝得不好，请告诉我；陈升号老班章，拜托您了！

陈升号老班章普洱茶馆，今天您约了吗？！

独占人间第一香

世上最伟大的爱，莫过于母爱。向伟大的母爱致敬！唯愿每一位母亲，犹如那一朵朵盛开的牡丹，尽情展示您的富贵，彰显您的高贵。

孟母三迁，陶母退鱼，欧母画荻，岳母刺字，古代四大贤母的故事，即便在今天读来，依旧能令人感受到女性与母性交织的柔美和高洁。梅花之傲雪凌霜，兰花之淡泊高雅，荷花之出淤泥而不染，菊花之悠然超旷，都可以从不同的侧面反映母亲的伟大和慈祥，但在今天这个风情万种的明媚季节，我就想颂牡丹，歌母亲。

母亲的称呼，犹如那一朵朵国色天香的牡丹，百花丛中最鲜艳，众香国里最壮观，她把美丽带给人间。母亲是最平凡的，也是最伟大的。母亲不是超人，却为了我们变成了超人。母性的力量胜过自然界的法则。我的生命是从睁开眼睛，爱上我母亲的面孔开始的。我之所有，我之所能，都归功于我慈祥而伟大的母亲。

牡丹的美，是一种与妖娆无关的独到。那种浑然天成的大气，既不半遮半掩，也不带一点忸怩娇嗔，就如在野的贵族。古人评花，牡丹第一，称牡丹为"花中之王"。牡丹生来就有一种帝王之气，富而不骄，贵而不舒，堪称中国的国花。

人间四月芳菲尽。百花凋零时，牡丹方才迈着雍容华贵的步履，缓缓而来，将姹紫嫣红开遍。只要牡丹一出场，在场的其他花鲜有不怯场的，有的甚至都不好意思开了。

有道是：有此倾城好颜色，天下真花独牡丹。然而，不同的思维方式，不同的视角，对牡丹的看法迥然不同。有时在一些人眼中，仿佛沾了牡丹，就沾了俗气，可我除了看到牡丹的富贵，更看到了她的高贵。

牡丹在大火之中枝干虽已焦黑，但盛开的花朵更加夺目，使牡丹获得了"焦土牡丹"的称号。生命力之旺，由此可见一斑。牡丹花谢花败之时，要么烁于枝头，要么归于泥土，跨越了委顿和衰老，由青春而死亡，由美丽而消遁，虽美却不吝惜生命，即使告别也要给人最后一次惊心动魄的体味。

开，倾其所有，轰轰烈烈，辉煌灿烂。落，义无反顾，惊心动魄，慷慨悲壮。不开，则不苟且不俯就不妥协不媚俗。这是怎样一种"真国色"！怎样一种卓尔不群的精神强度！

说是：富贵不能淫，威武不能屈，一点也不为过。落尽残红始吐芳，佳名唤作百花王。

竞夸天下无双艳，独占人间第一香。有的歌，听的是音符；有的歌，听的是情怀。母亲节，牡丹颂，送给天下母亲的歌！

谁不说俺家乡好

夏日的遗憾，终会被秋风温柔化解。总想在秋风乍起时，让心捕捉到一丝清凉的气息，如此，烦躁和喧嚣便可少一些，心便可静一些。心静花自开，只有心底清澈了，生活的笔端才可挥洒出别样的韵味，犹如所有的遇见，都能多一份澄澈，未尝不是一种欢喜。

今年，疫情防控，远门是出不去了，但汤沟御泉的养心沐浴，是万万不能省略的。这两天，漫步在汤沟温泉小镇，酒喝得不多，但思考得不少。遇见秋天，犹如故人归的感觉也奇妙得很。雨后的汤沟，也平添了几分成熟的况味和美感。

坦率地说，我很佩服那些能把他乡变故乡、故乡变他乡的人，也曾试图做些努力，但总是收效甚微。我曾把美国的曼哈顿和中国的上海做过比较，结论当然是上海比曼哈顿强多了。今天，我想说的是，我家乡的太子河畔，比起前两者，可爱多了。

因为，人是有主观思想的高级动物，是有着丰富的感情色彩的。外面的世界真的很精彩。但不知为什么，每每走下飞机，每每快到家乡的高速路口时，一种难以名状的亲切感、幸福感就会油然而生。尽管我的家乡是一个四线小城，尽管回到家里仍要过着独守空房的生活，但还是感觉幸福满满的。这不，还在候机中，就已经开始期待家乡那银装素裹的冰封世界了。

不光是我，我的一些朋友也时常感叹：哪儿也不比家好！每每出门旅游，短期的还行，趁着新鲜感热乎劲儿，放飞下自我，可是总会有个临界点，时间一长就会不自觉地想家，就盼着能早点回去，到最后可以说是归心似箭。看遍了风景，才发现最美的风景就在身边。家乡永远是那道最美丽的风景。

我的家乡是座山水之城，四面环山，重峦叠嶂，连绵起伏，有着"八山一水一分田，还有半分是庄园"的自然地貌，都知道南方人喜欢看山，北方人喜欢看水，我的家乡就是一个山、水、洞、泉、林一应俱全的好地方。

说到我的家乡，当属二十世纪八九十年代。那可是个独领风骚的黄金时代，孩子们放学后都在外面撒欢地跑，不用害怕作业写不完，不用担心孩子会走丢。虽然回不去古时候的"夜不闭户"，但也民风淳朴，人心向善。家乡是我心中永远不变的坐标，因为这里有我最在乎的人，有我最惦念的味道，一份思乡情，让我能永远记住自己的根在哪里。

每次外出归来，我都会到家乡的汤沟御泉酒店休息两天，每次去都有一个强烈的感觉，走来走去，玩来玩去，品来品去，都不如在汤沟御泉泡来泡去。那里的山，那里的水，那里的天，仿佛拥有一种神奇的魔力。若想把舒服的句子写得长一些，若想把舒服的时光过得慢一些，就一定要来汤沟御泉小憩几日。

有人说，旅游就是从一个你熟悉的地方到一个你不熟悉的地方去看风景，外面的世界是满足你好奇心的，家乡的世界才是安放自己灵魂的。

有人将在小城市工作的人比喻为煮在温水里的青蛙，认为越是小城市，越容易板块固化，也对也不对。现在世界已经是一个地球村了，无论是在大城还是小市，都会有一番出色、出彩的表现的机会。

人生的道路有好多种，看你如何做选择。轰轰烈烈，平平淡淡，怎样都是活一辈子。回不去的是童年，忘不了的是故乡。对于我来说，家乡就是生我养我的地方，那是自己的根据地、大本营。人的一生记忆最深刻的，也是最快乐的时期都是在家乡度过的，都说少年不知愁滋味，无忧无虑的日子是最令人难忘的。

上了岁数的人记性不好，唯独小时候的事情记得一清二楚，我认为那不是记忆的范畴，那是刻在骨子里的一种习惯，是一种血浓于水的印记。记忆可以忘，习惯不好扔，它就在那里，一触即发，犹如一幕幕老电影，时不时就回放一下，追忆也好，缅怀也罢，总之是有令我们为之动容的东西在其中，牵扯着那根最敏感的神经。

　　参天大树，必有其根；绕山之水，必有其源。我是喝太子河水长大的，平顶山下、太子河畔，就是我的根、我的源，那里有我父母的灵魂，有我的兄弟姐妹、至爱亲朋，这可能就是我要寻找的踏实的东西吧。

　　九万里布道，终归诗酒田园。五十年游历，还是家乡乐园。

浓妆淡抹总相宜

——我和我的女儿

总觉得时间走得太急，不知不觉间，好像冬的轮廓里还有秋天的影子，北风就已然吹过，迎来了银装素裹的冬，尽管今年是暖冬。不知从什么时候开始，时间的刻度已经不按农历的大年夜来划分，而是跟着女儿贝贝的生日走了。又是一年，是的，又是一年！

贝贝去上海生活已经三年了。前两年，一到这时候，我一定会休几天假，专程去上海给贝贝过生日的。可是今年，由于工作的原因，我可能要失约了。我怎么和贝贝请假呢？我说"爸爸现在工作很忙，走不开"，她能理解吗？"十一"返回的时候，贝贝还自信满满地说："还有一个多月，爸爸还会来看我的。"

生活是需要仪式感的。仪式感会让你在平凡又琐碎的日子里，找到诗意的生活，找到不愿将就的勇气，体验真正的愉悦与特别。这也是父母给孩子成长的最好礼物。如果连一些最基本的仪式感都丢失了，会很令人惋惜的。生活中的仪式感，不是矫情，而是一种积极向上、豁达乐观的生活态度。

第一次给贝贝在上海过生日，她站在上海最高的餐厅往外看，竟脱口而出：我在这里看到了全世界。这让酒店的老总都好个佩服。灵感就是生活，如果没有灵感就没有生活。贝贝这么小的年纪，就有这么好的灵感。每每想起，我都暗自窃喜，自豪不已。

每个人都是父母精雕细琢的一件作品，承载着爸爸妈妈的梦想。从呱呱坠地到翩翩少年，贝贝一路成长的足迹，毫不夸张地说，比任何一首诗都要精彩。

每每看着贝贝稚嫩的脸庞，我的心情跟她第一天上幼儿园的时候一模一样，十分舍不得她长大。可是有时一想教育的现状，又恨不得她明天就长大成人。我知道这是我的分离焦虑。我还没准备好，可我又不得不准备好。

每每新学期到来，我看到假期里欢天喜地、到处旅游的朋友圈，顿时充满了各种不舍，既想孩子开学，又舍不得她长大的矛盾心态，若隐若现。

原本抱着怀里的奶娃娃，上幼儿园了，几年后，又背上书包成了一年级的小豆包、二年级的小学生。如今，贝贝已经上小学三年级了。"爸爸，我想买它，和妈妈说了几次都没买成。""妈妈没给买，爸爸给买，马上买，你说买几个？买多少？"贝贝每次的小计谋，在我这里都能得逞。

"贝贝，妈妈骂你，你不恨妈妈吗？"

"你说得不对，那不是骂，是教我，是对我好！"

这么小的孩子，竟能这么理解教授妈妈，多么难能可贵啊！这么可爱的孩子，偶尔忘了几个字、错了几道题，其实那都不是个事儿，真的不必大惊小怪的。

我越来越认识到，我和我的女儿，因为血缘有了亲情的联系，但我们依旧是两个完全独立的生命个体。两代人要各自有自己的生活和精彩，才能在分离的时候显得不那么焦虑与迷茫。很多人往往打着一切为了孩子的旗号，把自己生命的架子捆绑在孩子身上。结果是既没有了自我，又让孩子不堪重负。

身为父母，我们需要和孩子一起不断地成长，我们想要教会他们的东西，可能正是我们自己需要学习的东西。在孩子逐渐成长的过程中，他们会用不同的眼界来看待他们的父母。那些永远只围着孩子转的人，他们一定会想不到，当父母和孩子差距越来越大之后，亲子关系也会越来越疏远的。孩子并不是养出来的，而是用自己的言行引领出来的。聪明的父母，总是明白身教胜于言传。父母的责任，不仅仅是给孩子温柔和关爱，更应该成为孩子的榜样。引导孩子前进，共同成长，这是对孩子最大的鼓励。

生活中，我们不难发现，每一个牛娃背后，必有一对热爱学习的爹妈，他们那庞大的阅读量，能帮孩子精准地挑选出哪些书是低营养的薯条、哪些书是高能量的牛排。设想一下，当你的孩子每天阅读的是鲁迅、巴金、莎士比亚，她能不懂得如何成为一个丰富、有趣、智慧的人吗？当你的孩子每天欣赏的是梵高炽烈的向日葵、徐悲鸿的万马奔腾、张大千的泼彩山川，她能不理解生命的力量有多强大吗？

正如作家冯尘所说："所谓父母子女一场，不过是相互滋养。"我原本以为自己为你付出了一切，到最后才发现，成全的，原来是我自己。

有远见的父母，能够为孩子的未来插上翅膀，指导着孩子飞向正确的方向。反之，鼠目寸光的父母，永远也教不出胸怀大志的孩子。如果父母有自己的人生规划、自己的事业、兴趣和爱好，孩子便会耳濡目染，传承父母身上的好品质，成为一个努力追求上进的人。

让孩子学习，自己首先要伏案学习；让孩子进步，自己首先要不断进步。做更好的父母，是对孩子最好的教育。每每听到贝贝说："爸爸也是年轻时奋斗出来的。"我就有一种备受鼓舞的感觉。其实我做得很不够，但我会一直去努力。

孩子在长大，父母也在不停地成长，这才是最高层次的教育。温柔的陪伴，快乐的教育，终会成为孩子最初的光，决定她一生的道路和高度。优秀的家庭一定是共同成长的。而且，历史早已证明，如果把人生比喻为一场接力赛的话，那么父母就是孩子的起跑线。父母跑得越远，孩子接棒的位置距离终点就越近。读懂孩子的内心世界，重新构架起亲子间的心灵桥梁，只陪伴，不设限，应是孩子一生幸福的基调。孩子成长最重要的，就是思想和灵魂的成长。

每次去上海休假，让我最享受的是每天和贝贝一起起床，叮咛贝贝要好好吃早饭，一起开始一天的生活。送贝贝上学的路上，看到繁忙且井然有序的上海的早晨，我有一个很强烈的感觉，好像生命的清晨在我这个年纪重新展现开来。

明年，贝贝就要升入四年级了。我知道必须面对她这几年生理和心理的巨大变化，面对狂风暴雨般的青春期的到来。

而我只想告诉她：爱自己，保护自己，成为你自己。让她逐渐明白，一些人赢在了不像别人，而一些人输在了不像自己。让她始终要有做自己的自由和敢做自己的胆量，知道自己想说什么，明白自己想要什么。

要去不同的地方看一看，知道的多了，遇到的也多了，就会明白这个世界真的很大。女孩子能做的事情有很多很多，未来有无限的可能，而不仅仅是眼前的小确幸和小欢喜。

不要做一个无趣的人，不要爱慕虚荣，不要做一个肤浅的人，也不要期望自己会是一个完美的人。相信自己是最美好的存在。只有做最好的自己，才能遇到最好的他。

贝贝，还记得爸爸去年给你的题词吗："真正成功的人，一般不是才华横溢的人，而是最能以亲切和蔼的态度给人以好感的人。"

贝贝，爸爸今年给你设计制作的《童话世界》相册，你喜欢吗？我和我的女儿，思念一刻也不能分割，无论我走到哪里，都流出一首赞歌。

贝贝，爸爸昨晚梦见你在上海国际舞蹈大赛上翩翩起舞，独占风流，可潇洒了。爸爸为你点赞！

贝贝，只要你喜欢，你学什么爸爸都全力以赴支持你。黎巴嫩著名诗人纪伯伦说：孩子就像是箭，父母就像是弓，而那位射手既爱张满了的弓，更爱射出去的箭。贝贝，爸爸就是把身子弯成弓，也要把你这支希望之箭射向你想要去的远方！

贝贝，爸爸有力的双臂就是你梦想的翅膀，我要兴奋地把你在空中高高举起，让你开心地触摸你梦中的星星和月亮。

贝贝，爸爸坚实的双肩就是你登高远望的山冈，我要骄傲地把你在我的肩上稳稳架起，让你快乐地拥抱你向往的白云和太阳。但你要照顾好自己，多吃蔬菜和水果，别太累了呀！

贝贝，爸爸的这篇随笔，你现在可能还看不太懂，哪天爸爸让王叔叔读给你听，好吗？

贝贝，爸爸很想你！

贝贝，爸爸很爱你！

贝贝，爸爸遥祝你生日快乐！健康快乐每一天！

回眸一笑百媚生

但凡美女，都有一双爱笑的眼睛，巧笑倩兮，美目盼兮，温婉之美，让人怦然心动。最美不过你回眸，眸中带笑，笑似烟波雾霭，绝对是挡不住的诱惑。

候机时听曲赏景，别有一番滋味。巧的是，在饱够眼福后，耳机里又传来了一首声情并茂的诗朗诵，我被深深地吸引了，真希望候机的时间再长点。是汪国真的《给我一个微笑就够了》：不要给我太多情意，让我拿什么还你。给我一个微笑就够了，如薄酒一杯，像柔风一缕，仿佛春天，温馨又飘逸。

微笑，是世界上最美丽的表情、最动听的语言。微笑，是最能感染人的力量。泰戈尔说："当一个人微笑时，世界便会爱上他。"在知乎上搜索"一个人什么时候最好看"，其中一个高赞的回答是："你笑起来的那一刻！"心烦意乱时，一个鼓励的微笑，会使你心平气和地走出颓废的低谷。发生矛盾时，彼此一笑，就能化干戈为玉帛。临别时，一份恋恋不舍的微笑，蕴含了美好的祝愿与悠长的牵挂。

庄子曰：君子之交淡如水。现实生活中，遇到欣赏你的，学会笑纳；遇到你欣赏的，学会赞美；遇到爱你的人，学会回报；遇到你爱的人，学会付出。真正的君子之交，无须期许太多太多，一个发自内心的微笑，会魅力四射，让人看了特舒服，这就足够了、足够了。

我看过春风十里，见过夏花绚丽，试过秋光潋滟，爱这冬日暖阳，全都抵不过你那回眸一笑。有些情，只是一个微笑，却已是天长。有些爱，只是一个会心的微笑，却已是地久。何谓天长，又何谓地久，或许只有你知，只有我知，只有红尘中那些心存善念的人会知。

"有人问我你究竟是哪里好，这么多年我还是忘不了，春风再美也比不上你的笑，没见过你的人不会明了。"年轻的时候，只觉得李宗盛的歌朗朗上口，谈不上多好听。可今天，突然发现每一句歌词钻进耳朵里，都能听到心动的声音。

初听不知曲中意，再听已是曲中人。最怕在某个年纪，突然听懂一首歌；最怕在某个年纪，突然读懂一个人。不是老歌变好听了，而是我们可能都有故事了。世间最美好的事，是看到了她的微笑。而更美好的事，莫过于她是因你而微笑。

微笑，不但能怡情，还能产生"核动力"。不信你试试，清晨对着镜中自己微笑，可以拥有自信一整天。工作中保持一份微笑，可以乐观自信效率高。像孩子一样多微笑，你会发现，整个世界都变美好了。微笑，是面对生活最好的打开方式，也是我们的第二张脸。

雨果说："有一种东西，比我们的面貌更像我们，那便是我们的表情。还有另外一种东西，比表情更像我们，那便是我们的微笑。"微笑，在任何时候，都直抵心灵。人如其名，笑如其人，大抵如此吧。

一个总是皱着眉头的人是很难有一张舒展的脸的。而一个长期保持笑容的人，一定是一个富有魅力、从容自信的人。无论是家庭还是社会，微笑，绝对是人与人之间情感的催化剂。一个微笑便能令彼此之间倍感温暖。一脸苦大仇深绝对是痛苦的根源，满眼吹毛求疵何谈幸福可言。若人人见面都能相视一笑，哪还有那么多快意恩仇。

很早就有学者提出，人过了三十岁就要为自己的相貌负责任，无论生活怎样艰难，都不应该一脸春秋战国地影响天气，影响环境，影响他人的心情。人们大都喜欢阿庆嫂，却很少有人喜欢祥林嫂。这是因为也许我们有不善待自己的自由，却没有影响别人心情的权利。

微笑，不仅是对自己负责任，也是对别人负责任。你常常微笑，笑就会传染给你身边的人，也会把喜欢的人吸引到你身边，笑着笑着，你就会发现，全世界都是美好的。

胡适在《我的母亲》一文中写道："我渐渐明白，世间最可厌恶的事，莫如一张生气的脸。世间最下流的事，莫如把生气的脸摆给旁人看，这比打骂还难受。"

当生活像一首歌那样轻快流畅时，笑颜常开乃易事；而在一切事都不妙仍然和颜悦色的人，才是真正的高情商。人生就是为了笑起来，美好心情从微笑开始。

年轻的时候找对象，老辈人非常一致的意见是，找一个爱笑的，找一个爱笑的。会笑的人，不必开口，就能让人轻易记住。因为，你笑起来，真的很好看。

往事如烟，嫣然一笑，这是读懂生命后的豁然开朗。古今多少事，都付笑谈中。饱经沧桑后回眸一笑的洒脱，绝对可以媲美于六宫粉黛无颜色的百媚千娇。

诗人说，唯有笑容是不能割舍的。在所有笑容中，含苞待放式的微笑最灿烂、最珍贵。不笑的时候有些清冷，眉眼间像笼着一层如雾似烟的清愁，一笑则如春花绽放，说不出的明艳动人。她那温暖的笑容、清澈的眼神，瞬间会让人觉得人生是那么美好。

你不会知道，我曾经拾起你的微笑，偷偷夹在我的时光里。世界上有一种不会凋零的花朵，那就是微笑。微笑，有神奇的力量，是一股股源源不断的甘泉，给予你无限的力量。微笑，对人是礼物，对己是财富。让这个世界灿烂的不是阳光，而是你的微笑。

"你给我机会，我为你创造奇迹。"这是我当年为广告公司创意的主题词。今天，我想说："你给我一个微笑，我还你一个世界。"

今天你微笑了吗？你有多久没有发自内心地微笑了？再简单不

过的两句问话，却成了极不简单的流行语。微笑是对抗生气或沮丧最有力的武器，试着发现身边的点滴乐趣，适时地幽默一下，让生活充满微笑。

世界名画《蒙娜丽莎》最让人着迷的地方，就是那抹令人捉摸不定的神秘的微笑。真正的富有，就是你脸上的微笑。回眸一笑百媚生，可能说的就是微笑的魅力吧。三毛说：我笑，便面如桃花，定是能感动人的，任他是谁。开心了，就笑，不开心，就过会儿再笑。不为往事忧，余生只愿笑。

生活并没有因为你的一句怒吼而有所不同，却会因为你的一个微笑，变得格外美丽。用你的笑容去改变世界，别让这个世界改变了你的笑容。

给自己一个微笑，宠辱不惊，安之若素。如果有一天，于某个不起眼的街角，你若呼唤我，我必回眸一笑。"你微微地笑着，不同我说什么话，而我觉得，为了这个，我已等待得很久了。"回眸一笑，一眼万年。

童真才是世界上最美的风景

有一种回不去的时光，叫童年。每逢"六一"，成年人感慨最多的是，童年没了，幸好还有儿童节。岁月老了，心要年轻。我的一个不算太年轻的好朋友更是直奔主题：我的理想是多大都过"六一"！

成年人对童年的怀念，对童真的向往，有时是用语言无法表达的。如果把童年再回放一遍，我们一定会先大笑，然后放声痛哭，最后挂着泪，微笑着睡去。那再也回不去的时光，那个傻傻的、纯纯的、开心的童年！

孩子是上帝送给我们的珍贵礼物，也是世界的未来与希望。我们要像对待上帝那样，虔诚地对待我们的孩子。孩子是天生的诗人。孩子常常不假思索，口吐妙语，其形象、贴切、新颖，是成年人难以企及的。孩提时期，也是盛产幽默的关键时期。生活在欢快氛围中的孩子，往往会萌生幽默感，情感表达也几乎没有任何修饰，几乎三秒钟就可以完成一次破涕为笑的完美转换，这是充满活力的新生命发出的天真单纯的欢笑。

在成年人的功利世界里，我常常感到孤独，而这时孩子便是我的救星。与孩子相处，让我短暂地重拾童真，而这，恰恰也是我生活的绝妙之处。成年人的初心也都是想变成没心没肺的孩子，保持纯真自然的天性，可不知为什么最后都变成患得患失的大人了。其实，原因很简单，大人有太多的放不下、看不开，所以才活得那么累。

当你发现自己再也回不到从前的时候，你才会真正感受到，拥有一颗童心是多么值得庆幸的呀。成年后依然保有一颗童心，这不是没心思、幼稚的表现，而是看过时间的千变万化和经历过很多后依然相信美好的存在。

童心的本质，就是抛开所有的烦恼，尽情地拥抱所有的美好。是贝贝更新了我对世界的感觉，是贝贝让我重新回到那个早被遗忘的非功利世界，心甘情愿地为了无用的事情而牺牲掉许多有用的事情，做人能有几分孩子气，真的挺好。

我现在越来越感觉到，成年人的彩蛋和惊喜，常常就在陪伴孩子的过程里。贝贝用纯洁的童心和日益向上的生命力，一次次地唤醒了我的信念和初心。我常常这样想，真的不要以为大人的陪伴是对孩子的恩赐，其实在这个过程中，孩子也在教会我们关于生活的意义。我们学会了高质量地陪伴，孩子会变成给我们带来无尽正能量的充电宝。

十年来，我很享受贝贝在长大、我也在变好这个美好的过程。童年，就应该是五颜六色的橡皮泥和泡泡。童年，就应该是乐此不疲的嬉戏和打闹。若是能尽情地去玩耍，放肆地去灿烂，而不去考虑什么起跑线，那该多好啊！起跑线，什么东西！一辈子都要和别人去比较，是人生悲剧的源头。

人生是一场马拉松。我们可能都看过马拉松比赛，起跑的时候，谁站在第一排第二排根本不重要，甚至跑完了一万米，谁在第一谁在第二也不能决定谁最先到达终点。但是，今天许许多多的家长都在拼命地抢跑，有的甚至不惜一切代价。耶鲁大学教授陈志武说：童年被透支的孩子，很难形成健全的人格，教育的价值在于唤醒每一个孩子心中的潜能，帮助他们找到隐藏在体内的特殊使命和注定要做的那件事。

梁启超先生说：给孩子一堆道理，不如给孩子一个好习惯。习惯的力量，足以改变人生。

好习惯犹如房子的地基，先把地基建好了，房子才会坚不可摧。

其实从某种角度说，教育就是好习惯的培养，重复成习惯，习惯成自然，自然成个性，个性成命运。

童年时期是养成好习惯的黄金时期，让孩子养成自觉学习、主动思考、热爱读书的好习惯，会让孩子受益终生的。孩子之间真正的竞争，不在智力，而在良好的习惯。

在这个浮躁的社会、功利的世界，也有不少有识之士提出：不要教育你的孩子如何致富，而要教育他们如何快乐幸福，这样他们长大以后，才会认识人生的价值而不是价格。那种只知道价格不知道价值的人，要之何用？

北京四中原校长、著名教育家刘长铭说：凡是把孩子放在第一位的，等待这个家庭的多半是悲剧，别把自己的梦想附加给孩子的未来。那是你的梦想，不是孩子的梦想。请一直用她刚出生时候的眼光去欣赏她。

教育的最大死敌，就是父母的脾气。这世上有一种东西是百害而无一利的，那就是发脾气，教育孩子也是如此。父母什么脾气，孩子就什么命。你说话是什么语气，孩子做事就是什么态度。亲子关系犹如回声的山谷，父母发出什么样的声音，孩子自然会回馈怎样的声音。父母对孩子说话粗暴，孩子自然满身戾气。父母对孩子说话温柔，孩子自然彬彬有礼。都说父母的嘴，决定孩子的路。孩子性格的形成，早就有迹可循，父母说话的态度，影响着孩子未来走向。

胡适先生曾在《我的母亲》一文中，深情地回忆道："如果我学得了一丝一毫的好脾气，如果我学得了一点点待人接物的和气，如果我能宽恕人、体谅人——我都得感谢我的母亲。"

心再累，也不要纵容脾气。我们要让孩子的世界充满爱，让孩子快乐生活，健康成长。大人照顾好自己，就是对上帝和孩子最大的爱。

尊重每个孩子的差异，慢慢养。都别再羡慕别人家有什么样的儿子或女儿，很多事情冥冥之中早已注定。不必太过强求，用心教育，陪伴成长，自己的孩子就是最好的。《人民日报》曾做过一次问卷调查，问什么样的人活得最幸福，比较公认的答案是，不攀比的人。可见让孩子做最好的自己，最好。

是啊，每一个孩子都是最好的。只有每一个个体都是鲜活的、富有特色的，整个社会才可能是绚烂多姿的、充满希望的。人生的每一段岁月，都应该被灿烂包围。每一段时光，我们都不应该辜负，尤其是童年。

成长告诉你，你应该长大了。生活告诉你，你应该保有一颗童心。童心未泯，便能所遇皆甜。童年，从未远去。唯愿童真永驻心田。童心、童趣、童真，永远是快乐之源。相信童话的人，永葆童心的人，无忧无虑，肆无忌惮，青春永驻。

人间珍贵，爱更珍贵。愿我们的孩子，都能在爱中成长，自信阳光，所向披靡。世界上最美的风景，也比不上孩子们天真澄澈的眼睛。"六一"，我们共同的节日。

童真，才是世界上最美的风景。

谁能告诉我是对还是错

浦东国际机场候机，一对闺密的对话真切地传入了我的耳朵：他爸回来了，看到我火冒三丈、声如洪钟的时候，他就成了正义的化身，指手画脚一番，怪我不会教育孩子，说我破坏了孩子的学习兴趣，你行你管啊。

现实生活中，魔系妈妈遇上佛系爸爸，形成了家庭中的一道暗流。魔系妈妈们很为孩子的未来焦虑，高标准严要求，绝不允许孩子输在起跑线上。为此，她们可以忘我地付出自己可利用的时间、精力营造条件，鞭策孩子学习不断进步。发现一道错题就如临大敌，这样的教育激情，旁观者都觉得走火入魔了。

佛系爸爸们相信，对于孩子的教育，要宽松一点，要放养，不要管太多，让孩子自由奔跑，最后找到自己喜欢的前进方向，如此的心平气和、心如止水，真是大有禅意。

可谁能告诉我，是魔系妈妈对，还是佛系爸爸对？要我说，都对。双方既然遇上了，就应该各自降低自己的系数，尽可能淡化矛盾。否则，魔系 PK 佛系，教育战争没有赢家，伤了感情不说，最受伤的还是孩子。

因为父母经常在教育方针上打架，孩子就容易在撕裂中破罐子破摔，这样家庭的孩子，注定是内心分裂而委屈的。"你们根本就不爱我，只关心谁更有道理。我对学习无所谓，看你们到底谁能干掉谁！"

余以为，夫妻之间，可以有这样那样的分歧，但在孩子的教育中，尽量放下一争高低的较量，冷静下来，拧成一股绳，合成一股力，给孩子十年最好的读书时光。父母对孩子的教育是有有效期的，错过了这最关键的十年，无疑是一种大遗憾。如果实在协商不成，其中一方可以选择出让主动权，全权交给和孩子亲的一方或者学历高的一方。向左转，向右转，转来转去，一定会迷失方向的。

每一个女儿，都是爸妈眼中的稀世名花，养得好一朝惊艳四座，养不好费心劳神。无论是魔系妈妈，还是佛系爸爸，大家的目标都是一致的，望子成龙，望女成凤，都想给予孩子更好的教育。但更好的教育到底是什么，可能都很迷茫。

教育，教育，既有"教"，也有"育"。您的孩子只是老师无数学生中的一个，老师与学校的"教书"再好，也不能离开了父母与家庭的"育人"。对于父母来说，任何事业的成功，都弥补不了教育孩子的失败。孩子的成长成才，是为人父母一生最重要的成绩单，现实生活中最能击倒中年人生活的，别的都是浮云，孩子的教育才是王炸。据说如今的中年中产妇女，对名车、名表、名包都免疫了，唯一痴迷的就是名校。

二〇二〇年，一场从年初绵延至今的疫情，让世界经济举步维艰，我身边的老板朋友们常发感叹，生意不好做，投啥啥亏。而我身边做妈妈的女性朋友，没一个说经济不好的，只会说，为啥一个大师辅导班我晚报了几分钟，名额就抢完了呢？

教育是世界上最单纯的事业，前期投入得越多，后期的收获就越丰硕。当然我说的投入并非特指金钱方面的投入，而是包括教导习惯养成、亲子陪伴等综合投入。当你拿到孩子的成绩单时，不要急着批评孩子，先问问自己：作为父母，我能拿多少分呢？

现在的教育让每个人每个时刻都处于竞争之中。竞争涉及各个领域，从上幼儿园就开始上辅导班，不能输在起跑线上。儿童到成年每一个阶段都必须胜出才能最终胜出，在竞争中每个人的心灵处于一个全面压抑的状态。

如果只为了"赢"来确定教育目标，那么任何时候的成绩名次都会是你的"瘾"，像吸大麻一样，最后的结果就是年轻人过早地夭折。这个世界就像一个剧场，当前排观众站起来的时候，后排观众也不得不这样做。父母们都随波逐流地一头扎进这竞争的旋涡中，你做我也做，不能落在后面，有学者称这种现象为"踩踏式竞争"。这样的竞争从一开始就能看到结局。

真正的教育要回归单纯朴素的心。要让孩子们保持对知识的纯真兴趣，保持对生活的持久热爱。卢梭说得好，人类正因为从孩子长起，所以人类才有救。我们千万不要让孩子过早地进入成年人的状态，用每时每刻的竞争和焦虑不安的心理来扼杀教育，扼杀我们的未来。要留住孩子单纯朴素的心，让他有能力去喜欢他喜欢的事情，去追寻他所敬仰的人。这才是教育的最终目标。

一个人真正的成功，在于他能够与世界和解，能够在前辈与后代之间，扩展出连续的生命。竞争的真正目的也是实现共赢，而不是每一次的竞争中，"赢"得只剩下孤家寡人，只剩下疲惫的身体和残破的心灵。

这次外出考察，车路过南方一所重点中学时，主楼上赫然入目的大字块标语，让我过目不忘："教育不是要注满一桶水，而是要燃起一把火。"作为父母，最大的乐趣、最大的责任应该在于能够根据自己走过的路来启发教育子女。也就是我们常说的，教育不是临时起意的敲打，而是恒久而深厚的渲染。

生活中我们经常能看见，每一个脱颖而出的孩子，背后都站着一对运筹帷幄的父母。任何一个优秀的孩子，都不是横空出世的奇迹，而是有迹可循的因果。它的因，在家庭；它的果，在父母。孩子和父母的关系，一句话就能囊括：长大后，我就成了你。大人的眼，就是孩子的脸。父母眼里的世界百分百地映刻在孩子的脸上，或纯真，或心机，或刻薄，或宽容。

每次送小女贝贝上学，都能在校门口看到一位七十多岁的老者拉着一个手拉车，送他的孙子上学，手拉车拉的是他孙子的书包。我还注意到，无一例外，小学生的书包，都是家长拿着，到了校门口，才交给小学生背，书包里装的，只是当日的学习用品，如果赶上美术课，还要再拿一个包。

教育减负，喊了多少年了，竟然越减越"富"，现在全国人民都在大喊特喊：要放松、放下、放开，为什么非要让我们这么小的孩子们负重前行呢？

在魔系与佛系的对立统一中，爸爸的刚毅坚强和勇敢，妈妈的善良和细腻，都会在与孩子的交往中，滋养孩子的个人品质，培养起孩子健全的人格。人的寿命越来越长，而童年的时期却越来越短。人生是长跑，跑得越慢，才能跑得越远。请让我们的孩子们慢慢来。

记住，最慢的步伐不是缓慢，而是徘徊；最快的脚步不是跨越，而是继续。

齐鲁大地任尔行

突如其来的新冠疫情，让我长达一年多时间没坐飞机了，最近的飞去飞回竟感到了几分新鲜，漂亮的空姐个个都戴上了眼镜，据说可防病毒。看到乘坐飞机的人越来越多，我又开始幻想起诗与远方了。要么读书，要么走路，身体和灵魂必须有一个要在路上嘛。

诗与远方，其实每代人都有，只是时代不同，内涵完全不同罢了。我们都知道"面朝大海，春暖花开"这句诗，可能你有所不知的是，作者海子也曾有过他的诗与远方。他曾在一首诗中写道：我要做远方的忠诚儿子和物质的短暂情人。但是，由于时代背景的限制，短暂情人没有做成，因为那个年代物质极端匮乏，远方的忠诚儿子也无从说起。因为远方也渺茫不见，犹如他在诗中说的"远方，除了遥远，一无所有"。最后，他的生命终结在通往远方的铁轨上，他的诗篇和他的宿命，就是他那代人的梦想与绝望。

如今，我们刚好碰上了一个物质最丰硕而精神最贫瘠的时代，每个人长大以后，肩膀上都背负着庞大的未来，都在为不可预见的幸福奋斗着。世界一直往前奔跑，我们大家也一直紧追其后。

有人说，这是一个只有人教导我们如何成功，却没有人教导我们如何保有自我的世界。没有人告诉我们，我们原本有不成功的权利，也没有人教导我们如何接受失败和平凡。更有人说，这个时代对我们开了一场巨大的心灵玩笑，周围所有的东西都在升值，只有我们的人生在悄悄贬值。

这几天，漫步在神秘而又美丽的济南燕子山庄，可能是受当年燕子李三飞檐走壁的影响，思想也异常活跃起来。二十年，三次齐鲁大地自由行，往事历历在目，仿佛就在昨天。

第一次，二十年前，那时我还很年轻，一踏上齐鲁大地，就感受到了"有朋自远方来，不亦乐乎"之山东人的好客与热情。主陪三杯，副陪三杯，至今想起还有一种醉酒的感觉，齐鲁大地，礼仪之邦，名不虚传呀。

那年，我也轻松登上了向往已久的泰山极顶。听说泰山石有镇宅辟邪作用，我硬是在泰山极顶处取回一块泰山极顶石。记得当时局长由于身体欠佳登不了顶，就拿给我二百元钱，让我替他在玉皇庙上三炷香，在上香的同时，我也暗下决心：一定冬练三九、夏练三伏，争取二十年后，还能轻松再登顶。

这次虽然没去登顶泰山，但是回望一下这二十年的运动轨迹，我完全可以自信满满地说，再过二十年，我绝对还可以轻松再登顶。

第二次，五年前，企业生死攸关，政府也不能袖手旁观，我带着一班人马，带着问题，开始了学习取经之旅。他山之石，可以攻玉，那次虽然也没去泰山，但是全面学习领会了人家的先进经验和相关法律法规后，思路豁然开朗，心中马上就有了登泰山而小天下的感觉。回来后，问题迎刃而解，企业起死回生，且越来越好。

每每喝起牛仁牛奶，就感觉特舒服，总会发自内心说一句：牛仁牛奶，真牛！

这次，堪称"黄埔一期"的全国药品监管专业培训全面展开。听一次好的讲座，胜过看一部好的连续剧，是我一直以来的感受。为期一周的强化培训，真可谓好戏连台，广泛的交流甚至是辩论，让我汲取了营养，开阔了眼界，增进了友谊。犹如灵魂深处闹了一次革命，方法论上进行了一次深度思考。

学与问要结合，问题是最好的老师；思与悟要结合，思考是最好的收获；知与行要结合，行动是最好的成长。知识改变命运，学习成就未来，这是一定的，也是必然的。真希望将来能有越来越多的年轻人出来学习学习，见识见识，这对他们的成长是大有益处的。

改革把我们推上了监管一线，现实又让我们义不容辞冲上了一线中的火线，既要保安全底线，又要追质量高线，未来，为我们实现梦想留下了足够的发展空间，真乃任重而道远也。

我很赞成教授说的：没有体系就没有质量，没有能力就没有一切。保护和促进公众健康，使命呼唤着担当。天上的云很好看，地下的路却很难走，但再难也要走，而且要坚定不移地走。人生的每一步，都是算数的。我们常以一些世俗的标准标榜优秀，却忘了在现实面前没有人可以和命运讨价还价，一旦你轻易妥协，人生自然也会敷衍你。

唯有竭尽全力，你才能看起来毫不费力。做好自己的事，圆好自己的梦，不断地丰富自己、完善自己，尽量让自己的梦多点诗情与画意，我们的未来就不是梦、胜似梦！

只有岁月的风云逐渐远去，未来以回顾历史的眼光审视今天，我们才能明白，当时的一诺，就是日后的千金。

当国歌响起时

日前，领小女贝贝在小区花园里玩，旁边楼里传来了嘹亮的国歌声，只见贝贝和她的小伙伴们立刻停止了嬉闹，原地立正，个个标准的少先队礼，一起熟练地唱起了国歌。我随手拍下了一组照片。少年强则国强，爱国主义教育必须从娃娃抓起，中华民族的伟大复兴才能后继有人啊！

《国歌》《我和我的祖国》……这些天，祖国上下，大街小巷，到处都飘扬回荡着这动人的旋律，让人心潮澎湃，让人热血沸腾。盛况空前的国庆七十周年阅兵，更是让人赞叹不已。

中华人民共和国成立后，共进行了十四次国庆阅兵。最让人难忘的是开国大典参阅飞机仅有十七架，周恩来总理说，不够就飞两遍嘛。很多人并不知道，一九五〇年的那次阅兵，受阅部队是从阅兵场直接开赴抗美援朝战场的。这次大阅兵，空中梯队，战鹰列列，今天我们已经有飞不完的大飞机了。周总理，今天的中国，就是那年您心中的模样。

我们看到，排山倒海的徒步方队中，将军领队们分别走在各个方队的前列，步伐铿锵有力，目光坚毅果敢。练兵先练将，以上率下，上下同欲者胜的风采，得以充分体现。在开天辟地方阵走来时，我不由自主地想起了毛主席那"为有牺牲多壮志，敢教日月换新天"的壮丽诗篇。党领导人民，经过浴血奋战，完成了从开天辟地到改天换地的历史性大转变。这中间，有多少优秀的中华儿女，牺牲在了黎明前的黑夜呀！人民是永远也不会忘记的。忘记了他们就是忘记了初心，忘记了使命。

刚刚，我一口气读完了一篇介绍毛岸英的文章，情真意切，情意浓浓，让我不自觉泪目。一九五〇年，抗美援朝战争爆发，毛岸英就踏上了战火纷飞的朝鲜战场。在战场上，毛岸英和普通士兵一样，同吃同住同战斗，除了彭老总，没有人知道他是毛主席的儿子。

在美军的一次轰炸中，为了新中国，毛岸英献出了年轻的生命，长眠在了异国他乡。当年毛主席听到毛岸英牺牲的消息时，只说了一句话：战争，总会有牺牲的，谁让他是我毛泽东的儿子呢？

在毛岸英的日记里，他总在不断地问自己，我做毛泽东的儿子合格吗？去朝鲜前，毛岸英曾问过毛主席这个问题，毛主席说：等你回来，爸爸给你一个答案。

没想到，毛岸英一去无返。后来，刘思齐也问过毛主席：岸英做您的儿子合格吗？

毛主席说：合格，他是我的骄傲！刘思齐深情而又悲伤地望着面前的毛主席说：岸英听到爸爸这么说，他该多高兴啊！毛主席无语，只是默默地流泪。一个爱孩子的父亲，一个明知危险也主动请战的儿子。一个有着大格局的父亲，一个牺牲在异国他乡的儿子。一个为大家牺牲小家的父亲，一个为了国家安宁而义无反顾的儿子。

在改革开放方阵走来时，我从解说中再次听到了"时间就是金钱，效率就是生命"。

如果我没记错的话，这句口号在一九八四年以前，已经在蛇口经历了三拆四立。因为口号中两个词比较敏感，一是金钱，二是效率。在当时，金钱一向是被认为是资本主义的追求，社会主义鼓励的是大公无私，在计划经济体制下，平均主义和大锅饭是常态，突然有人提出效率，而且把它当成生命，很多人就看不惯。

在三十五周年的国庆庆典上，"时间就是金钱，效率就是生命"的彩车驶过天安门广场，这十二个字不仅打破了人们谈钱色变的传统观念，更带给人们符合市场经济规律的效率观和价值观，奠定了推进各项改革的思想基础。这句曾被人笑称"既要钱又要命"的口号，后来被评为二十世纪八十年代全国最具影响力的十大口号之一。

前些年，去深圳出差，我偶尔会去蛇口在那块改变了整个中国的标语牌前沉思。三十五年过去，弹指一挥间。喜看稻菽千重浪，遍地英雄下夕烟。可上九天揽月，可下五洋捉鳖，谈笑凯歌还。先辈们的愿望，在我们这个年代，终于一个接着一个实现了。

回首往事，有些事，它们在当时是那样的不可思议，可现在想，它们又是那样的理所当然。我们真的和以前不一样了。今天的中国，已然是让全世界都羡慕的样子。但今天的中国走的每一步，都是相当不容易的。我们重任在肩，我们时刻准备着。我和我的祖国，一刻也不能分割。无论我走到哪里，都流出一首赞歌。

起来，不愿做奴隶的人们，把我们的血肉，筑成我们新的长城。神圣的时刻，庄严的国歌。我仿佛感觉到泪的咸及热。

人情练达即文章

——难忘的记者生涯

今天是记者节，无意中发现了当记者时的一组工作照，也完全可以说是一组青春照，毕竟那时只有二十多岁。记得当年拍照时，常常题写的一句话是：留下青春的缩影，献给未来的回忆。如今，未来已来，那就秀一下，让回忆纪念一下最初的感动吧。谁说晒照片只是年轻人的特权，老同志秀一下年轻时的影子，同样不亦乐乎。

一种声音或是一种味道就可以把人带回真实的过去。首先回放一下，我书教得好好的，为什么要去当记者。教书时，喜欢剪报纸，看到好的文章，剪下来，贴在专用本上，供日后查阅资料用，这可能就是那个年代的百度吧。剪着剪着，专用本上居然有了自己写的几篇文章，尤其是毕业论文在学报上发表后，居然得到了一百一十元的稿费，要知道，我当时的月薪才七十元。

这两点可能是我选择当记者的直接原因。当时心想，当记者不仅能走南闯北，见多识广，而且还可以让自己的文章报样一天比一天厚。另外，在报社，评价记者干得好不好，非常简单，也很明显，一句话就是报纸上见。因为公开，所以公正公平。这可能是我选择当记者的另一个原因吧。

我很感恩我的校长和恩师，他们不仅对我有知遇之恩，而且还让我顺利地开始了记者生涯。毕竟，当年的我身在异乡，举目无亲，是一个只有两年教龄的青年教师。虽然记者生涯仅仅一年，但我还是非常怀念那段激情燃烧的岁月。拍摄铁水奔流、钢花四溅，让我对劳动创造了美、创造了大美有了深刻的认识。拍摄沸腾的矿山、无尽的宝藏，让我对长子情怀、忠诚担当体会深刻。

我很庆幸，我当记者时提倡镜头对准一线，让我有了很多的机会接触一线，记录一线产业工人的工作和生活。我对一线的劳动人民一直怀有崇高的敬意和深厚的感情，可能就是从那个时候开始的。

记得焦化厂有个卸煤女工班，她们的工作是用锹和镐把煤车没卸干净的煤铲下来，以减少损耗。每天工作下来，整个人就是一个煤人，工作环境非常艰苦，可是她们的生活却是火热的。中午吃饭时，每人一大盒饭一大盒菜，二十多个清一色的大饭盒摆在一起，热气腾腾的场面，吃饭时的欢声笑语，令人陶醉，让我至今不忘。

尽管饭盒里装的是白菜、萝卜、土豆等，但我感觉比满汉全席都诱人。每每食欲不振、不想吃饭时，想想这个镜头，食欲立刻大增。她们穿着宽大的劳动服，体形是无从说起了，但我却把她们拍成了世界上最美的人。

钢四中有一个学雷锋小组，坚持十几年无微不至照顾一位孤寡老人。专题拍完后，我想了二十多个题目都不太满意，一个偶然的灵感，我把专题名定为《暖流》。一届届学生，一天又一天，一年又一年，犹如一股股暖流，温暖了孤寡老人，也温暖了整个社会。

记者脚下有泥，心中有光，洞察人间冷暖，记录社会变迁。他们追问真相，给人们带来力量，传播温暖，给人们带来希望。记者背负了社会企盼的重担，然后一头栽进黑暗的泥沼，奔走在随时变动的墙壁之间，进退于怎么也看不透的迷雾阵中，试图有所作为，但常常只能是落得无可奈何花落去。

我们已经越来越不会真实，越来越找不到真实，越来越不敢表达真实了。我们的心，我们的那颗曾经透明如琉璃的、最真实的心，如今，还能到哪里去找寻呢？难道非得匿名在网上说真话、实名在网下说假话吗？在欲望泛滥、诱惑横行的时代，记者的一点风骨、一点孤傲，难道真的被金钱、权势同化了吗？

愿你出走多年，归来还是少年。这是最近流行的一句话。这是多么难实现的一个大目标啊！少年时期的那种梦想、活力，没受世俗沾染的清澈，那种蔑视日常的勇气，有多少人还能够保持呢？现在，我们聊聊曾经，聊聊彼此熟悉的人和事，再来痛饮一杯欢乐酒，为了那往昔的时光。

第三章

让回忆纪念最初的感动

人到中年须尽欢

　　窗外，风轻云淡，太子河水面上，冬天建造的偌大的滑雪场，在一个多月的春风吹拂下，已化得无影无踪了。大自然的神奇魅力，从另一个侧面又诠释了，时间面前，一切终将释怀。

　　日前的一次聚会，恰逢自己的生日。酒一定是喝多了，以至夜不能寐，酒话连篇，感慨自然也就一段一段地醉了出来。钱不在多，够花就行；官不在大，有品就行。我做到了。和自己喜欢的人在一起做喜欢的事，乃人生之大幸，我也做到了。我从来不把成功看作人生的主要目的，就觉得只有活出真性情，才算是没有虚度人生，尽情去享受那无名有品、无位有尊的生活。

　　年轻时，取得一点点成绩就到处炫耀，恨不得要让全世界都知道。到了一定年纪才明白，低调，才是最了不起的才华。人到中年，少了几分浮夸，多了几分成熟，胸中千林万壑，眼中天地自宽。把自己放在低调里，更能活得高调，迎接生活中的一个又一个高光时刻。

　　年轻时，都在做人生的加法；到了中年，开始学会了做减法。因为我们终将懂得，生活，简单就好。唯有简单低调，远离浮躁，才能让内心潜藏的丰富力量释放出来，看到风景这边独好的世界。

　　人到中年，岁月历练，生活赐予我们很多人生智慧，看清了很多事，明白了很多道理，看清了，看透了，却没有麻木，还有梦想和追求，还要真性情地活着，这是人生的最佳状态。

　　人到中年，如正午阳光，走得最急也最累，向前看看，有希望也有渺茫；向后看看，没有退路，只有承担起肩上的责任，义无反顾，一路向前。

人到中年，要做一个不动声色的大人了。思考要比忧愁多，行动要比想法多，懂得大风大浪沉下去，风平浪静浮起来。

中年是人生年龄的分界线，又是人生输赢的分水岭。人到中年，不出众，便出局。我很不赞成这样的说法。我认为，出众者如高山，令人仰止；出局者如小溪，涓涓安宁。出众固可喜，出局也不忧。不管是出众还是出局，只是前进的道路不同，生活方式有差异。年轻时认为出众最重要，成功最重要；中年以后觉得出众、成功并不重要。

出局的人生不会有出众者忧心的今日天上明日地下的巨大落差，更没有一会儿大起一会儿大落、悲喜两重天的折腾。没有得到当然也就无所谓失去。一生如湖水，静如处子、平如铜镜，没啥不好。

人有时真的很累，这种累，一小半源于生存，一大半源自欲望。不必羡慕别人的活法。其实你在别人的眼里也是一道风景。人到中年，要学会感谢自己，热爱自己，做好自己，顺其自然，过随遇而安的生活足矣！要知道，爱自己是终身浪漫的开始。对自己好一点，宁愿披星戴月，也别心乱熬夜，要做好自己的摆渡人。

中年人是该知足了，知足常乐并不是所谓的阿Q精神胜利法，而是对生命和时间的敬畏。不是什么事都可以去死磕的，这该是所有中年人的自知之明。

世间最好的放生，就是放过自己。如果人生太难，请跟自己和解。别和往事过不去，因为它已经过去；别和现在过不去，因为你还要过下去。

迈不过去的坎，不迈了也行；我们每天活着，快乐地生活，就是生命本身。如果终其一生只能是个平凡人，只要为自己想要的目标努力过、争取过，结果已经没有那么重要了。

曾经认为中年不惑就是人活到中年就没有什么不明白的事情了，

以为只要经历了，就会看开。事实上，中年不惑却是指不明白的事情都懒得探究追问了。

受过的嘲讽和侮辱，曾经以为等自己强大了，一定会加倍地还回去，但是突然在某一天一觉醒来的时候，发现重新唤醒愤怒、蓄积斗志，还要把当年的伤痛回忆一遍，那是一件特别烦琐的事情。于是就分分钟地说服了自己，最后变成了不了了之。

坚持未必就是胜利，放弃未必就是认输。争，未必就能得到；让，未必就会失去。人到中年，有很多时候，需要的不仅仅是执着，更是回眸一笑的洒脱。

每个人的心里都有一方天地，你走不进来，他走不出去，要学会在自己的世界里，浅笑成歌。步入中年，开始对人生报之以歌，与生活握手言和。把自己活成一束光，一边驱除生活的不完美，一边照亮人生的真善美。

人到中年，挥别曾经意气用事的自己，放下百无一用的面子，不再与这个世界短兵相接，才能迎来千帆过后的淡定沉着。中年人真正的勇敢，不是对现实空有一腔悲愤，而是即便低到尘埃里，也要学小草开出花来。风雨来临之际，学会为自己撑伞，为家人筑起屋檐，这才是一个中年人最大的体面。

人到中年，开始有选择地参加饭局了，觉得中午约饭局的人都是扯淡。喝酒时也不再说自己吃药了，也不会再喝醉了。不再喜欢夜生活，喝完酒不再去唱歌，即便去了也不会再当麦霸。知道举重若轻，不管工作任务多少，都会认真干完。跟大领导在一起不会再紧张，觉得再大的领导也都是人。

人们常说，人生得活出个样儿来。今天我却要说，人生得活出个味儿来。金钱、地位都是衣裳，弄件穿穿倒也无妨，但对人对己都不要以貌取人，衣裳可以换来换去，我还是我。人啊，还是本色一些好。

人到中年，还是应该多发会儿呆，多读点儿书，让自己内心有一些真实的清澈的东西。吹牛皮能让我们有瞬间的快感，但是不能改变我们对一些事情所知甚少的事实。据说人脑是人体耗能最大的器官，多读书学习的另一个好处是，能够帮助减肥。这一路走来，细细想想，如果没有读书学习这件事拽着，我不知道，在名利场里打滚，我会成个什么样子了。

这是一个最好的时代，也是一个最坏的时代。我们从未如此富裕，也从未如此焦虑。在这个薄情的世界里，我们必须真性情地活着，用积极的态度去过消极的人生。

人到中年，并不意味着只有沦落的内心，而是意味着向上的修为。要有活出真我、活得有趣的勇气，保持住一份生命的本色，此中的快乐远非浮华功名可比。

人到中年，该整理下自己的心情，忘掉那些不愉快的往事，听听音乐，看看风景，说能说的话，做可做的事，走该走的路，见想见的人……

罗曼·罗兰说：世界上只有一种真正的英雄主义，那就是看清生活的真相之后，依然热爱生活。步入中年，内心涌动着最真的涛声，历经沧桑之后依旧还能热泪盈眶。这份看透真相以后的热情，以及率真的心性，是生活最好的馈赠。恰好你来，恰好我在，恰好那一刻心潮澎湃。

太阳每天都是新的，我们每一天都在迎接全新的自己。唯愿我们回首往事时，不因虚度年华而悔恨，也不因碌碌无为而羞愧，每一天都要活出自己最开心的样子。

人到中年须尽欢。

让回忆纪念最初的感动

　　人这一辈子，无非一半是回忆，一半是继续；一半是感怀，一半是希望。人总是在成长与回忆中交替前行。老同事们欢聚一堂，回首往事，仿佛就在昨天。十一年前，五加二、白加黑还只是一个概念的时候，同事们就已经深刻地体会了它的丰富内涵。我们的办公楼坐落在典型的居民区里，夜幕降临，办公楼的灯光和居民楼的灯光相映生辉，各式各样的招商资料堆成了一座座小山。

　　当年，只知道大牌明星是空中飞人，没想到我们很快也变成了空中飞人。上午还在市长办公室开会，傍晚就飞到了深圳，与企业家愉快地交谈起来。京津冀、西南、西北、长三角、珠三角，还有日本、韩国、新加坡，到处都留下了我们招商引资引智的足迹。

　　当年，还没有高铁，为了节省时间、节约费用，我们就夜宿火车，白天直奔主题。每每想起自己一个人，从日本直飞新加坡，为招商团打前战的事，就有点小兴奋。异国他乡，孤身一人，也不知为什么竟一点也不感到孤独和寂寞。谢谢我的同学和朋友，给我介绍了那些优质客户，让我无论走到哪里都能找到家的感觉，真正体会到了什么是四海为家。

　　拥有回忆，人生才得以丰润，岁月才溢满诗情。招商时的小插曲、大体会，更是让我们难以忘记。没有记者，我们就临时客串记者，拿起相机就拍，扛起摄像机就录。年长我六七岁的张哥打字速度比我的手写速度还快，他的单词量也是我的好几倍，让我钦佩不已。

记得一次在深圳，叶先生被我们的招商诚意所打动，到酒店看望我们。叶先生曾从政，五十多岁纵身商海，六十多岁已经是一家著名上市药企的董事长。他和我们谈经商，谈处世之道，谈哲学，让我们有一种醍醐灌顶的感觉。

走出去、请进来，让我有机会与近百位卓有成就的企业家相识、相交。与他们面对面、心对心，犹如阅读一本本栩栩如生的名人传记。他们对事业的执着，对友情的珍视，甚至是对宗教的信仰，开阔了我的视野，丰富了我的人生和思想。不管未来怎样，总要先把自己这副皮囊扔进市场，呛几口水，慢慢学会游泳，慢慢学会掌控，当大波大浪真来的时候，看有没有机会站上浪潮之巅。

当你老了，回首一生，会发现真正重要的，并非手里的财富，而是那些错过就不再重现的记忆。生命来来往往，来日并不方长。那些前半生错过的，后半生记得一定要补上呀。市场不相信眼泪，市场也不相信山珍海味。市场相信的是实力，是诚意。

数字是枯燥的，同时数字又是最具感情色彩的。今天，七个产值过亿的项目，其中有六个是我们那时候引资过来的。牺牲在引资路上的沈宁大姐，如果能听到这个好消息，也可以含笑九泉了。

回忆是力量之源，让我们慢慢理解生命中所遇到的人和事，通透、理智和温和；回忆能远离平淡，能使本来平淡的日子背叛现实，做一次超越的飞翔。

中国药都，让我为你喝彩！

还是读书滋味长

在上周刚刚结束的师大校友会会长联席会上，一位仍在母校教书的博导校友一席话，让我想起了"布衣暖，菜根香，还是读书滋味长"。他说，每年外出走访，看到一批批青出于蓝而胜于蓝的学生，回来你不读书，不搞课题，不做研究，你都不好意思。

记得还在教书的那几年，我和朋友们讨论过一个话题，一个人读过很多书，但是后来往往大部分都忘了，这样的读书究竟有没有意义？当时比较一致的看法是，当我们还是个孩子的时候，吃过很多食物，现在已经记不得吃过什么了，但可以肯定的是，它们中的一部分已经长成了我们的骨头和血肉。同理，一个人认真读过的书，其实早已融进了他的灵魂，沉淀成智慧和情感。

上学的时候，老师送给我们的一副劝学对联。上联：好读书不好读书。下联：好读书不好读书。横批：好好读书。准确地读出这副对联，理解其中的深刻内涵，对今天的学生来说，真是太有益处了。

读书的好时候，我们不爱好读书；爱好读书的时候，我们又错过了读书的好时候。生活中的很多事情就是这样，当我们年轻的时候，无法懂得；当我们懂得的时候，已不再年轻。你在读书上花的任何时间，都会在未来某一时刻给你回报，无一例外。

人生没有白读的书，每一本都算数。

不要以为读书给我们带来的只是一张漂亮的文凭，实际上，它给我们带来的是宝贵的积淀，是高级的思维方式，是良好的习惯。

文凭或许只是帮助我们寻找工作的一块敲门砖，用完即弃；但读书能让人受用一生，可以让我们有充分的底气去获取更好的生活。

唐太宗说："以铜为鉴，可以正衣冠；以人为鉴，可以明得失；以史为鉴，可以知兴替。"有的人读完名人传记，提炼了其中的精华，最终形成了自己的智慧。从前人的智慧中汲取经验，从中获得的解决问题的办法，比从发生在当下的事情中学习更加有效和经典。

不要听那些所谓的读书无用论，读书从来不负人。对于绝大多数人来说，真正的学习是毕业之后才开始的。当你从书本中汲取了大量的"内功"，你就会发现，未来的你无论做什么，都举重若轻。

我有一朋友，上大学前酷爱读书。上大学后，时间充裕，他的读书量又上了几个台阶。别人看时尚杂志的时候，他在看外文的国际评论。大数量、高层次的阅读让他拥有了开阔的眼界和一流的品位。现在的他既是一位博学的博导，又是一位身价不菲的商人。

记得以前看过一篇文章，叫《我害怕阅读的人》，其中有一段话是这样写的：我害怕阅读的人，当他们阅读时，脸就藏在书的后面。书一放下，就以贵族王者的形象在我面前闪耀，举手投足都是自在的风采。黑格尔曾说："一个民族，要有一些仰望星空的人，这个民族才有希望；如果一个民族每一个人都只关注自己的脚下，这个民族是没有未来的。"读书，让我们成为仰望星空的人。

俗话说，读好书，交高人。读书改变的不仅仅是内在，还决定着我们可以融入的朋友圈。因为一个读书人，总可以从读书中找到自己的同类。越来越多的人认识到，读不懂社会，那就再去读书。读书也许不会立竿见影地让一个人由穷变富，却可以真实地改变一个人的生活状态和生活质量。

以前网上有个讨论：把学费拿来读书或者环游世界，哪个更合适？我认为，在没有充分的知识储备的前提下，即使行了万里路，也不过是邮差而已。读万卷书，行万里路，这个前后逻辑不是随便可以改变的。

世界不是苟且，世界是诗与远方。只有读万卷书、行万里路，才能回到自己的内心深处。

要么读书，要么走路，身体和灵魂必须有一个在路上。认识自己，了解世界，一个人行走的范围，就是他的世界；一个人阅读的广度决定了他的优秀程度。腹有诗书气自华，是一种永不过时的美。无论在哪个时代，都是一种公认的气质美。你的气质里，一定藏着你读过的书，走过的路，爱过的人。

至于什么是生活，什么是活着，如果单从读书角度去理解，余以为：若把读书当成升官发财的途径，这样功利性很强的读书，那就是活着，且会活得很累很难。若把读书当成一种享受，当作一种充实自己丰富自己的方式，那就是生活，且是一种高层次精彩的生活。

读书，是智慧的行为，而这种行为本身，却可以引领一个人走向更大的智慧。记住：智慧是一种新的性感。阅读悦读，应是生活中最美好的习惯。如果总有悦心的书陪伴，是一生的幸事。每天多读一点书，从春花读到秋月，何愁没有学富五车的那一天。"书到用时方恨少。"切不可到了某个年纪才倍感遗憾：年轻的时候读的书太少了！

二十六年前，我在我的第一本书的扉页上写道：书籍是我最铁的情人。今天，虽饱经沧桑，但仍感觉还是读书滋味长。一本书、一杯茶，我宁愿将余生的所有时光，都用在读书上。不管书中有没有颜如玉、有没有黄金屋，我都将一如既往。读书给了我们清澈的生活，读书更会让我们朝气蓬勃。与书为伴，拥书入梦，可能是我能想到的最浪漫的事。

与书为伴，今生何求？

洗尽铅华也从容

大凡爱逛书店泡图书馆的人，都有这样的印象，稍大一点的书店或图书馆，都设有成功学专刊专著区，其数量之多可谓汗牛充栋。曾几何时，成功学书籍一直是最畅销的。我也曾如饥似渴地捧读过许多。一位成功人士曾深有体会地和我说：我不知道学了成功学的人有多少人走向了成功，但是我可以肯定的是成功的人基本上没有学过成功学的。

现实生活中，人们常常认为只要一个人拥有财富和地位，就会活得很满足。可慢慢地你会发现，并不是每个人都将外在的名利作为人生全部的意义和目的的。功成名就，其实并不一定是他真正想要的东西。有时，看似无关紧要的东西，却恰恰是他最难以割舍和放下的东西。有时候极力去追求的，或许是别人并不在乎的。

每个人都有自己的性格、自己的想法以及自己真正想过的独一无二的人生。我们不能以世俗的成功去定义每一个人的幸福。如果还停留在单纯讲述所谓成功故事的话，我们也就失去了对人性更深层的了解和体会，最终就会归于浅薄。

这几天，同事爱女的支教心语刷了屏。她用一年的时间，做了一件终生难忘的事，感动了很多人。无论是热泪盈眶，还是遗憾过往，都是在她自己平凡的岗位上，书写了不平凡的人生，勇气可嘉，精神可赞，这难忘的青春历练带给新疆小朋友们的是一股股暖流，一缕缕希望的曙光。于细微处见精神，平凡之中见伟大。谁能说这不是一种更了不起的成功呢！

现在越来越多的人，对传统意义上的"成功"二字，没有太大的兴趣，更愿意把时间花在探索生活和实现自我上。他们追求的是，以自己想要的方式过一生。他们认为：做着不喜欢的事，陪着不喜欢的人，过着别人喜欢的生活，可能是世界上最悲催的事。活成自己，认可自己，是他们的最高理想，是最闪亮的彼岸。

很多人的失败就在于一辈子都想成为别人，其实这是方向性的错误。每个人找到自己的位置，才是最成功的教育。人生不过是一场旅途，我们不过都是人生路上的旅者。人在旅途，重要的是走路的心情和沿路的风景，而不是抵达。

或许他们生性平凡，没有古人那份洒脱和狂放的性格；或许他们已被现实生活磨去了棱角，一些随性而为的想法就此可能迫于压力而埋藏心底。但这些，并不妨碍他们追寻真正内心的渴望与初衷。

工作与自由这两个概念，似乎是天然对立的。但是越来越多的人，正在孜孜不倦地寻找这二者的结合点。有些人放弃高薪重回学校学习喜欢的专业，有些人对工作的高低贵贱越来越没有成见，只想追寻本心去生活。这些游离于主流设定之外的选择，或许意味着一路艰辛。但是，自己为自己的人生负责，可能就是最大的自由了。

成功不是将来才有的，而是从决定去做的那一刻起持续累积而成。成功不是我们的唯一目的，它是追求路上顺带的奖赏，更宝贵的是一路的过程。相比那些一开始就放弃的人，那些迎难而上、绝不退缩的人本身就是一种成功。成年人的真相是，成功只是少数人的嘉奖，大部分人费尽全力可能都过着平凡的人生。与其在乎输赢，与其害怕失败，我们更应该避免的是没有尝试的放弃、失败后的自毁。

人生就是一场刻骨铭心的修行，岁月无声流过，得失寸心知。人到中年，风轻云淡，以前很多道理都不懂，直至走过悠悠岁月，直至白了少年头，忽然就懂了。

成功的人，不一定是才华横溢的人，而是最能以亲切和蔼的态度给人以好感的人。这样的人，不仅能产生亲和力，而且其亲和力能裂变成核动力。成功的人，大都是成熟而且有趣的人。他们理性宽容，永远保留着爆发的能量，保持着对世界的好奇心，他们永远都在学习。

尼采说：宁可去追求虚无，也不能无所追求。在追求的旅途中，其实我们每个人自问的问题，可能比问他人的问题更重要；简单的问题，比复杂的问题更重要；尤其是现代生活中，简单和常识的重要性，更不可忽视。

我是谁？我从哪里来？要到哪里去？我快乐吗？什么才是属于我的那份成功？这些问题的答案，是时候去寻找了。也许你内心的成功，与虚无的名利、财富都无关系，仅仅只和内心的归处有关，这正是，繁华过后皆成空，洗尽铅华也从容。

七月流火的季节，最期待的就是：在风情万种的夜风里，来场漫无目的的散步！朋友们，有约的吗？

平平淡淡才是真

小时候，常听老辈人讲，青年时看远，中年时看透，年老时看淡。越是有故事的人，越沉静简单；越是肤浅单薄的人，越浮躁不安。

光阴似箭，一转眼，不知不觉中已穿越了青年、中年两个时间段。看远，山外有山，人外有人，山外青山楼外楼。看透，天下熙熙，皆为利来；天下攘攘，皆为利往。看淡，离尘嚣远一点，离自然近一点。其实，人生不过百年，远也好，透也中，淡也罢，都是瞬间。

世界很大，个人很小，没有必要把一些事情看得那么复杂。小时候，快乐是很简单的事；长大了，简单是很快乐的事。很多时候，活得简单自然一点，我们才能有更多的时间去感受自我。真正的智者，总能在简单的事物中有所明悟。越简单，越高级。内心简单通透的人，会散发出迷人的气质。

快乐从何处而来？追求沉静简单的生活。烦冗的生活使人心生浮躁，你的野心越大，追求的功利越多，你的烦恼就越多。当能力无法与野心相匹配时，人就会浮躁不安。

如果说适度的贪婪是追求，无度的追求便是贪婪了。红尘万丈，市井繁华，有故事的人，都是曾经的苦行僧，归于沉静后，便用寡淡清透的视角来看这喧嚣的世界。林林总总，过往云烟，宛如水中花镜中月。

有时候，我们真的需要一颗沉静的心，坦然面对我们所达不到的，欣然接受我们已拥有的。放下执念，给自己卸去重负，给灵魂解压，去感受海的包容，拥有山的镇定，这或许是我们应该追求的人生中的一种境界吧。

我们经常听到这样的话：只有把心沉下去，才能把事情做上来。表面功夫永远都是轻描淡写，没有积淀的人生注定是虚浮。越见证了人生的跌宕起伏，内心就越强大。内心越强大的人，往往就越显得沉静。看淡世事沧桑，内心安然无恙。

谦逊有礼，是世间最动人的姿态。谦和的态度，常会使人难以拒绝你的要求，这也是一个人无往而不胜的要诀。真正有故事的人，都是谦卑低调的，同样也是沉静简单的。因为看淡了世间冷暖，看透了世俗险恶，有些人虽然始终保持沉默寡言，却能让旁人明显地感受到他身上所散发出来的那股稳重与成熟。那份魄力，是自然而然的，是由内而外散发出来的。

如果你在一个嘈杂的环境里，突然看到一个正在安静看书的人，想必那个人会给你带来一种与世隔绝的美感。生活中，每当我们和朋友碰面，总会打招呼问"最近新发现了哪家餐馆，去了哪里旅游"，很少有人会问"最近在读什么书"。当我们怀着真诚的好奇心问"你最近在读什么书"时，其实这并不是一个简单的问题，这实际是在问"你现在是谁，你正在变成谁"。这既是自省，也是唤醒。

越了解世界，越认识自己，越会是一个有故事的人。人生，该说的要说，该哑的要哑，这是一种聪明。人生，该干的要干，该退的要退，这是一种睿智。人生，该显的要显，该藏的要藏，这是一种境界。

人只能够活一次，那么这仅有的一次，我们为何不让自己过得幸福，活得快乐呢？不去计较人与人之间的流言蜚语，不参与人与人之间的八卦闲谈，活出自己的模样。做最好的自己，从喧嚣的世界中全身而退，如是最好。

是你的，永远都是你的；不是你的，留也留不住。那些接纳了真实的你，依然选择留在你身边的人，才是你生命中值得珍惜的存在。那最能以亲切和蔼的态度给人以好感的人，才是一个有故事的人，才是你永远的至爱。

据说，人只有到了老年，才会真正体会到淡淡的生活很纯，淡淡的友谊很真，淡淡的微笑很醇，淡淡的孤独很美；才会真正体会到孤寂宁静心也醉，平平淡淡才是真。

可为什么人非要到了老年才能明白呢？！

北方的秋色

黄金周，到处枫红花香，更有潺潺流水。人们在诗与远方中追逐着浪漫，而我又开始了第三个值班日。这两天，刷屏最多的当仁不让是红透的山城、万种的枫情。万山红遍、层林尽染的醉人秋色，让人们流连忘返、津津乐道。

夏的画卷，总是太妩媚，而秋的素描，就多了份内涵，那一抹有些厚重的色彩，便是季节书写的美感。仿佛经过了夏的喧嚣，走过了繁华，开始学会沉稳，暗香盈袖。秋色之美在于色彩的丰厚浓郁、灿烂之极、纯粹之至，且又来得不动声色，油画一样的绚丽色彩让人怦然心动。

尤其是那凌风霜而不凋的秋菊，甘愿做金秋的点缀，不以物喜，不以己悲，只做自己，留给世人阵阵怡人的芳香，为世界平添了盎然的生机，让我百感交集。转眼又是秋，万花已凋谢，却是赏菊好时节。一壶好酒，一片清秋。采菊东篱下，悠然见南山。爱菊之名，无人不晓，菊花也逐渐成了超凡脱俗隐逸者之象征。

秋色，人生缤纷的底色、生命的本色。饱经风霜而不萎，历经风雨愈弥香。处处秋实却不浓艳，时时飘香却不媚俗。这是岁月沉淀的成熟和丰腴，更是繁华尽处的温润与坦然。

我始终相信，万物的存在，都带着使命，都有其自身的风骨。比起秋天的橘红柚黄，我更爱秋叶绚烂之后的静美，特别是欣赏它那随风飘落的从容。飞舞的秋叶，随风翩然，这是一种生命的舞蹈。极尽绚烂之后，回归大地，等待来年的相遇。秋叶那么美，谁还看花啊!

最是秋风管闲事，红他枫叶白人头。看到秋风起、树叶凋落、万物凋零，谁的内心都会涌出悲怆之感，更多想到的是那断肠人在天涯的凄惨。国人向来有悲秋的传统，秋愁是绕不过去的话题。人生一世，草生一秋。人与自然息息相关，谁在滚滚红尘中不是一个匆匆过客呢？人生也是如此，两天前的校友聚会，大家都在感慨：人的一辈子真的好短，有多少人说好了要过一辈子，可走着走着就剩下了曾经；有的明明说好明天见，可醒来就是天各一方了。

一花一世界，一叶一菩提。我从来都不觉得葱茏一夏的翠绿凋零，是一种悲伤和凄凉。今日离枝去，春到复还来。盛衰枯荣、新陈代谢，不正是自然的法则吗？

一年有四季，其实每一种季节，都不是节气，而是一种心境。不逞春光，不悲秋凉。

漫步于季节的长廊，一个个熟悉的画面，一帧帧难忘的场景，反复在脑海里回放。

一季季的转换，调色着各异人生，一路走来，风雨兼程实属不易。这一切，离不开亲朋好友的关心和同事们的帮助，而那份情感，犹如秋阳一般，总是不凉不热、不急不躁，把火候拿捏得恰到好处，这也是我每年都会选择在落叶的时候去赏枫的一个最重要的原因。

季节流转，终会留下惆怅和感怀。人生，要走过许多路，才能将尘世的风景都看遍，才能轻握一份心安，于岁月的辗转中妥帖安放自己。所谓心安，就是心里没有后悔的事，没有亏心的事，没有想不开的事。不为名所累，不为利所役，清清白白做人，干干净净做事。

赏万种枫情，注定会去思念一个人，想把这份思念埋藏在心头，又想让其如影随形，浅浅淡淡地爱着，说着闲闲的话语，和着彼此的步调，守一份安宁，即便是于低处，日子亦是生动。

这份牵手烟火寻常处的深情，时光终不会辜负。每每这时，冰

零距离
对话

冰凉凉的雨滴就会滑落在我的肩头，淅淅沥沥的秋雨声，又敲响了越来越浓郁的秋韵。

这是一个热闹的季节，这也是一个风流的季节。这个季节，最是迷人。我时常感慨大自然的魅力，竟可以如此令人如痴如醉。一草一木、一花一叶、一轮月、一溪水、一座山，都是风景。

自古逢秋悲寂寥，我言秋日胜春朝。刘禹锡的秋词，一反他人悲秋的情调，以奔放的热情，赞扬了秋的美好。尤其难能可贵的是，这是他在人生低谷时写下的。晴空一鹤排云上，便引诗情到碧霄。金秋时节，朗朗诵之，你还会感到什么压力山大吗？你还会感到什么内火攻心吗？

杨绛先生说：无论人生到哪一层台阶，阶下有人在仰望你，阶上亦有人在俯视你，你抬头自卑，低头自得，唯有平视，才能看见真正的自己。人这一辈子，最漂亮的活法就应该是把日子过得有滋有味，让自己活得问心无愧。如是，潇洒的人才能更潇洒，漂亮的人才能更漂亮。

今天，站在秋的路口，依偎秋的怀抱，看一片落叶渲染了红色，观一季落花沧桑了流年，禁不住让人思绪万千……告别秋，读书，写长长的信，在太子河岸边徘徊，把那个人多情地想起……告别秋，方知秋之可贵，秋去了，是冬，还是春？

总有一天，我们说过的话、做过的事、走过的路，都会变成过往的风景，但那些曾入眼入心的美好，却会一直停留在心底。入了心的人，怎能说忘就忘、说放就放呢？

只有手中有书、眼中有花、心中有爱的人，才能活出一个精彩的人生。在浮华的岁月里安之若素，在寂静的流年里人淡如菊，在苍茫的浮尘中素心如兰。阅尽人间秋色，唯愿与君常乐；阅尽人间秋色，活出生命本色。这才是此篇秋色小赋的题中应有之义。

国庆七天乐，值班三天闲。无奈、无语，唯有这多情的秋色。

南国的秋韵

如果说北方的秋色是一种万山红遍、层林尽染的磅礴气势之壮美，那么南国的秋韵则是一种小家碧玉般的精致之美。

今天的北国，据说已是寒冷的冰封世界了，而此刻你如果漫步在小桥流水人家之街巷，感受的完全是南国的秋韵。《秋日私语》那缓缓流淌的琴音，轻轻柔柔拂过耳畔，轻易地就将你带进无限的遐想之中，绝尘于一切外界的尘嚣。

秋天里的那些美好童话，秋天里的那些精彩章节，在眼前渐次呈现……南国的秋韵，每一缕秋红都写满了诗情，每一片橘红都沾染了画意。这里有枯藤老树昏鸦的凄婉，亦有晴空一鹤排云上的激情，又有湖光秋月两相看的谐调，更有采菊东篱下的闲适。

南国的晚秋，是南国浓缩一年的精华，是南国难得奔放的时节。它将人世间的美渲染到了极致，不是秋成就了它，而是它赋予了秋更高层次的赞美。同样的阳光，在晚秋更加灿烂；同样的月亮，在晚秋更加妩媚。

南方人精致，北方人伟岸，可能就是一方水土养一方人的杰作吧。如果能把南、北方人的性格特点有机地融合起来，那该有多完美啊。人到了中年，不也正值晚秋吗？少了张狂，多了成熟。这个季节，开一瓶老酒，约上好友，小酌怡情；泡一壶好茶，与知己谈笑风生，不亦乐乎！

南国的秋韵是诗意的，更是美味的。农历九月，雌蟹的黄最满，十月，公蟹的膏最足。那浓鲜流油的蟹黄、透明丰腴的蟹膏，光想想就要流口水。打开冒着热气的蒸笼，趁热打开蟹壳，灿灿流油的蟹黄便露了出来。顾不得烫，赶紧吃到口中，口感好极了。鲜香在唇齿间满溢，所有的期待在那一刻得到满足。这世间，唯有美食与爱，不可辜负。

南方民间喜欢秋天食鸭，各地的做法也各不相同。上海的八宝鸭、南京的盐水鸭、成都的樟茶鸭……光是想想，就让人口齿生津。每个人都在用自己的方式给微寒的秋季，带来不期而遇的温暖和生生不息的希望。人间美味皆在手，何必无情话秋愁？

再过时日，南国也将进入冬季。很是怀念这个浪漫多情的秋天。真的希望所有的珍惜，都不需要靠失去才懂得。好在晚秋过后，银装素裹的冬季就来了。如是，又一个春暖花开的时节，还会很远吗？

人生就像是一场旅行，不必在乎目的地，在乎的是沿途的风景以及看风景的心情。在路上，见识世界；在途中，认识自己。人，是活给自己看的，别奢望人人都懂你，也别要求事事都如意。有的人你看了一辈子，却忽略了一辈子；有的人你看了一眼，却惦念了一生。

其实，每个人都有一条属于自己的人生之路，其中总有一段甚至几段最美的小路在前面等你。有的人可能幸运地顺利地抵达目的地，而有的人只能是望路兴叹，可望而不可即矣！

人心如路，越计较越窄，愈宽容愈宽。心小了，所有的小事就大了。心大了，所有的大事就小了。放眼人生七彩路，路是长的，梦是甜的。一段路，走了很久，依然看不到方向，那就改变方向；一种活法，坚持了很久，依然感受不到快乐，那就选择改变。

和懂你的人一起，不管走的是哪一段路，都应是人世间最美好的事，感觉一定是特舒服的。小路弯弯，心路宽宽。一份好心情，是人生唯一不能被剥夺的财富。心生喜欢，所有的快乐都源于喜欢的一切。

为期一周的紧张学习就要结束了，开卷有益，受益匪浅。忘记是谁说的了，我们终身都要读书学习，读书学习是追求的基础。这个时代是瞬息万变的，新鲜事物在不断涌现，思维方式也在更迭换代。想要在这个时代站稳脚跟，唯有时刻保持学习的能力，永远保持清醒、独立，对世界充满热爱、好奇以及不灭的探索精神，只有这样，才能顺应时代的变化。

不管世界去向何方，读书学习的情怀将一如既往。少年读书学习如隙中窥月，中年读书学习如庭中望月，老年读书学习如台上玩月。读书学习到最后，就是为了更宽容地去理解这个世界有多复杂。

把读书作为生活的常态，是生命中最美好的习惯。读书本身即为一种享受，一种雅趣，读书让我们彻底成为人。走到今天，我比任何时候都想放弃所有，重新开始读书学习，让读书学习成为自己的一种生活方式，不负韶光，尽品书香。

唯有学习才能打破时间和空间的禁锢，拓宽灵魂的边界，铺展生命的广度，使生命变得更加完美，才能使生活变得更加精彩！每一个不曾起舞的日子，都是对生命的一种辜负。每一个不再精致的自己，都是被俗事绊住了的脚步。不辜负每一场花开，更要善待每一次花落。

我们大可不必纠结在"自古逢秋悲寂寥"的惆怅感伤中，我们绝对应该以"我言秋日胜春朝"的积极昂扬心态，与这个情深意长的秋天敞怀相拥。仔细体味秋天的淡定从容，用心观赏秋天的殷实厚重。听从内心，做自己所爱，爱自己所好。沐浴着秋阳一路前行，向着梦中的诗与远方……

人生最正确的姿态，就是把自己还给自己。别承诺了自己太多，真正给自己的却太少。别安慰自己"岁月静好，我也很好"。二〇二〇年是极其不平凡的一年，赶快抓紧二〇二〇年的尾巴，别把今年的收获留给明年。

都说年少不懂事，人生不知秋，为赋新词强说愁。而今历尽千帆，战胜新冠，久经风雨，唯愿出走半生，归来仍是少年。

温暖的遇见

年虽然渐行渐远，春天却越来越近了。美丽的山城，经历了正月十五雪打灯的洗礼，春天的味道更浓了。春天，是一场盛大的邀约。春回大地，万物复苏。气温，一天比一天暖和，让饱经漫漫寒冬的人，感觉特舒服。

刚刚几篇文章都看到同一个词——温暖的遇见。索性，这周就纯意识流地随笔写"温暖的遇见"了。其实，人的一生，没有一辈子的浪漫，只有一辈子的温暖。同事也好，朋友也罢，乃至夫妻，相识了，相交了，相爱了，都源于温暖的遇见，就是遇见了该遇见的人，文学上称之为缘。

所谓缘分，就是不早不晚，刚好遇见你。大大的世界，小小的你我，没有早一步，也没有晚一步，正巧赶上了。相遇本不易，且行且珍惜，蓦然回首，缘来是你。缘分，是这个世间最奇妙的东西，而情感，却是我们一生无法割舍的东西。

人与人之间的相遇靠缘分，心与心相知靠真诚。遇见你真好，因为遇见了你，我也愿意变成更好的自己。人这一辈子，最难预料的是遇见，不知道在下一个路口会遇见谁，会发生什么事。只是遇见谁不是我们能决定的，也无法预见结局，但不可否认的是，正因为这些遇见，才会有生命的苦与乐。走在一起是缘分，一起在走是幸福。缘来坦诚相待，缘去坦然对待。温暖的遇见仿佛就是一种神奇的安排。

生命中遇见的每一个人，都自有因果。就是这个人我大抵是见过的，就是你苦苦寻找之后，蓦然回首的惊喜。邂逅，相遇，怦然心动，这大概是最令人陶醉和神往的人类情感。初见你，人群中独自美丽。你仿佛有一种魔力，那一刻我竟然无法移开了眼。有一种相遇，叫命中注定，你不来，我怎敢老去。

有的人送你欢乐，给了你温暖和力量；有的人教你成熟，给了你历练和坚强。有的人闯进你的生活，朝你会心一笑，然后转身离去，那是上帝派来给你上课的。你若天生就是一个好学生的话，那以后的生活就有滋有味了。

人的一生中有太多的遇见，但是没有多少人能走入我的心间，唯独是你，而且你的到来，仿佛只是来与我约一程山水、一程歌，然后转身走向更远的天地。没有谁是无缘无故出现在你生命里的，遇见皆是缘。缘深缘浅，怎一个造化了得。

半生浮沉，一定要为自己的人生寻得一个意义、追求一份纯粹的爱情、遇见一个灵魂契合的人。红尘来去，浪沙淘尽，你会发现，有一个愿意追随你又崇拜你的人，这是一件多么难得的幸事呀。

温暖的遇见，可以心无旁骛地谈天说地，可以义无反顾地遮风挡雨。不曾邀约，却心有灵犀。生命中最温暖的遇见不是在路上，而是在心上。世界那么大，人口那么多，人与人需要有多深的缘分才能相遇呀。生命中总有一些人的出现，注定是途经你生命中的一抹春光，惊醒了你沉睡中的所有感觉。

世间所有的相遇都是久别重逢，相识相知都是一种莫大的缘分。世上那么多人，为什么你们就相遇了？世上那么多个性，为什么你们就能相互吸引？

每一次遇见都是上苍的礼物，每一次擦肩而过都是命运的馈赠。那些值得怀念的过往，都将成为生命中不可复制的风景，成为你心中一个永远不醒的梦。

人在旅途，大家都在忙着认识各种人，以为这是在丰富生命。其实，生活中最温暖最有价值的遇见，是在某一瞬间，重遇了自己，那一刻你才会懂，走遍世界，也不过是为了找到一条走回自己内心的路。

温暖的遇见，没有早晚，一眼万年，刹那永远。造化从来不弄人，遇见从来无早晚。美好的你总会相遇绚烂的他，温暖的遇见真的不必非要在最美的年华。

你深知，他是你千年等一回的良人；他深信，你是他众里寻她千百度的伊人。这温暖的遇见恰似你前世的邀约，等候在途中，能让你笑得最灿烂，爱得最深沉。纵然，遇见你，不在我最美的年华，但遇上你后，却成了我一生中最美的年华。

"我是看着《黄金时代》长大的，没想到我的黄金年代，现在才真正到来。"我一位老朋友的一次醉话，每每想起还都能深深地感动着我。

我们来到这世上，无非是为了寻找命中注定的人。我不求与你一辈子相守，只求你的世界里有过我的足迹。有情不必终老，暗香浮动恰好。面对着有缘遇见无缘相守，人们也越来越豁达了。

一些情怀，只能无言，放逐岁月，才会愈加清晰。人生本来就是一场又一场的遇见，一场又一场的离别。越来越相信：所有的相遇，都是命中注定；所有的离别，都是早有安排。不必太在意离开，也不必太纠结失去。珍惜遇见，你就会获得朋友；珍惜岁月，岁月也不会亏待你。

人生，因缘而聚，因情而暖，一切随缘，顺其自然。其实，随缘是一种进取的行为。因为，随不是跟随，是顺其自然；随不是随便，是把握机缘；缘在惜缘，缘去随它。

人与人之间的相处，总是如人饮水，冷暖自知。遇见的人很多，懂你的人却寥寥无几。温暖的遇见，就是和懂你的人谈你们之间懂的那些话。不懂你的人，你可以去影响，但不必强求。改变自己的是神，改变别人的就是神经病了。

成长大概就是：以前被人误解或看法不一致时，恨不得揪住对方衣领说个三天三夜。现在不是了，你能理解就理解，不理解我掉头就走。如果看不惯对方，不理会对方就是了，或者偷偷删掉他就行了，没必要花精力去教育他。成年人最大的自律，就是克制自己去纠正别人的欲望。不是所有人都生活在同一片海里，选择同频的人在一起，人生会变得非常的快乐简单。

一天又一天，一年又一年。好花不常开，好景不常在。余生很贵，请别浪费。有时间相聚就不要推迟，有缘分相爱就不要放弃。我们留不住时光，却能留下美好的记忆。我们总是老得太快，却又明白得太晚。期待阳光能暖一点，再暖一点。日子能慢一点，再慢一点。

遇见一个人只需要一秒钟的时间，喜欢一个人只需要一个小时的时间，爱一个人却要用一生的时间。人生能相遇，已是不易；心灵若相知，更要珍惜。

珍惜那温暖的遇见，拥抱这美妙的春天。

明月几时有，把酒问青天

中秋将至，文人骚客咏月的诗词歌赋又开始刷屏了。传唱久矣的《月亮代表我的心》，一直有两个问题不得其解，今特向朋友求解。歌词是：你问我爱你有多深，我爱你有几分？我的情也真，我的爱也真，月亮代表我的心。轻轻的一个吻……

大家都知道，月有阴晴圆缺，初一、十五的形状是大不相同的，且是天天变化的，那它如何代表你的心？遇上月全食，心都没了，那又如何代表你的心呢？

要说是明月千里寄相思，还好理解，因为这里的明月一定是十五的月亮十六圆，这两天的月亮，明月、满月，满满的思念，满满的牵挂。有朋友回复道：月缺是思，月圆是念。一半花开，一半月圆，是中国美的最好诠释，因为刚刚好，所以还能更好。月亮代表我的心，可以是"我对你的心皎皎如明月"，取心思纯净之意，要不如何说"日月可鉴"呢。

太阳一到中间，马上就会偏西；月圆，马上就会月亏。有缺憾才是恒久，不完满才是人生。至于弯月还是满月，可以解释说，爱是多元化的，表现形式是多样的，弯月满月都是爱，都是我爱你的一颗心，意随心走，可爱可塑。就算遇上月全食，那也是隐隐的爱恋，暖流涌动，情真意切，终会拨开云雾见真心，守得云开见月明。

中文真是伟大，解释得自然而然天衣无缝。好一个弯月、满月、无月都是爱。好一个爱的多元化。其实爱情哪有那么复杂，能让你开开心心笑得最甜的那个人就是对的人。现实生活中若是如此，那该多好啊。

幸福看似简单，实则来之不易。在这个浮躁不安的社会上，有一个人牵挂是幸福的，在心中牵挂着一个人也是幸运的，若是你牵挂的人，同样也牵挂着你，那就是再好不过的了。

就像一位作家说的那样，如果你开心和悲伤的时候，首先想到的都是同一个人，那就最完美了。

下周，《零距离对话》就要交稿了，这个周末无疑要全力以赴对其做最后的修改与校对。不管怎么忙，一个人的周末晚餐，喝喝小酒、听听小曲，还是不能省略的。"一个人的狂欢远胜于一群人的孤独"是我一贯的观点，再忙也要静一静，能闲必非等闲人，也是我一直都在追求的。

突然，一首旋律优美的歌曲一下子就吸引了我，我不知听了多少遍，菜没吃几口，半斤多高度白酒喝光了，饭虽然都凉透了，可心却热乎乎的，若不是手机电池即将用尽，我可能还会一遍一遍地听下去，我不知道这算不算是痴情投入、叫不叫自我陶醉，《可可托海牧羊人》的凄美故事让我感觉到了泪的咸及热。

可可托海是新疆阿勒泰地区的一个风景区，同时也是一个转场牧场，这里夏季草肥水美，野花遍地，不仅仅是放牧的好去处，也是蜂农必争之地。一个刚刚失去丈夫的四川养蜂女，带着两个年幼的孩子来到了这里，初来乍到的她受到了其他蜂农强烈的排挤，她的孩子们也常常被欺负。一个年轻的哈萨克牧羊人在关键的时候，保护了她们母子三人，也温暖着一颗孤苦的女人心，等到秋季花落时，爱情开花了。

尽管女人比他大，民族信仰都不同，可是年轻的牧羊人愿意做孩子们的父亲，做养蜂女一生的爱人，此时似乎应该有个月圆花好的结局了。然而最后，女人却在一个风雨交加的夜晚，带着孩子，牵着骆驼，驮着蜂箱，悄悄地离开了可可托海，去了伊犁。她捎信给年轻的牧羊人，说她嫁人了，让牧羊人不必再等，而那个伤心欲绝的哈萨克汉子却在草黄水枯之后，不愿意转场，傻傻地守候在原地。唉，多么痴情的可可托海牧羊人啊！

我知道，这位善良的养蜂女了解生命的残酷，更了解现实与理想的距离，但我想说的是，如果她能理解心与心若是相通的，情与情若是相融的，双方看着都是特舒服的，那现实与理想之间其实就是零距离。娓娓道来、声情并茂的歌词，真乃神来之笔，让人听了久久沉浸其中，不能自制。

有人牵挂，再长的路，也是近的。

有人牵挂，再冷的天，也是暖的。

但一个人的冷漠，也终会让另一个人沉默。

再巧妙的缘分，也经不起敷衍搪塞；再深厚的感情，也怕理直气壮的理所当然。世上没有无缘无故的爱，也没有无缘无故的付出。有人曾将婚姻比喻为一间只有两个服务员的餐厅，坐在一起要互相服务才能长久，不能一个人坐在那里大吃大喝，使唤另一个人。婚姻里就是你对我好，我要对你更好。

还有人说：一个家庭最好的状态，就是擅长主外的主外，擅长主内的主内。一个家庭就好像一个人是旗帜，一个人是旗杆，没有旗杆的支撑，旗帜也无法迎风飘扬。

最好的婚姻，不是互相惩罚，而是彼此报答。对于女人来说，入错行，意味着一时的弯路；而嫁错郎，则意味着一生的不幸。这种时候，与其自怨自艾，不如狠下心来，及时止损。生活中的阴晴圆缺，可不是自然而然就能到来的。总有人害怕重新开始，不敢抽身离开。

有句话说得好：不敢单身、不敢离婚、不敢对家暴说"不"的人，即使经济独立，精神也是残疾。记住：宁愿晚点结婚，也不要轻易结婚；宁愿及时止损，也不要耗尽自己的青春。

柏拉图说：如果不幸福、不快乐，那就放弃吧，放下很难，但是不放下会更苦。放弃糟糕的过去，才能奔向新生，才能重新收获美好与幸福。余生很贵，放下别人的错，解脱自己的心。人心都是相对的，以真换真。感情都是相互的，用心暖心。斩断过去的忧伤，与自己和解，与这个世界温暖相拥，把爱、把时间，留给最珍贵的风景。

天若有情天亦老，月若无恨月长圆。对影举觞，看月缺月圆，参不透从古至今的知心人，为何没有嫦娥奔月的决然。举杯邀明月，对影成三人。你若与我相聚，便就成全了方圆。

诗意的生活

昨天晚上还在和海归的朋友们一起谈笑风生，今天早上就驱车近四个小时来到桓仁四平村扶贫。四平村是一个可以深呼吸的地方，面对着那满是宝藏的十万大山，"诗意的生活"这一话题自然而然地又一次在脑海里闪现。

生活中我们经常遇到这样一些人，这也不感兴趣，那也没精神，既没有对生活的热爱，也没有对世界的好奇，整天没意思地过着没意思的生活。当没意思成为一种习惯，就再难领略生活的细节之美，更谈不上诗意的生活了。

人的没意思，大约就是从爱好淡去的那一刻开始的。不知你有没有感觉到，我们正一天天地远离那个为爱好不惜力不惜命的自己，其实这是很可怕的。

忘记是谁说的了，一个人的衰老不是从第一道皱纹、第一根白发开始，而是从放弃自己的那一刻开始的，是从丢失诗意开始的。一个人脸上有皱纹尚可医治，可是如果心里产生了皱纹，那可真的是沧桑满怀、不好医治了。

当一个人对清风明月不再心动，对一菜一饭不再热爱，对一朝一暮不再珍重，越来越消沉，失去诗意的一刹那，人便老了。人的一辈子活下来，常常是：在最有意思的时候，没有有意思地过；在最没意思的时候，想要有意思地过，结果却再也过不出意思了。其实，生活，在任何时候，都是很好玩的，都是很有意思的。你越有意思，它就越有意思。

生命只有一次。而这次突如其来的疫情，却让被迫停下来的我们意识到：生活不能是一次性的，生活应该是充满诗情画意的。若有诗意藏于心，岁月从不败年华。

王小波说：一个人只拥有此生此世是不够的，他还应该拥有诗意的世界。这种诗意，就是源自心底对生活的热爱。诗意生活的人，从来不会觉得生活无聊，他们能在平淡中领悟趣味，在平凡中感受非凡，并在喜欢的事情上孜孜不倦地追求着，生活因此也就变得趣味无穷。

这样的人，拥有强大的好奇心，活得有趣，能不断地去发现生活中更美的世界，领略生活的丰富性和多样性。这样的人，都有自己的一个丰富多彩的世界，都能把生命里的每一天过得生机盎然。

贾平凹说：人可以无知，但不能无趣。世上的人形形色色，各式各样的人都不缺，可唯独有趣，是最难遇到的。跟有趣的人相处，仿佛狭窄的房打开了窗，使得阳光晃晃悠悠洒进来，心底不断迸发出新奇的灵感和绝妙的想法。

有趣的人，不做作，不扭捏，尽是人性使然、本色出演。他可以生生地把别人眼中的枯燥生活，活成火焰；他甚至可以把人性撕碎了，给大家看最鲜活的一面。

有趣的人，可以在限量的生活里，追求生命的最大丰富和充实。有趣，才是一个人的顶级魅力，也是一个人诗意生活的根本。有趣的最高层次，是嬉笑怒骂皆成文章。有趣的人，不仅自己能活得通透，还能用"有趣"为他人的人生涂上温暖的底色。

现实生活中，我一直这样认为，快乐地工作，幸福地生活，应是诗意生活的核心内涵。

工作是眼睛能看得见的爱，工作也是我们遇见优秀、绽放快乐的过程。工作是辛苦的，更应该是快乐的。工作有难度，辩证地看，这是大好事，它可以燃起你挑战的激情，我们每解决一个工作难题，快乐幸福指数都会大幅提高。

大凡不热爱工作的人，必定也不会热爱生活。聪明的人，总在寻找诗意；成功的人，总在保持诗意；幸福的人，总在享受诗意。诗意的生活，让我们既有温度又有风度，应是我们一生的追求。高晓松说：生活不只眼前的苟且，还有诗和远方的田野。这句话触动了"70后"、"80后"的心灵，成为网络著名的鸡汤文。

据说高晓松和他的妹妹走遍了全世界，但都没有买过房子。因为他们始终坚信，诗与远方才是真正的家园。但我一直这样认为，把眼前的生活过得有滋有味，才是尘世中真正的诗与远方。原以为风花雪月才是景，到头来柴米油盐皆是诗。诗意的生活，不过一碗人间烟火。

烟火气儿，人间最绵长的滋味。充满烟火气儿的生活，才是最诗意的生活。有烟火气儿的人，无论身处何种境地，总能在柴米油盐里寻回对生活的热忱。厨房里的烟火气，那是家的味道。吃一顿，元气满满，开启新的一天。

人间有味是清欢。烟火气儿，不是转瞬即逝的灿烂，而是细水长流的淡然。认真对待每一餐烟火，用心感悟每一个朝夕。平淡却真切的生活里，蕴藏着很多普普通通人的生活希冀。

那朴实无华热气腾腾的烟火气儿，藏着最浓的人情，藏着国人最惬意的生活。在人间烟火中流连，仿佛那些所谓的成就和荣华、那些浮世的功名和利禄，都成了过眼云烟。

烟火气儿，那是人间活色生香的生命力。最美的生活就是把普通的烟火过成精致，让每一个平凡的日子都溢满欢喜，生活无须那么拥挤。柴米油盐酱醋茶，一半烟火，一半诗意。

时光，终不可辜负，在这秋高气爽的季节里，做自己喜欢的事情，听一首情歌，看一本好书，停下匆忙的脚步，给心灵放个假。

或是约三两个好友喝茶小聚，说说心里话，捡拾细碎的温暖和感动。人们总喜欢去远方寻找诗意，其实，真正的诗意一直近在咫尺，一直就栖居在我们心里。你给生活诗意，生活就会给你美景。

诗意的生活，将日子过得熠熠生辉。而且年纪越大，就越懂得，真正诗意的生活，永远依赖的是一颗热气腾腾的心，而且，它永远是免费的。

为不喜欢的事含辛茹苦，这样的经历，在我们年轻时是磨炼，中年以后，就是浪费生命。

把寻常的日子过得有声有色，靠的往往不是金钱，而是一颗从琐细生活中发现诗意的心。每个人生下来都是会傻笑的婴孩，尤其是儿时的童心，不受任何事物束缚。不少人越长大，越考虑利弊，也就自愿放弃了生活的诗意。

其实，生活还是生活本身，只是心态有所不同。想要成为一个有诗意的人，就要手握童心胸怀赤诚。用美的眼光，去感知周遭的一切，把每一天活到极致。做自己最想做的事，听自己最想听的声音，见自己最想见的人，一切随心随缘，自在幸福，才是真正诗意的生活。

真正有诗意的人，都是温柔的人，对生活充满了善意。他们热爱生活，宽容，有同情心，愿意掏出爱心给世界增添点温暖，多添些柴火。只有既懂人间烟火，又懂理想王国的人，才是真正有诗意的人。

不要总想着自己的诗与远方，只要我们能为他人带来一些幸福和快乐，我们也可以是别人的诗与远方。你在看风景，其实你也可能是别人眼中的风景。只要你有热情，有激情，让人看着特舒服，人们就能把你当成风景。

我们来到这个世界的时候，是不得不来；最终我们离开这个世界的时候，也是不得不走。人这一辈子不容易，酸甜苦辣悲欢离合，都得好好过，都要诗意地生活。笑着对抗生活中的不如意，从愁云惨雾中跳脱出来，即使生活荒诞不经，依然要乐观豁达，以强大的生命力去拥抱生活，让生活充满诗意。

未来生活或许天天都在变，但怎么变，都得过，都要诗意地过，都要大笑着过。毫无顾虑地开怀大笑，才是一个中年男人的真香时刻，才是真正的诗意生活。在薄情的世界里绝情地活着，活出真情来，才算是真本事。

有诗意的人，永远年轻，永远热泪盈眶！

书中自有清凉意

吃过头伏饺子，真正的暑天也就此开始。迎接十面埋伏，应对伏天高温，不仅考验着人类的智慧，而且也在检测着人们承受的底线。人类对我们赖以生存的地球索取得太多太多，而奉献得又太少太少，今后的极端天气可能会越来越多，越来越严重。

去年的高温天气让人细思极恐，今年的高温又将不期而至。何以解忧？唯有杜康。何以消暑？唯有读书。读书本身即为一种享受，一种不需要任何投入的雅趣。心灵因书，时而大恸，时而微喜，时而寒霜彻骨，时而微风拂面……一波三折，百转千回，在起起伏伏中，或悟人生至理，或叹人世苍凉。

酷暑难耐之际，心燥意乱之时，不妨拿出几刻闲暇去读书，一试就可知道，书中自有清凉。每每想起古人读书读到忘我之处，只顾读书方便，便不在乎其余，袒胸露背，甚至一丝不挂，尽享夏日阅读之趣，便心生快意，仿佛凉风习习，感觉特舒服。难怪才貌双全的董卿女士说：假如我几天不读书，会感觉像几天不洗澡那样难受。

三毛说："书读多了，容颜自然改变，很多时候，自己可能以为许多看过的书籍都成为过眼烟云，不复记忆，其实它们仍潜在。在气质里，在谈吐上，在胸襟的无涯。当然，也可能是显露在生活和文字中。"

信息爆炸的时代，每四十八小时产生的数据量，相当于人类文明从开始到二〇〇〇年累计的数据总量。全世界学问最大的人，脑子也装不下一个 G 的知识，保不齐还得出错。读书，就是汲取营养。

大凡读书人，都懂得用书籍来填充自己的生活，让自己的日子过得充实之余，不断吸收书中之精华来翻新自己。"腹有诗书气自华，读书万卷始通神。"

读书最重要的是改变你的思考方式，注重逻辑思维的建立。一个人读过的书、走过的路，最终都会成为他身体的一部分，这样的人，身体会越来越好，思想会越来越丰富，这样，他才能看似轻松地达到别人达不到的成就。读书是一件最公平的事。只要坚持读书，它就会把最好的运气带给你，让你的人生与众不同。

现实生活中，我们大部分人都不是出身豪门，都要靠自己。命运给你一个比别人低的起点，就是要告诉你，让你用一生去奋斗出一个绝地反击的故事。我们该感激这个时代，寒门照样可以出贵子。世界也给了我们最好的捷径——读书。书在你的手上，世界就在你的手上。三日不读书，便觉言语无味、面目可憎。读书，可以让生命丰盈，让内心充实，让人生富有层次。

读书，让我们避免了被琐屑的生活打磨得麻木不仁。读书，让我们成为一个有温度懂情趣会思考能干事的人。读书，改变了我们的气质，放大了我们的人生格局。疫情常态化的今天，行万里路受到了一定的限制，但却给读万卷书创造了极为有利的条件，这是丰富自己充实自己的极好机会。

杨绛先生说：我觉得读书好比串门儿——"隐身"的串门儿。要会见钦佩的老师或拜谒有名的学者，不必事前打招呼求见，也不怕搅扰主人。翻开书面就闯进大门，翻过几页就升堂入室，而且可以经常去、时刻去，如果不得要领，还可以不辞而别，或者另找高明，和他对质。不问我们要拜见的主人住在国内国外，不问他属于现代古代，不问他什么专业，不问他讲正经大道理或聊天说笑，都可以挨近前去听个足够。钻入书中世界，这边爬爬，那边停停，有时遇到心仪的人，听到惬意的话，或者对心上悬挂的问题偶有所得，就好比开了心窍，乐以忘言。

读书苦乐，乐在其中。丈夫拥书万卷，何假南面百城。越来越多的人已经深刻地认识到，在书中的城池中做主宰，远远胜过在铁蹄上争天下。有书真富贵，无事小神仙。书中的红颜天下难求，书中的富贵价值连城，也早已成了读书人的共识。读书让人学会思考，让人能够沉静下来，享受一种灵魂深处的愉悦。沉浸书海，不理世俗，这感觉还真是赛过活神仙呢。

望着窗外悠悠流淌的太子河水，品读着那首著名的《见与不见》，就仿佛感觉对面有一个人，微微一笑，在笑容里，就又仿佛看见了自己那无处遁形的牵念。入了心的人，见与不见，皆在心间，更是一世的深念。当爱变成了一种信仰，无须解释，也无须回应；当爱都能达到默然相爱、寂静欢喜，你说天气再热，气温再高，又奈你何？

文字有味，诗中有境，可使我们的神思随文字的游走，虚步古今，神游八荒。沉思静虑，与心独处，虽是短暂时刻，却已有了充实和满足。互联网时代，每天总有刷不完的信息，点不完的赞，真的希望朋友们，放慢你的脚步，放下你的手机，每天读书一小时，让书籍开启我们的智慧和浪漫的人生。

把读书作为生活的常态，是生命中最美好的习惯。如果手头、桌头、床头总能有悦心的书陪伴，是一生的幸事。在书中，剪一段静好岁月，将陶渊明的桃花源仔细寻访，将名利得失化作一抹斜阳。

在书中，寻找一个更出色的自己和那美丽诱人的诗与远方。用生活所感去读书，用读书所得去生活吧！此中趣味道不尽，书中自有清凉意。既消了夏，亦怡了情，多好！

阳光总在风雨后

刚刚想起周一那场突如其来的暴风骤雨，仍心有余悸，颇有劫后重生的感觉。

当时，车没等到，却等来了天际边滚来的团团乌云，一瞬间天色昏黄大雨倾盆。风追着雨，雨赶着风，越下越大，很快就变成瓢泼大雨，扑天匝地。看那空中的雨，犹如一巨大的瀑布，宣泄着、呐喊着。隐隐的雷声伴随着刺眼的闪电一阵紧一阵松地滚着，闪电撕扯着乌云，乌云却又重新聚拢。

我置身其中，仿佛感到世界末日到了一样，暴雨抽打着地面，雨飞水溅，一会儿就全身湿透了。雨稍小一点，城市拥挤的路上，又挤满了各式各样忙于生计的人，打开的雨伞下面，遮住的是早已湿透的衣裤，举着的伞，似乎也很沉重，每一把伞都是心事重重的模样，在凉凉的秋雨里，犹如一粒粒找不到位置的棋子。忘记是哪本书上说的了：路上每个行色匆匆的人背后，都是一颗无处休息的灵魂。这次算是让我见识了，也领教了。

接我的车终于等来了。到了饭店，半年多不喝白酒的我，居然喝了半斤多白酒、一斤多姜汤。酒壮胆，姜驱寒，一会儿就精神倍增，谈笑风生了。

当然，酒后孤枕难眠，醉酒遭罪的滋味，就可想而知了。雨，来自天上的特殊使者，或大或小或急或缓，不知已经下了多少万年，总还在不遗余力地洗刷着世界上不纯净的东西。

相逢一次雨，欣赏一次雨，得到洗涤滋润的不仅仅是大自然，更是自己的心灵。听雨，是一种感情的宣泄；看雨，是一种心灵的解压。有雨敲窗，心却静如止水。身在江湖，内心总有轻柔的一角。此刻，缓缓流淌的不只是雨声，还有那些安稳的心绪。蓦然惊觉，来来往往的点滴，都是岁月赋予的精彩。

北方的雨，就是这样，突然、强烈、短暂。大雨来时，刻不容缓，让人来不及躲藏，就那样倾盆直下，但来得急退得也快，片刻间可能就放晴了。不像南方的雨绵柔，淅淅沥沥的小雨能下一整天。一场秋雨一场寒。这北方的秋雨呀，虽没有春雨萌发新绿的清脆生机，也没有夏雨的热烈绵长，但它那缠绵的忧伤与依恋，在我听来，却似岁月传来的一声声无奈的叹息，连诉说都像是自言自语。

都说橘生淮南则为橘，生于淮北则为枳。世间万物的孕育都跟地域有关，不光是这雨，就是人的性格也似这雨般大不相同。我更喜欢北方的大雨，肆意、痛快。大雨倾盆，是洒脱是急骤是震撼。那肆意，是一种刻骨也是一种呐喊。那历练，是一种胸怀也是一种感伤。雨，是自然的精灵。暴雨，是对岁月的涤荡。既然暴风雨要来，就让它来得更猛烈些吧。

随着疫情在世界范围内的迅速蔓延，近日，经济大萧条成为一个越来越火的社会话题。过多地纠结会不会发生经济大萧条，或者如何宏观上应对经济大萧条，对我们而言，其实并没有太多的意义。无论发生什么，世界终将继续前行。在危机中育新机，于变局中开新局，才是题中应有之义。从上次大萧条的经验看，如果您平时勤俭持家，积极储蓄，没有炒房，又不喜欢提前消费，在大萧条到来之时有足够的现金，那恭喜您，千载难逢的机会来了。

大萧条也就是大洗牌。您只需静待时机，在雨过天晴、曙光初现之时，出手购进已贬值到谷底的资产，原先遥不可及的梦想都可能成真。您可以圆您的别墅梦，可以买点古董烘托下自己的文化品位，也可以选择换个完全不一样的环境生活，从而彻底解决是适应环境还是改变环境的两难问题。

不经历风雨，怎能见彩虹？不深醉过几次，怎能知道什么是大梦方醒？不大醉过几次，怎能算是完整的人生？醉酒，是对酒的尊重。醉酒的人，未必就一定糊涂；不醉酒的人，未必就一定清醒。话是这么说，还是不醉最好，谁醉谁难受，谁难受谁知道啊。要把日子过成段子，酒是不能戒的，无酒不成席嘛。酒不贪杯，乐不至极，小酌怡情，应该是特舒服的吧。

阳光总在风雨后，不论是哪个地域的雨，终会雨过天晴、豁然开朗的。

聪明的极致是厚道

俗话说得好："大巧若拙。"待人之道，精明不如厚道，精明过了头，其实就是傻子。

有些人很聪明，但是不厚道，这样的人千万不能深交。厚道的人，谦和可靠，待人处世始终会给人一种踏实的感觉，人生之路往往走得宽阔而稳当，还被人们誉为厚德而载物。

人品，是最好的风水。人活一世，说到底其实就是两件事，一是为人，二是处世。做事，先做人。人品可以弥补能力的不足，能力却永远无法补上人品的缺失。

现今社会，一个人若被夸厚道，那一定是个老实人，老实人看似总吃亏，遇事不计较，遇利不争抢，谦虚做人，踏实做事，有人说，这是傻子。但我觉得，这才是真正的聪明人，才是人生的赢家。他们赢得的并不是蝇头小利，而是人们的信赖和尊重。他们内心纯良，心怀感恩，这样的人，无论走到哪里，都会受人欢迎。

厚道的人，亏了一时，却赚了一世。据说俞敏洪在北大念书的时候，每天都在宿舍打扫卫生，帮着全宿舍的人打水打饭，从无怨言。别人都说他傻，他却说："都是同学，计较那么多干吗？"等他创立新东方，同学们纷纷从国外回来帮他，有钱的出钱，有力的出力。他们说："就凭你给我们打了四年的水，我们也料定你不会让我们吃亏。"凭着同学们的支持，新东方越做越大，上天终究没有辜负这个厚道的年轻人。

现实生活中，我们不难感受到，大凡去主动承担错误不推责的人，不一定是真错了，但一定是真大气。愿意去全力付出却又不计较的人，不一定是真不计较，但一定是真靠谱。舍得让自己吃亏而没有怨言的人，不一定是真喜欢吃亏，但一定是真厚道。

现实生活中，我们更不难发现，越无能的人，越爱挑剔别人的错；越怕吃亏的人，越会吃大亏。厚道，就是最大的聪明。一两重的厚道，大于一吨重的小聪明。算计得越多，失去的就越多；计较得越少，失去的就越少。

人有欲望并没有错。生而为人，最可贵的能力就是控制自己的欲望。贪，就是每个人与生俱来的欲望。现实生活中，在有些人心里，觉得占了便宜，就觉着自己是一个精明的人。殊不知，积少成多，你眼中的蝇头小利，终有一天会毁掉你的人生。

真正聪明的人，从不会被眼前的蝇头小利蒙蔽了双眼，因为他们知道将来会因为眼前所占的便宜，付出更可怕的代价。不厚道的人，再聪明也没有用。经济学中有一个"懒马效应"。有两匹马各拉一车货为主人送货，一匹马走得快，另一匹马则走得很慢。为了赶路，主人只好把后面的货全搬到前面。后面的马开心地笑了，它在心里暗暗地想：前面这匹马真傻，连"越努力越遭罪"这个道理都不懂。到达目的地后，主人想：既然一匹马就能干这些活，干吗养两匹呢？于是，懒马被宰掉做了下酒菜，吃不了的都卖了。主人又用卖肉的钱给那匹能干的马换了一个上好的马鞍子和两对最好的马掌。

其实生活中有很多这样的人，他们自以为聪明，做事投机取巧。以为自己占了便宜，殊不知他为自己的未来挖了一个大坑，一旦陷进去就再也无法逃脱。真正聪明的人，都懂得做自己的贵人。没有实力，那就努力，这就是最大的厚道。勤劳和努力永远都会是自己最大的靠山。懂得为别人着想的人，都是善良的人，更是聪明的人。

我们这个时代的人，心思变得很复杂，行为却变得很单一；脑的容量变得越来越大，使用区域却变得越来越小。俗话说：凡事不能不认真，凡事不能太认真。真诚待人，以真面目见人，这个要认真。至于对方是否真诚，是否真面目，却不必太认真。

趋炎附势是世人之常态。认识到这一点，就应当看淡人情的变化，失意时受到冷落，也不必骂一句"狗眼看人低"；得意时受到追捧，也不必飘飘然，还是要保留一点清醒。

记住，跟一个老实人玩心眼，就像大人哄一个孩子的糖球儿一样，已经接近了一种无耻。

厚道不但在为人处世中是亮眼的明信片，在爱情中，厚道之人一定也是幸福之人。爱情就是男人和女人闭着眼睛的游戏，如果有一个人睁开了眼睛，游戏就结束了。

自作聪明的人，无一例外的结局是，聪明反被聪明误，还要被人说"太不厚道啦"。而且越是自以为是的聪明人、高明人，越容易糊涂，越容易犯低级得不能再低级的错误了。

古语说："修身、齐家、治国、平天下。"厚道做人是修身立本，厚道为妻为夫是谋求幸福，厚道为官为人是顺应天道。

人生不管是扮演何种角色，选择和什么样的人搭戏真的太重要了，厚道的人永远是人们争先交往的对象，这样的人永远是人生的赢家。厚道是一种聪明的智慧，心存厚道，你将能用微笑面对生活的苦与乐，以一种超然的大度接受人生的考验。厚道为本，味道为用。厚道又有味道的人，往往蕙质兰心，至性至情。与此等人为友，实为人生一大快事。

聪明的极致是厚道，而不是精明。一个人精明强干只能得意一时，厚道靠谱才能屹立不倒。一个人心术不正，净走些歪门邪道，没有人信任他，终究不会有什么出息。做人，还是要厚道一些好。

人厚道，天不欺，一个人的算计和宽厚，上苍都会看在眼里。喜欢算计的人，终究会为自己的精明付出代价。世间万物，皆为因果。人在做，天在看。做一个厚道之人，上天自然会眷顾你。厚道，永远是人们心中的一杆秤。

送人玫瑰，手有余香

三年前的今天，随着车改文件的正式发布，坐了十几年的公车嘎的一声刹住了。我这个有车有票但不会开的人，立刻陷入了窘境。好在，车到山前必有路，船到桥头自然直。人生，总有一些不期而遇的温暖，让人瞬间感动。

正在我一筹莫展之际，好同事、好朋友的座驾纷纷从不同方向向我驶来。三年来，我坐着金松、令江、姜超、殿锋等兄弟姐妹们的专车，愉快地交流，快乐而幸福地工作着。一路走来，一路升华着我们的感情。

金松丰富的业界工作经验让我受益匪浅，踏实勤奋的工作态度总在激励着我。令江虽胖犹瘦，工作起来，比那些虽瘦犹胖的人劲头足多了，让我感动。姜超每天在千米泳道上竞风流的潇洒，让我这个视运动为生命的人暗下决心，比学赶帮超，奔驰的脚步不断在加快。

尤其是回城后，坐在北大学子殿锋的豪车上，时时能感受到他的风度和风采。这个生活习惯上从不吃午饭的人，却天天想方设法地让同志们吃好饭，这是一种什么境界、什么精神呢？这不就是我们身边实实在在的雷锋精神嘛！

好的关系，都是麻烦出来的。很多人都有这样的经历，遭遇困境的时候，喜欢自己默默扛过去。因为不给别人添麻烦，这是从小到大听过最多的教诲。然而，凡事只依靠自己，相当于在无形之中，拒绝了所有人的靠近。久而久之，我们的世界就会变得很狭窄，自己也会活得很累。

很多人怕麻烦别人。但是，不麻烦彼此，关系也就无从建立。大家彼此温暖，相互帮助，这样才能使关系更加亲密。在麻烦中，友情才能往前走。现实生活中，其实每个人都渴望被需要，只要不是太过分的要求，别人一定乐意帮你一把，对帮助者而言，这也是一种快乐。

会者不难，难者不会。你花了很长时间都没有解决的难题，在别人眼里可能只是"举手之劳"。术业有专攻。麻烦别人，才能向别人学习，才能获得更大的进步。其实人与人之间，就隔着一扇窗，麻烦别人的过程，便是推开了这扇窗。你帮助我，我帮助你，彼此之间有拖有欠，关系上的缘分才不会断，人与人之间的感情才会越来越深厚。

亚里士多德说："人是社会性的动物。人无法完全脱离社会而单独生存，你不想麻烦别人，就需要独自承担很多东西，包括挫败。"人本来就是生活在相互麻烦的世界中。当孩子不麻烦你的时候，可能已经长大成人远离你了；当父母不麻烦你的时候，可能已经不在人世了；当爱人不麻烦你的时候，可能已去麻烦别人了。其实，就是因为彼此间的一次次麻烦，才会创造更好的感情；就是因为双方拿起电话一次次拨出去，才能更好地增进彼此的情谊。

感情都是麻烦出来的，不麻烦彼此，也就没有了交流；没有了交流，自然就丢掉了最好的感觉和感情。千万不要有那种怕给别人添麻烦的心态，那会成为阻碍你和他人关系发展的拦路石。亚里士多德说，真正的朋友是一个灵魂孕育在两个躯体里。所以你和朋友的联系，就是在与自己的另一半灵魂对话，怎么会觉得是麻烦呢？真正的友情，永远都应该是你有困难了来找我便是，永远也不要跟我客气。

每个人的生命里，都会有那么几个让我们感动并且感恩的人。我们彼此拥有，也彼此独立。我们从来不怕麻烦对方，因为那些麻烦，都是我们相互珍惜的福利。

小和尚问："师父，人活着怎样才舒服？"老和尚说："舒字由舍和予组成，就是告诉我们：人要想活得舒服，需要舍和予。舍就是舍得、放下；予就是给予、付出。"付出才有回报，为别人付出就是给自己铺路，让别人舒服，别人才会让自己舒服。昔日上海滩老大杜月笙曾说过，不要怕欠人家的人情，只要懂得还就好了。"礼尚往来。往而不来，非礼也；来而不往，亦非礼也。"

好的关系，从来不是单向的，一定是互动的过程，一方付出，一方感恩，这样才能长久。这世间任何一种感情，都需要双向流动。得的是好处，欠的是人情；好处易还，人情难报；滴水之恩，当涌泉相报。这叫懂得感恩，这是麻烦的最高境界。

任何事情都是一分为二的，矛盾都是对立统一的。懂得麻烦别人是一种智慧，从另一个角度讲，不随便麻烦朋友，更是一种难得的修养。鸡毛蒜皮的小事，自己伸手就能做的事情，就不要麻烦别人了。麻烦别人一定要懂得分寸，这个世界，没有人有义务无条件地帮助你。

不知道你有没有发现，生活中总有一些人，只有在需要你的时候才会出现，可是，当你有困难的时候，他们却总是袖手旁观。久而久之，谁都会感到失望。成年人的世界里，没有人喜欢只懂得索取，却从来不付出的人。对于那些帮助过我们的人，要适时地给予回馈。唯有这样，关系才会更坚固。

要相信，所有的好人缘，都是自己积攒的人品。人活于世，不可能时时刻刻都是单枪匹马。懂得适当麻烦别人，是一种高情商，也让人与人之间多了一丝温情。在相互麻烦的过程中了解彼此，温暖彼此。唯有如此，漫漫余生里，才不会把自己活成一座孤岛。

据说，无人驾驶汽车很快就要上道了。届时，我一定第一时间开上一辆豪华奔驰，带上美酒加咖啡，带上我亲爱的朋友们，向着我们心中的诗和远方，快乐出发。要想别人怎样待你，你就怎样待别人。成就别人，才是成就自己的最好办法！这正是，送人玫瑰，手有余香！

能闲必非等闲人

前些年，去深圳出差，我偶尔会去蛇口，在那块改变了整个中国的"时间就是金钱，效率就是生命"的标语牌前沉思。

最近几年，去上海休假，发现我的微信计步数比平时高出了一倍还多。在川流不息的人群中行走，脚步自觉不自觉地在加快。生活越来越快。五加二，白加黑，人们一天到晚地忙，法定休假不过是法定而已，随便找个借口，就让你无法休息。

我们仿佛被按下了快进键，从早到晚，犹如一个转不休的陀螺。忙，很忙，太忙了，忙得分不清欢喜与忧伤，忙得没有时间痛哭一场。我们每天都在被快节奏的生活轮番吊打，时间焦虑早已成为当下人们最大的焦虑。

为什么我们身边的自然一点点消失了？连清洁的空气都没有了？在我们的生命里，还有多少时间和空间能够安放从容和缓慢？什么时候，我们才不用自己驱使着自己去加班？

生活劳碌又匆忙，内心苍凉又慌张。整个社会陷入了一场忙碌症，呈现一种病态。久而久之，人的行为方式、生活方式甚至价值观都在发生变化。在我们的观念深处，不能允许有任何低效率行为的存在，一旦看到事情的进展有些缓慢，就会产生焦虑，不由自主地发飙。

中国人造字颇有深意，"忙"字拆开就是"心亡"。你越忙，心就越容易走向死亡。生活越来越快，究竟是好还是坏，真说不清楚。被别人卖了，还帮着别人数钱，这是我们经常用来嘲笑傻子的话，但在每天忙碌的身影里，谁敢保证自己不是那个傻子，忙完了这一阵，还要忙下一阵。

按道理说，速度时代可以为我们创造更多的闲暇。但事实上，却引发了更大程度的匆忙。其实，在每个人的内心深处，都渴望享有耳根清净、云淡风轻的时刻，哪怕是片刻的拥有。

在今年这段特殊时期，在经历了许多生死之后，不少人开始反思，过去我们是不是走得太急？未来这个世界是不是需要来个重启？我们真正想要的生活到底是什么？这些重要的问题，扎心的是，大多数人连想的时间都没有。

"996"引起热议的那会儿，不少人都淡定地对号入座，还调侃说，连马云都说了"996"是一种巨大的福气，每周不是还有一天时间续命吗？但如果你真的以为他们淡定，那你就输了——现代人最擅长的技能之一，就是表面嘻嘻哈哈，内心波涛汹涌，甚至有可能已经处于崩溃的边缘。

毕竟一个人的精力是一种稀缺资源。而在倍速时代，摧毁一个人的最佳方式，就是鼓励他强撑。倍速时代，如何找准自己的节奏？马云曾在一个演讲上说过这样一段话，让我印象深刻。他说："我每一天就像过了一年，每一年，就像过了十五年。"为什么马云的时间过得这么慢？如果你真的认为他的"度日如年"和我们的"度日如年"一样的话，那就大错特错了。一种是屏蔽了外界的杂声，在自己的领域稳步前行；一种是充斥着各类诱惑，在别人的领域走来走去。孰高孰低，一目了然。而马云的"度日如年"，不过就是度自己的一日，如别人的一年。这，才是聪明人的真相——认定一件事，就专注于此，他们从不和时间赛跑，只和时间做朋友。

现代人都特别忙，但有一部分人是假忙。其实人生没那么着急。先去掉自己给自己找的这些忙，可能我们就已经有一堆时间了。往上数四五代，与我们的生活状态完全不同，那是与大自然的规律息息相关的状态。日出而作，日落而息。他们没有闹钟，那时叫"鸡叫头遍"。太阳下山，就意味着休息了。如果不休息，就违背了大自然的规律，属于折腾。折腾不会促进万物生长，庄稼不会因为人着急而快速成熟，鸡鸭也不会多生几只蛋。所以，那时的人过着不折腾、缓慢的生活。

看了《为什么越努力越焦虑》这篇文章，我有一个一直想不通的问题，北上广深人满为患，人们还是趋之若鹜，干啥呀？放着近二百平方米的大房子不住，偏要在北上广深四十平方米的房子蜗居，图啥呀？北上广深是中国的特色，小城市才是中国的底色。这些看似不发达的小城市，哺育了大多数中国老百姓，是绝对不可忽视的力量。未来小城市的成长，才是中国经济增长的重要引擎，才是更辽阔的希望之疆。

忘记是谁说的了，浪漫，就是浪费时间慢慢吃饭，浪费时间慢慢喝茶，浪费时间慢慢变老。请问，在北上广深里，有几人能如此浪漫？但在底色十足的小城市里，又有几人不能？

有这样一个寓言：一群人急匆匆地赶路，突然一个人停了下来，旁边的人很奇怪，为什么不走了？停下来的人一笑说：走得太快，灵魂落在后边了，我要等等它。是啊，我们都走得太快。然而，谁又打算停下来等一等呢？如果走得太远，会不会忘了当初为什么出发呢？

在这个快节奏的社会，很多人急于求成，甚至投机取巧，更有的人心浮气躁，不靠努力和拼搏，一心只想通过捷径去达到目的。殊不知，好的围棋要慢慢地下，好的生活历程要细细品味；不要着急把棋盘下满，也不要匆忙地走完人生之路。其实人生的终点都一样，谁都躲不开，可我不明白国人怎么那么着急地往终点跑呢？

时间对每个人来说都是公平的，没有人能穿越时间回到过去，也没有人能预知未来。时间，都只是幻象，我们存在的最高智慧和最好的状态，都只跟当下的自己有关。

要知道，人生有时候走得慢一些、稳一些，反而会更快靠近自己想要的生活。有些东西来得晚一点、等得久一点，往往更珍贵。人这一生，总有一些时光，是用来虚度的。虽然它不会产生任何世俗的经济价值，但是，它有着比钻石更珍贵的意义——比如幸福的日常，比如爱的陪伴与守望。

这些所谓虚度的时光，没有一寸是多余的。它是我们理想的桃花源，更是我们的精神故乡。多给自己一点留白的时间吧。不要通过节省时间来打造我们想过的生活。你想要什么样的生活，时间自然而然就会流向那里。你想要和朋友一起拥抱幸福，那就马上奔向你们的诗与远方吧；你想要过一个惬意的晚上，那就听着音乐，看一看闲书《零距离对话》吧。享受一段纯粹的自由，做一回真正意义慢下来的闲人吧。

跳出倍速生活的绑架，放下亦是放过自己。其实，人在有闲的时候，才最像是一个人。手脚相当闲，头脑才能相当地忙起来。我们并不向往六朝人那样潇然若神仙，我们却企盼人人都能有闲去发展他的智慧与才能。

不要走得太慢，花会凋谢的；也不要走得太快，那样，花还没有开。有过乡村经验的人都知道，长得过快的树，是空心的，其材质不堪大用。

在信息时代，整个社会的"速生、速成"的心理惯性，事实上得到了强化。其实一个真正想有所作为的人，应该从这种强悍的惯性中挣脱出来。越是在众声喧哗中，越需要一颗真正安静下来的心。越是在快速变化的时代，越需要一颗真正慢下来的心。

其实一个想干事、能干事的人真的应该成为这样的自觉者。因为回归平静，略去浮躁，才能点亮个性生活；还原纯粹，略去虚伪，才能打造满意人生。

作品需要时间沉淀价值，我们也需要时间沉淀自己，而不是忙着分享自己。世界上所有的美，都需要一种高度的专注和漫长时间的淬火。我们要学会坚持，学会坚韧，学会与时间成为朋友，这也是一种成功。生活虽然不易，但也请一步一步地慢慢走下去，请相信脚踏实地的力量。这个世界上最精准的回报，就是脚踏实地。

生活因忙碌而幸福，生命因悠闲而精彩，闲世人之所忙，忙世人之所闲，把握生命的节奏，才能活出气象万千的一生。有闲才能有贤。不是闲人闲不得，能闲必非等闲人。

发展才是硬道理

今天的滨江外滩，虽已是冬日，但仍给人秋高气爽的感觉。游人如织，浦东浦西的两方建筑群对峙着，诉说着历史。来自全国乃至世界各地的人们，把镜头更多地对准的是陆家嘴鳞次栉比的优美天际线。

四十年前，上海人宁要浦西一张床，不要浦东一间房。而如今的陆家嘴房价是那么的昂贵，据说最高达三十万一平方米。四十年巨变，诠释了发展才是硬道理。每每漫步于此，常常热血沸腾，百感交集，权当又做了一次活血运动。

记得一次学习讨论，导师的一席话让我至今记忆犹新。他说，如果没有小平同志倡导的真理标准问题大讨论，没有实践是检验真理的唯一标准，就没有改革开放。没有改革开放，就没有今天的发展；没有今天的发展，神马都是浮云。当然，后两句话是我加的。

遥想二十世纪七十年代，小平同志以超凡的政治智慧、迷人的个人魅力挺身而出，内政外交，举重若轻，全面开启了中国拨乱反正、改革开放的伟大历史进程。尤其让人难以忘怀的是，一九九二年小平同志的南方谈话。八十八岁高龄，从北京出发，一直向南，所到之处，时而大声疾呼，时而严厉批评，时而语重心长，时而喃喃自语，所有的谈话都传递出一个重要思想：发展才是硬道理。结果是：东方风来满眼春。

从中华人民共和国成立初期到改革开放，从改革开放到实现强国梦，抚今追昔，感触最深的是，中国在一穷二白的白纸上，绘出了最新最美最壮观的图画，取得了震惊世界的骄人业绩。毛主席当年那"可上九天揽月，可下五洋捉鳖"的革命家豪情，得到了酣畅淋漓的抒发和体现。

鉴往知来，愈来愈感觉到习主席的强国梦战略是多么的伟大啊！"雄关漫道真如铁，而今迈步从头越。"中华民族的复兴，曙光初现。

十年前，我去俄罗斯考察学习，见到了很多当年援华、后来又多次来华的俄罗斯老人，他们无不对中国的高速发展赞不绝口。他们不得不承认，当年的苏联老大哥已经远远地落后于中国这个小弟弟了。而当年援华、后来没有再次来华的老人，还以为我们的生活很贫穷，吃不饱、穿不暖呢！

东北振兴不是写出来的，必须脚踏实地，一个项目一个项目干出来。只留痕，不流汗，东北振兴也只能是空谈。每个人在各自的岗位上做好自己的本职工作，就是对东北振兴做的最切实的贡献。这是我的一个基本观点，今天写在随笔里，并不是想留痕，而是自己给自己励个志。东北振兴，从我做起，从现在做起。

东北，绝不是一辆只有刹车好使的破车，而是一艘无坚不摧、所向披靡的航母。当年，东北野战军凭着实力，凭着对党对人民的赤胆忠心，从黑龙江一直打到海南岛，解放了大半个中国。

今天，我们期待着改革开放后的东北建设大军，早日扬威祖国。发展才是硬道理！其他的，东北话——少扯！共和国长子，就是老大；老大，就要有老大的样儿。

其实舒服也是硬道理

发展才是硬道理，这一充满智慧的至理名言让中国的改革开放取得了举世瞩目的成绩，堪称"当惊世界殊"。最近看了几篇论述舒服的文章，很有感触。在为人处世、修身养性方面，说舒服也是硬道理，我觉得一点也不为过。

让人舒服是最优秀的人格魅力。让人舒服，不是圆滑世故，更不是迎合讨好，而是长在心底里的善良，是刻在骨子里的教养。让人舒服的人一定是细心体谅他人、极具同理心的人。

层次越高的人，越是有教养的人，越懂得让人舒服。为人处世的成功秘诀，是懂得让人舒服。能够让人舒服，是因为有足够的实力，心中有爱，眼里才会有温柔。

与人相处最舒服的状态，莫过于让彼此都舒服。俗话说：天上最美是星星，人间最美是温情。无论说话还是做事，与人为善，就是与己方便。不让人为难，就是给自己舒适。正所谓，做人留一线，日后好相见。

要知道人生在世，并不是充满竞争和掠夺，更多的是共赢。靠宽容和给予创造的生活，怎会怕天黑无灯、下雨无伞呢？你让人舒服的程度，决定着你能抵达的高度。一个人的性格如果咄咄逼人，就算才华再超群、智慧再高明，也难以一展抱负。和舒服的人在一起，就是养生；和别扭的人在一起，就是人生。

叔本华说："人就像寒冬里的刺猬，互相靠得太紧会觉得刺痛彼此，离得太远又感到寒冷。"真正的高情商，就是把握一个恰到好处的度，让人相处不难。真正情商高的人，和她待在一起很舒服，一点表演痕迹不着。让别人不陷入负面情绪，是一种善良，更是一种温柔。我们可以性格刚烈，可以爱憎分明，但温柔是不可或缺的，它能让我们走得更远。

记得看过徐志摩说的一段话，大意是：一生至少该有一次，为了某个人而忘了自己，不求有结果，不求同行，不求曾经拥有，甚至不求她爱我，只求在我最成熟的年华里遇见她。毕竟是著名诗人，这话说得的确是挺有诗意的。

今天才知道，他是遇到了让他感觉特舒服的人了。一个人真正的魅力，不是你瞬间吸引了对方，而是对方熟悉你以后，还能非常欣赏你。一个人真正的魅力，不是初次见面后，就有相见恨晚的感觉，而是历经沧桑后，还能由衷地说，你的微笑让我感觉特舒服。

吃什么舒服，你就吃什么。和什么人在一起舒服，你就和什么人在一起；一辈子也不长，人生得一知己足矣。适合自己的，才是最好的。适合不适合自己，我觉得一个根本标准就是看舒服不舒服。舒服，应该是一个基本衡量标准。和舒服的人在一起，仿佛心生力量，眼里有光，笑里全是坦荡荡。

一位忘年交这样解释他的理解。他说：最好的相遇都是久别重逢，我一点都不遗憾没有在最好的时光遇上你，因为遇上你之后，我最好的时光才刚刚开始。遇到一个相处舒服的人，远比遇到一个爱的人更难。到了我这个年纪，谁都不想再取悦了，跟谁在一起舒服就和谁在一起，包括朋友也是，累了就躲远一点。

中年人关系的潜规则就是：舒服为前提。世界上一切和谐且长久的关系，本质都是舒服。

最舒服的关系，是三观一致。一辈子太长，跟三观不合的人在一起，每天味如嚼蜡，比孤独本身还要可怕。遇到三观一致的人，人生就像吃了糖果一般，少了被泼冷水的尴尬，多了被鼓励和陪伴的温暖。三观一致的人，走得最长远。

也就是人们常说的：只有频率相同的人，才能看见彼此内心深处不为人知的优雅。只有灵魂深处的相依相偎，才能够让我们体会到真诚、热情、温暖，才能将日子过成我们自己喜欢的模样。世界上很多事情，都是可以对付将就过去的，唯有感情，无法将就。错的和勉强的感情，带给彼此的始终是一种折磨，就像两个齿轮，无论怎么磨合都转不到一起。唯有找到彼此天衣无缝、恰到好处的齿轮，才能动力十足，协同进步。

科学家认为，人是唯一能够接受暗示的高级动物。所以，和积极的人在一起，我们总能感受正能量，如同被阳光围绕。和靠谱的人在一起，我们总是如沐春风，格外安心。

说话让人舒服，办事让人放心，就是一个人最好的修养，也就是我们常说的靠谱。靠谱，也许没法让人走得太快，却能让人走得更加坚实，走得更远。为人处世中，修身养性时，学会让别人舒服、让自己舒服，人生之路必定越走越顺，福气越积越深。这样的你，一定会让人感受到如沐春风般的舒服。

谁问西东

记得去年有部《无问西东》的电影挺火。"无问西东"四字来自清华大学的校歌"立德立言，无问西东"，指的是美好的德行和与人有益的言辞，是青春飞扬的根基。有了这两点，青春才有环顾四周、舍我其谁的豪气和资本。

西东不是人生方向，而是结果，是直指人生的最高目标，只管追求真理，不论功名。无问西东的本意还有做学问不分中西的意思，但电影片名似乎带有一些混沌的意味，表达的应该是一种不计较得失、无所畏惧的人生态度。

今天，一壶浊酒，一顿粉条炖猪肉，一篇《谁问西东》，特想多情地回望一下过去的十年。十年前，市长一个电话，我就与现在的工作开始了初恋。八年前，部长一个电话，也没问我恋爱感觉如何、喜不喜欢，就为我与初恋颁发了"结婚证书"。

坦率地说，当时的我心里是不甘的。我之前的工作，每天研究的是吃住行游购娱文体美九要素，每个要素都挺让人赏心悦目的。而现在的工作，每天面对的是"四个最严"，压力还是蛮大的。当时确有一种先结婚后恋爱的感觉，好在同事们对我的关心和关爱，很快就让我懂得了什么是温柔以待，很快就变恋爱为热爱了。

六年前，承蒙领导厚爱，想让我再上一层楼，看更好的风景。可当时冥冥之中就是不想去，找了个理由推辞了。现在看，如果当年上了那层楼，上面的风光还是很诱人的。可奇怪的是，现在每每想到这件事，竟然一点也不后悔，也许只有上帝能知道这是为了什么吧。

两年前，开始写随笔，本想沟通点什么，可生活也挺会捉弄人的。想沟通的没沟通上，没想沟通的却沟通得特畅通。朋友们的点评点赞和真情互动，极大地开阔了我的视野，丰富了我的思想，让我越写越收不住笔，有好几次字数超限发不出去。还有很多朋友期待着我再出一本书，我知道朋友们是真心，我也一直在努力。

一年前，我携单位五十多位兄弟姐妹离开了那片我们深爱的希望的田野，回到了城市，到了一个交通便利、虽不算华丽却能遮风避雨的好地方。那天，我写了《难说再见》。今天，我又率十名年轻的同志，组建了一支特别能战斗的别动队，又将离开这个被窝还没暖透、风景那边独好的家。今天，我还能写点什么、说点什么呢？在我最成熟的时候遇见了最美的你，在你最美丽的时候遇见了最亲的我。

我永远的兄弟姐妹，我亲爱的市场监管局，你不仅是一个美丽的曾经，更会是一个"岁月一直很美"。时光，让你没有机会回头，也没有机会感叹。该错过的就已经错过，该重逢的总会回来的。生命中的每一次来去，都是一段岁月，我们只有互道珍重，在这个有些温暖的冬。

我们总在说不知道自己的一辈子到底想干什么，也不知道自己这辈子真正喜欢什么，我们找来找去，始终没有找到让自己心安的答案。从无问西东的角度去考虑，我们如果能找出有什么哪怕不吃饭、不睡觉、不成功也不会觉得苦的事情，那么这个事情就是我们真正喜欢的，也就是我们的"西东"了。

我们这支别动队，虽然只有十个人，虽然一诞生，它就不知道什么是童话，虽然它也很难创造出什么神话，但它绝对不可能是什么笑话。上下同欲者胜。它完全可以书写一段充满激情的人生佳话，幻化出一幅有声有色有血有肉有情有爱的烟雨朦胧般的山水画。生命中值得反复阅读的人不多，值得一生去精读的人更是少之又少。

我跋山涉水一意孤行，无问西东，只为与你不早不晚地遇见。

美丽的邂逅、温暖的遇见让我们都深深地懂得了：让人放心，是一个人最了不起的才华。这世上，让人有乍见之欢的人不在少数，但能让你久处不厌的，就不在多数了。她一定是让你放心的人。你每一次让人放心的表现，都是在银行中存下的一笔财富，待到关键时刻，这就是你最值钱的名片。人生没有几个十年可以任意挥霍，用最好的方式感受生活，是我一直在努力追求的。

有些事情一定要回过头去看，才能看得清楚透彻。笑看生活的变化，接纳每一种生活方式，就会发现人生处处有甘甜。回望十年乃至更久远，细细品味，这个世界上的大部分传奇，不过是普普通通的人将心意化作了行动而已。所有的成功和奇迹，追根溯源不过都是脚踏实地的努力。优雅需要底气，华丽需要实力。日子过着过着就朴素了，人活着活着就简单了。能留下来陪伴的，未必是最好的，但一定是最合适的、最让人放心的。

聪明易见，靠谱难得。做一个让人放心的人，少了一些小便宜和小聪明，却会形成卓越的人格魅力，得到更多人的认可，创造出更多的属于自己的运气。人生或许就是一场修行，山重水复处并非只有柳暗花明，还有那执着的等待和厚重的挚爱。

我们在生活中面临着各种各样的选择，很多时候是我们瞻前顾后想得太多。既然是选择，就会有放弃。现实生活中，也许有太多的事情是我们留恋的，但那真的是我们想要的吗？

很多时候因为我们想得太多，从而失去了内心最真实的想法。人生少点意义，或许就是最大的意义。无问西东，并不是排斥东西。而是要找准目标，把追求真理、实现真我作为人生的最高目标，而不是错把生命不需要的名利作为人生追求。不管什么样的选择，只要自己认为对了，放手去做就可以了。

谁人背后无人说，哪个人前不说人。人这一辈子，不能总是为了别人而活，总要有一次遵循自己的内心，为自己的人生写诗作画。

人在旅途，请记起你的珍贵，坚信你的珍贵。爱你所爱，行你所行，听从内心，谁问西东。

顺便问一句，你的西东是什么？如果提前了解了你们要面对的人生，不知你们是否还会有勇气前来？

睡在我上铺的兄弟，睡在我寂寞的回忆

时光荏苒，春秋代序。疫情防控常态化的今天，母校七十周年华诞确也异彩纷呈，七秩悠悠，春华秋实，韶华雅颂。当然，感人至深的、让人感慨万千的，莫过于多年未见的师生重逢、同窗相聚，真是应了那句老话：世界上最好的相遇，都是久别重逢。

可这人世间又能有多少次久别重逢呢？！我们都曾在各自的生命轨迹里留下了无数深深浅浅的足迹，或激情澎湃，或平淡如水，任岁月长河如何冲刷，都无法将其冲散。

出走多年，归来仍是少年，仍是我们共同的祈盼！三十八年过去，弹指一挥间。再聚首，有的人独上高楼，望尽天涯路。蓦然回首，有的人却还在灯火阑珊处。我好久没有那种以小步紧跑去迎接一个人的快乐了，这酒也喝出许多新的意思。这两天，见到恩师、遇到手足，那种快乐、那种激动无以言表。

"老班长，你好！"虽然班长前加了一个老字，可我一点也没感到自己老了，恰恰相反，仿佛时光已穿越到了三十多年前，顿感一下子就年轻了三十多岁。一位三十七年未见的校友竟一眼认出了我，说我还像当年那样，让我的信心指数立刻爆表，一晚上喝了三顿酒，一点也不知道累。酒没成精，自己倒觉得成仙了。

初心未失，现实不惑。想当年，我们年华青涩，初临世事，心高气傲；忆往事，老师春风化雨，善施甘露，慈心点播，人人举烛照前程。那年那月，年轻人轰轰烈烈，青春像一场大雨，暴雨如注，但没有人准备雨具，有道是：让暴风雨来得更猛烈些吧！

那是令人怀念的、激动人心的八十年代。我们的国家刚刚迈出改革开放的步伐，每个人的心中都憋着一股劲。自信也好，自以为是也罢，反正年轻，无所畏惧，试错了是青春，试对了是成长。这个世界我来过，我爱过，我战斗过，我不遗憾。

那时的老师——曾经的"臭老九"，重新焕发了青春的活力，传道、授业、解惑不遗余力，学生学得拼尽全力。那时的我们心无旁骛，整个身心都投入到读书求知上，没有人逃课，下课了，还围着老师请教、探讨。每每想起当年，一个黄书包装着两块干面包，一头扎进图书馆，熄灯前才十分不舍出来时的情景，还是别有一番滋味在心头。

那是理想主义，也是革命的浪漫主义，一个穷学生心中的万丈豪情，穿透时光的铁幕仍时常叩击我的内心，仿佛也是在警醒我，在一个人内心真正不可消逝的，到底是什么呢？

离开大学的三十多年中，每当我苦闷、矛盾、彷徨之时，大学时期的无数细节——同学们给我以支持、先生们给我以教诲时时浮现。可以说，母校对我灵魂的滋养、对我内心的教育从未中断、从未停止，也永远不会终止。

当年，大家都一样，不谈钱权，一番激情、三尺讲台，粉笔无言写春秋，播撒着教育的希望。一盏灯火、几张课桌，黑发积霜织日月，承载着青春的理想。那个时候，我们是真纯朴，纯朴得直冒傻气。

如今，年轻人都知道个性生猛也生猛不过社会，再昂贵的理想也付不起下个月的高消费。他们的生活充满了疲惫，疲惫吞噬了他们的叛逆，他们越来越乖，越来越聪明，只是越来越不像年轻人了。他们被社会同化，打磨了最后的天真，精明世故得不成样子。

那个时候，我们有梦：关于文学、关于爱情、关于走遍世界的旅行。梦想包罗万象，但可以肯定的是，绝对不是男同学买一套房，女同学嫁给一个有房的男同学。如今我们深夜饮酒，杯子碰到一起，听到的都是梦破碎的声音。那个时候的爱情，多么纯朴善良美丽呀，典型的情义无价啊！人这一辈子，有了一回爱情，就不穷了。

有时候，突然想哭，却哭不出来；有时候，突然就感到找不到自己，把自己弄丢了。哭的不是生活的挫折，而是逝去的青春，还有所有关于青春的热血。今天看来，那些曾经，就是我们如今羡慕不来的青春。难怪有人说，人想恢复青春，只消重演过去干的蠢事就够了。青春是一本太仓促的书，我们含着泪，一读再读。花谢花会开，青春却无法重来，但真的无须伤怀。因为我们今天拥有的一切，都源于那个青春的自己。

我的母校是一所高等师范学校，我也曾有幸在此执教两年，"落红不是无情物，化作春泥更护花"的观念至今根深蒂固，"多学博见，和而不同"的校训也平添了几分为人的底色、为学的智慧。可如今，我似乎感到自己越来越不懂教育了。

我很赞成这样一种观点，大学教育的本质，并不是为了让我们变得深奥，而是为了恢复人类的天真。天真的人才会无穷无尽地追问关于这个世界的道理，关于自然，关于社会。

大学教育尚且这样，那么小学、中学教育，则更应该如此了。可你看看今天的教育，那还是教育吗？

孩子出生后不久，就开始了早教课程，进而开启从幼儿园到高中的校外补习之旅。孩子很累，家长更累，但谁也不敢停下来，而付出一切，目标并非是为了超越旁人成为第一，而仅仅是在于保证自己不掉队。那么，在付出上述努力之后的每个人，是否都能如愿呢？并不能，资源有限，僧多粥少。

都说孩子不复杂，复杂的是大人，可面对如此残酷的事实，大人们能有什么好办法呢？据说现在初中生每天的作息时间表就是：从早上五点多钟到晚上十点多钟，中间只有三顿饭的工夫可以休息一下，放放风。如是，我不知道，正在长身体的孩子们吃得消吗？孩子们的妈妈们、爸爸们身体吃得消吗？

习总书记指出："好奇心是人的天性，对科学兴趣的引导和培养要从娃娃抓起，使他们更多了解科学知识，掌握科学方法，形成一大批具备科学家潜质的青少年群体。"谆谆教诲，掷地有声，振聋发聩。可现在超负荷式的填鸭式教育，让我们的孩子们如何去找寻自己的好奇心呢？

拔苗助长式的教育，可能让孩子一时冲得更快，但唯有尊重生命周期的父母，才能让孩子走得更远。

现在的教育，让每个人在每时每刻都处于竞争之中，每个人在竞争中，心灵始终处于一个全面的压抑状态，这还是我们的教育吗？现在有些孩子年纪很小，但像成年人似的，讲话和报纸上一样，一套一套的，老气横秋。孩子就应该像个孩子，孩子就应该有自己的童真。除了学习之外，孩子还要能玩、会玩，能玩、会玩的孩子才是有出息的孩子。

比赛一定有第一名，也有最后一名，我们要教育我们的孩子，你需要追求第一，但是你不可能永远是第一。但是每个人都可以成为最好的自己，每个人都可以是最幸福的。

幸福不是我们拥有了什么，而是我们拥有了对生活的态度。我们真正应该给孩子们的是幸福的能力——有给予别人幸福的能力，有让自己幸福的能力，还要有享受幸福的能力。

我很欣赏上海一对很有层次的夫妻为他们的孩子制订的择校标准——选最近的学校。这对开明的夫妻觉得把时间都花在送孩子去上学的路上，对大人也是一种负担，他们不想一开始就把所有的体力、精力耗尽，不想急着冲刺，他们希望孩子输在起跑线上，赢在终点站上。

人生是一场马拉松比赛，起跑线上的输赢无关紧要。真正的教育要回归单纯朴素的心，要让我们的孩子们保持对知识的纯真兴趣，保持对生活的持久热爱。

睡在我上铺的兄弟，睡在我寂寞的回忆。你问我几时能一起回去，看看我们的宿舍我们的过去。朴实的语言加之淡淡的忧伤曲调，仿佛不经意间，一下子就击中了我心底里最柔软的地方，模糊了的面孔开始清晰，陌生了的声音渐渐熟悉。

以前写文喜欢用些华丽的词语体现美感，现在，只想用平实的语言，书写一份简单。其实生活的一切都会回归简单。读万卷书不如行万里路，行万里路不如高人指路，高人指路不如回到内心深处。

世上有一种东西，比任何别的东西都更忠诚于你，那就是你的经历以及你在经历中的感受和思考，这是最珍贵的。往事不回首，往后不将就。回忆里都是故事，而心里早已云淡风轻。逝去的是岁月，剩下的是感情。昨晚上恩师的一句话"情是人世间最好的良药"让我这个工作在一线的药品监督管理人员茅塞顿开，真希望人间真情这样的良药多多益善。

纸短情长，道不尽对母校的感恩，也由衷地感谢那些增加我生命宽度的人。一日为师，终身为父，吾师恩泽，浸润心田。教师节就要到了，衷心祝愿我的老师，现在正在当老师的、曾经当过老师的朋友们，教师节快乐！开心每一天！

人生就是一个逐渐苏醒的过程

乍看题目，也许朋友们会问，上上期还在说"心里若有一个不醒的梦，是不是就是一个最幸福的人"，怎么中间问了一下西东，就苏醒了呢？当现实生活中无法实现的愿望，在甜美的梦乡里纷纷得到实现时，才会感觉到人生正在完整起来，丰满起来。

每个人都有一个苏醒期，但苏醒的早晚，决定一个人的命运。苏醒有早晚，造化有先后，这是一定的。人生，该梦还得梦，该醒还得醒。若没有梦，人生何其乏味；若不肯醒，命运又何其虚无。

人们总是在似梦似醒间孤独徘徊，试图寻找到二者的平衡点，在梦想与现实中挣扎折磨。我们和岁月彼此消费，账目基本上清清楚楚。走过了鲜衣怒马，走过了悲欢离合，开始放下执念，和自己妥协，与岁月温柔相待。

其实，梦也好，醒也罢，还是取决于你自己。该来的总会来，该走的无须留。所谓红尘炼心，大抵如此。生活无须太纠结，任何事情当你看清了也就看淡了。所谓醒，也是明心渐悟后的梦。人生最精彩的不是实现梦想的瞬间，而是坚持梦想的过程。

本应该天真的年龄，我们太过懂事；本应该懂事的时候，我们又天真得像个孩子。人总是在经历中成长，在经历中懂得，从而一步一步地走向成熟，修炼一颗波澜不惊的心。

人到了一定的年龄，就会越活越明白。人活着，最大的本钱就是一个好的心态。都说人生如天气，但现实往往又常常是出乎意料。不管是阳光灿烂，还是聚散无常，一份好心情，是人生唯一不能被剥夺的财富。

　　好的心态就是一个美丽的人生。心若天高云淡，人生自然晴空万里。站在山顶上，有人能一览众山小，有人却高处不胜寒。良田千顷不过一日三餐，广厦万间只睡卧榻三尺，前提是你得有福去享。一切繁华皆是假象，功名利禄终归尘土。三千浮华终抵不过健康平安。

　　其实人开心最重要。自己开心，亲戚朋友就会少为你担心，同时还能感染他人。我们总说何乐而不为，快乐本身，就是何乐而不为的事情。人，过的是心情，活的是心态。无奈的忧郁，美丽的痛苦，说到底就是两个字：心态。无事是仙人，无心是圣人，说到底也是两个字：心态。

　　其实，有时候并非是我们的身体无药可医，而是我们的心态病入膏肓。有时候身体的垮掉不是败于疾病，而是败给了心态。人们常说"心病还需心药医"，不无道理。成年人的世界，没有过不去的事情，只有过不去的心情。

　　与其把坏情绪带在身边，伤人伤己，不如任它世事沧桑，内心始终安然无恙。生活虽苦，但我始终是甜的。人生不如意十之八九。好的心态是去发现那喜人的一二，坏的心态却是无视一二，只盯着那恼人的八九。人生下半场，往往拼的不是智商、财富，而是心态。好心态是一个人最大的福报。"一个健全的心态，比一百种智慧都更有力量。"心态影响着我们生命的质量。如果你每天有个好心情，你就会获得很高很好的生命质量，体验别人体验不到的美好生活。

　　坏心态致病，好心态治病。一字之差，结果截然相反，个中道理，不言而喻。我们不可能每个人都成为诗人，但每个人都有可能过上诗一样的生活。在平凡的世界里，春有百花秋有月，夏有凉风冬有雪。好的心态一年四季皆是诗情画意。

　　人到了一定的年龄，就会越活越明白。每个人都是被上帝咬过一口的苹果，人人皆难做到十全十美。再优秀的人也会有缺点，看一个人不完全看他的优点，而是他的缺点刚好你可以接受。我们不能只盯着丑陋的缺口，而忘记了内在的芬芳。你不是最完美的，却是最吸引我的。再美好的爱情也不可能纤尘不染。

也许你看到的瑕疵在另一个人看来就是亮点，你看到的缺点也可能会是魅力点。试着用包容的眼光审视他人，不去苛责，补短取长。试着发现一个不一样的自己，自我欣赏，独自芬芳。

杭州灵隐寺有一副对联，禅机妙语点醒世人：人生哪能多如意，万事只求半称心。是啊，每个人都想万事顺心，心想事成，可人活一世，不如意事十之八九，又怎么可能事事顺心呢？人生实苦，只求一半的称心，便已知足。

人生短短几十秋，只需做好自己，其他的不如顺其自然。顺其自然，是做人最好的姿态，尽心尽力，尽己所能，不求结局，但求精彩。顺其自然是努力争取后的不强求，而不是无所事事的随波逐流。

用顺其自然的态度，过随遇而安的生活，挺好！控制好心情，才能掌控好人生。拥有好的心情，才能遇见更出色的你。人到了一定年龄，就会越活越明白。

有些东西你抓得越紧，流失得越快。时光就像握在手里的沙，你想留却留不住。都说生命如歌，我觉得它更像是一部电影。我们都在其中尽情演绎着，或悲或喜，不知道什么时候杀青，却又永远不想等到谢幕。

生活中，人们形形色色，来来往往，离去的都是风景，留下的才是人生。人和人之间是有强大的磁场的，相爱的概率比中彩票还要难。在生命面前我们都以为自己长大了，其实在生活面前，我们从未长大，还不懂爱和被爱。

为了留住那份来之不易的感情，你越是竭尽全力，越是无能为力。我们也知道爱情是杯开水，总会凉下来的。每个人或许都会遇到那么一个人，猝不及防地遇见，之后，又不可避免地离散，只留下漫无期限的思念。

小时候跟朋友绝交，都是大张旗鼓地告诉身边所有人，我不跟你玩了。而长大后的离开，往往是默不作声的。所有攒够了失望后的离开，都是静悄悄的。

要学会睿智地生活，人生的四季，不可能永远是春天。世界有变化才丰富，有层次才有色彩。得不到的就放下，走不通的就转弯。生命就是一场无与伦比的体验。我们既不要在放荡中变坏，更不要在寂寞中变态。

我说了你想说的，可能是人间最默契的相处。你说我听，你听我说，可能是人间最浪漫的事。人到了一定年龄，就会越活越明白。多想寻一处桃花源，在源内的清丽中，把所有的思绪轻轻舒缓。

余生在世几十年，看似谁也没有赢过谁。可是，看过世界的几十年和待在原地的几十年，可有着天差地别。途中总会见到形形色色的人，遇见形形色色的风景。

有些风景，现在不看，真的会一辈子错过。有些事，现在不做，一辈子都不会再做了。

趁还来得及，做你想做的事，见你想见的人，让人生不留有遗憾。好的风景在于发掘，全凭你是否有双善于发现的眼睛和一颗玲珑剔透的心。

纵使世界千般好，慌乱的心看不到。这个世界就像一场盛大的假面舞会，我们总爱给自己戴上一张面具，面具戴久了，就长在脸上了，最后我们都成功地忘记了自己是谁。其实我们也想留三分贪财好色，以防与世俗格格不入，剩七分一本正经，以图安分守己谋此生。

人生，就是一场自己与自己的较量。做一个内心丰盈的人，心中自有日月山水。如是，才能抵抗世间所有的不安与躁动。经历过风风雨雨，我们依然能够初心不改，依然是时光里那个怡然自得看风景的人。

将来会怎样，无须考虑。要是成天想着今天，愁着明天，生活还有什么意思呢？我们不能总是在一种生活里，却又妄想着另一种生活，然后错过了现在的生活。

　　时光如白驹过隙，大部分人的一生，都会在平凡的岁月中度过。与其寄希望于以后，不如好好拥抱当下的岁月静好。无论得也好、失也罢，能豁然开朗，就是美好的一天。

　　只要我们一直在努力，就一定会遇见一个越来越好的自己。做人，见过天地众生，更要见自我。活得自在的人，最是幸福安详。

　　精彩的人生总有精彩的理由。生命，只有走出来的精彩，没有等待出来的辉煌。自己好看，别人才能把你当成风景。

　　周末随笔，写了两年，今天就正式和朋友们说再见了。我们有缘一定还会再遇见。所有的非凡都会归于平凡，所有的激情都会恢复平静。这是生命的轮回，更是哲学的注定！

　　有一种遇见，注定会错过，却是生命中最深的铭记。

　　有一些故事，注定没有结局，却是红尘中最美的写意。

一枝一叶总关情

——朋友们眼中的《零距离对话》

人工智能时代，高度碎片化的生活，越来越让我们感觉到书读得越来越少，读书的时间越来越少，好像什么都懂，又好像什么都不懂，总是在沉淀心情、寻觅自己的路上徘徊，不停地在找寻丢失的自己和时间……

转眼间，到了上有老下有小的艰难时光，着实需要喝上一碗浓浓的鸡汤，在逆水行舟的路上暖暖身子。恰逢其时，《零距离对话》犹如久别的好友，与我不期而遇，此遇也着实让我感受到了这温暖的邂逅背后，隐藏着那么浓的人情和那么新的思想。

语言一点儿也不死板，内容一点儿也不干巴，幽默中不失浪漫和感人，时不时还会出现很多让人忍不住读上好几遍的句子，见字如面，开启了另一扇阅读之门，阅读悦读越有感觉。

读书，是一件值得分享的事情，看到一本好书，则会情不自禁地想要与人分享，这也是读书一乐吧。

杨绛先生说："我觉得读书好比串门儿——'隐身'的串门儿。"我今天想和朋友们说的是，我们现在串门儿的这家主人，于我亦师亦友，有过多种的从业经历，有着随性洒脱的性格，非常好客。到他家做客，你不仅能看到主人对一朵花、一杯茶、一场冬雪的深情，更能看到主人对父母、子女、恋人和友人的大爱。主人从观万物而生情、生意、生态，从俗常的人世百态参悟出人生哲理，发现了不一样的人生美感。

尤其让我感动的是，一位资深文艺女青年，竟然每周末的特定时间段都会坐等朋友圈更新，犹如小时候在等电视台播放的动画片。企盼、猜想、求索，似乎已经成为一种习惯，默默关注，寂静欢喜。就在刚刚，她和我说："整理成集的《零距离对话》呈现在眼前时，内心还是被震撼了。如果说《零距离对话》是作者的自说自话，那么我更觉得它是作者的内心独白和灵魂呐喊。正像作者平时经常说的那样，呐喊是必须的，就算一辈子无人听见，回声也将激荡久远。他把自己的所见所闻所思所想所为化作一桌桌盛宴，端出来供我们尽情品尝；他将自己的感悟与人分享，给迷茫者以指导，给同频者以共鸣，足见作者的内心是多么的充满阳光。每每读来都特能让人从中汲取很多营养，让人感觉特舒服。"

《零距离对话》传递了满满的正能量，淋漓尽致地展现了作者对生活的热爱、对美好的期许，书中到处都是回眸一笑百媚生的影子，常常禁不住让人感慨：生活原来还可以这么美。从亲情、友情到爱情，说说精彩；从男人、女人到孩童，特色鲜明；从童年、中年到老年，各领风骚。尤其是《老年人说》，读来让人有种"戎马半生、仍是少年"的既视感。不知老年朋友们看完是否会热血沸腾，反正让我这个自认为还不算老的朋友甚为汗颜。真的是心态决定一切呀。你有纵横驰骋的心，你就有向天再借五百年的气魄；如果你顺应了年轻人也喊老的时代，那你离老年人真的也就不远了。我那九十多岁的姥姥每每听到作者那"六七十岁仍是小弟弟，八九十岁才是大哥哥"的浪漫诗句，总是笑得合不拢嘴。

一位听着《常回家看看》长大的朋友，看了《零距离对话》中的同名随笔后，情难自制，反反复复读了三遍，泪光涌现，暗自决定，每周探望父母已定上日程，再忙今年也定要带他们去拍上一张暖意融融的全家福。以前总以为，爱父母就是给他们很好很好的东西，今天才觉得，这世间最完整的爱，便是最长情的陪伴。

每每读到《母亲的回忆》，都让我不自觉泪目。我仿佛看到了那个午夜梦回、在枕边偷偷落泪的男人，看到了他那坚强外表下流露出的柔软。当看到那句"若不是几个年轻力壮的同事强力按住我，我真想和母亲一起投奔天国"时，我哽咽了……孝顺的人，是善良的人，是懂得感恩的人，这样的男人在生活中最有魅力了。

也许是同辈人，思想更能相通吧。看《零距离对话》中有关贝贝的文章，竟成了"90后"美女的期待。"曾经看见一句话，孩子越懂事，越是父母对他们的亏欠。也许在贝贝身上并没有亏欠一说，她的爸爸当了我们的大班长，不能时常陪在她身边，竟有些心疼。心疼是真的，因为她实在是太可爱了，文中的每一字每一句，都让我眼前浮现出一个善良懂事的女孩，看着她，我的心都融化了。一个听到国歌就会立正敬礼的乖孩子，一个在上海最高层餐厅吃饭就能看到全世界的小女孩，小小的她，身上拥有着多少成年人都不曾有的豪气啊。贝贝真是太可爱了！"

"正话反说，反话正说，看似不正经地说，其实说得再正经不过了"的李氏语言幽默也在《零距离对话》中得到了很好的体现。让人没想到的是，语言的幽默竟然引出了很多生活中的滑稽。我注意到，《柔——女性的主色调》在朋友圈发出后，男性朋友点赞的特别多。

在充满压力和困惑的人生旅途上，很多人常常冲着冲着，就陷入莫名的疲惫中，好像人生的转轮锈住了，怎么用力拉都转不动。为什么都这么累了，却还是达不到理想的生活状态呢？其实原因通常只有一个，就是我们只顾着往前跑、往前走，却忘记了向内探索自己，以至于让内在那个原本充满力量的、丰盛的自我慢慢沉睡了。通篇阅读《零距离对话》之后，我仿佛找到了唤醒自我、疗愈内在的感觉，我仿佛又看见了一个特真实、特舒服的自己。

娓娓道来的《零距离对话》有时光的记忆，有岁月的感悟，且总能把我们拉回到那个特定的情境中，细数当年，仿佛就在昨天，就在那字里行间。

我感觉作者对于"懂"字是有着很深刻的感悟的。《怎一个"懂"字了得》一篇中，他本人很可能就是文中说的那个朋友的缩影。理想与现实的矛盾冲突让作者很无奈，于是不停地在自我安慰自我纾解。毋庸置疑的是，作者的内心绝对是强大的，且有一种昂扬向上的蓬勃力量。犹如作者常说的，要用积极的心态去过消极的人生。最让我感动的一句话是：世界上最悲催的事，不是我爱你你不知道，而是你知道我爱你你却不知道我真的很爱你。情真意切，情谊深长。每每读完，感觉就好像在给自己的心灵放一个假，放空思绪，情绪也因此得到了一定的缓解，感觉好像生活又有了一个短暂的缓冲空间。

据说当年寝室思想最深刻的老八看了《零距离对话》后，立刻给出了"文字越来越平和而灵性，思想越来越超然而深刻"的点评；作者当年的大学老师更是给出了"五十过后更入佳境：阅历、意境、情调、感悟、思想"的高度评价。

《零距离对话》是作者用时两年，用情用心抒写的一封"情书"。我曾调侃过作者，既是一封"情书"，那么想寄给哪位情人呢？作者笑而不语顾左右而言他，最后很认真地对我说："我很欣赏这样一句话：你给我一个微笑，我还你一个世界。"

噢，原来作者寻觅久已的梦中情人竟是那遍布《零距离对话》的那迷人的含苞待放式的魅力微笑啊！有些美，最好别解释，感受就好。与魅力微笑相处久了，仍然时时有惊喜，心动不已。你的微笑，真的很好看。

回眸一笑的千娇百媚，才是作者的最爱！最是那一低头的温柔，恰是水莲花不胜凉风的娇羞。这绝对是一个心中有梦的人才能表现出来传达出去的。这才是一个中年男人真正的真香时刻！